第 33 届中国新闻奖获奖作品新媒体展示手册
编委会名单

主　　编：殷陆君　曾祥敏
执行主编：李泓江
编　　委：柳婷婷　李　莹　骆青新　刘　一　石梦竹
　　　　　梁国壮
编　　审：戎　融
策　　划：李尽沙
统　　筹：刘日亮
编　　辑：翁旭东
文　　案：曹航宇
制　　作：潘　悦　霍逸凡　曲　伸　卢肖依　邓　石
　　　　　卜欣荣　刘子赫　陈中瑞　翟一凡　赵子龙
　　　　　王润秋　张珈铭　杨子烨　姜雨彤　田润宜
　　　　　陈　晨　黄睿思　曹景秀　孙　林　赵文轩
　　　　　高艺轩　孙艺纯　李婷萱　强嘉艺　周凡涵
　　　　　刘雪茹　刘奕璇

新时代中国优秀新闻作品案例库

第33届中国新闻奖
获奖作品新媒体展示手册

殷陆君 曾祥敏 ◎ 主编

中国传媒大学出版社
·北京·

目 录

特别奖

十年砥砺奋进 绘写壮美画卷
　　——写在党的二十大胜利召开之际/3
为中国人民谋幸福 为中华民族谋复兴——党的十八大以来习近平同志为核心的党中央治国理政纪实/4
中国共产党第二十届中央政治局常委同中外记者见面会/5

一等奖

中国共产党第二十次全国代表大会在京开幕 习近平代表第十九届中央委员会向大会作报告/9
我军在台岛周边海空域成功举行实战化联合演训/10
全国首张林业碳票首次分红/11
铁路投融资体制破冰 全国首条民营控股高铁通车运营/12
小岗牵手北大荒/13
大山里的百灵鸟
　　——冬奥开幕式上,唱着奥运会歌的山里孩子/14
集中精力办好自己的事情/15
玉渊谭天｜三年:三问三答/16
Xinhua Commentary: Wrong, wrong, and wrong again—Some Western media's unprincipled criticism of China's COVID policy(新华评论:错、错、还是错——看看一些西方媒体对中国抗疫的"无原则批评")/17
对"时时放心不下"来源的追问/18
致敬重庆 致敬人民/19
"小田变大田"引出"农田四变"/20
耕地问题调查/21
从"第一"到"第一" 7本火车驾驶证见证"中国速度"/22
"外婆"的礼物/23
痛心! 协和专家:在兴趣班学的这个动作已致1 000多名中国孩子瘫痪/24
溜索女孩的人生之桥/25
"无钢"济钢重返500强/26

1

重庆山火突发　他们逆行而上
　　——人民的英雄,英雄的人民! /27
总书记来信/28
新时代答卷/29
新时代中国人权/30
冬奥"三记"(一)生命飞扬
　　——冬奥火炬诞生记/31
习主席的国礼故事/32
工伤认定如何"新题新解"/33
乡村振兴蹲点记/34
打造原创技术策源地系列报道/35
记者调查·羊皮去哪儿了? /36
习近平等瞻仰延安革命纪念地/37
铁翼护航新时代
　　——中国空军歼－20战斗机影像志/38
手绘长卷|长城群英绘·北京2022年冬奥会冠军"全家福"/39
播火者/40
权威访谈|张扬对话王亚平:重返太空的183天/41
高端访谈|专访印度尼西亚总统佐科/42
独家直播|专家解读:解放军在台岛周边海空域进行重要军事演训行动/43
中国之声特别直播《国家公园·两天一夜》
　　——海南热带雨林国家公园之《林间密语》/44
2022年10月24日《人民日报》要闻一版/45
2022年5月11日《中国青年报》要闻1－4版通版/46
2022年2月4日《北京新闻》/47
一见/48
新闻联播/49
权威快报/50
强军论坛/51
经济论坛/52
一访定心/53
清风侠在路上/54
焦点时刻/55
红色故事绘/56
相约冬奥/57
把彻底的理论讲彻底　把鲜活的思想讲鲜活
　　——做深做实习近平经济思想宣传的探索与思考/58
新闻舆论工作者要时刻心怀"国之大者"/59
"奋进强国路·总书记这样引领中国式现代化"/60
神山村三日/61
情怀/62
领航/63

北京2022年冬奥会和冬残奥会官方特别报道/64
特稿:新征程领路人习近平/65
习近平抵达利雅得出席首届中国-阿拉伯国家峰会、中国-海湾阿拉伯国家合作委员会峰会并对沙特进行国事访问/66
中国政府和中国人民实现祖国统一的决心坚如磐石/67
Visits of vision(习近平主席的海外足迹)/68
Home story in Jiangsu("家"在江苏)/69
《永动的战争机器》系列专题/70
中国UP! /71
跨越90年的"重逢"/72
"七虎"竞南通/73
婴儿之殇与"雅培母乳强化剂"召回疑云/74
三天38 000! 医院太平间"天价"殡葬费调查/75
3·15特别报道·卧底调查南昌双汇/76
新千里江山图,来了! /77
三星堆新发现|古蜀国的青铜时代/78
创意微政论片|真理之光/79
深蓝! 深蓝! /80
江西营商"营商帮办"/81

二等奖

黄河"地上悬河"历史正在被改写 二十一年调水调沙使下游主河槽下切3.1米/85
南京大屠杀再添史料新证! 亲历者回忆录手稿首度公开/86
"48万封来信"研究项目在我省启动 破解雷锋精神永恒的密码/87
超13亿吨 山西煤炭保供创历史纪录/88
China to keep monetary policy stable(中国将保持稳健的货币政策)/89
小餐票 大民生/90
"向地球深部进军":我国油气领域"深地一号"项目横空出世/91
首次详细披露毛泽东全程参加青年团二大/92
赣闽边山村"跨界"共发展/93
"一校一策"抓出实效/94
海南公开为一名正厅长级干部澄清正名/95
Wrong signal, wrong place, wrong time: China Daily editorial(中国日报社论:错误的信号,错误的地点,错误的时间)/96
全面辩证看待当前经济形势/97
谋发展不能满足于有 更要满足于好/98
"建议专家不要建议",是希望专家好好说话/99
《中国妇女报》再评唐山打人:打人狂徒,触碰底线;依法严惩,以儆效尤/100
向着全面建成社会主义现代化强国的第二个百年奋斗目标迈进/101
不说大话空话,说实话管用的话/102

同行1 800多公里,跟着货车司机跑长途/103

多地发布建筑业清退令,超龄农民工路在何方? /104

一笔种粮补贴的逐级拨付之路/105

像胡杨一样扎根边疆一辈子
　　——从320本日记走进陈茂昌/106

雪松200亿涉众募资调查:假借灰色通道,裹挟一众伪国企,底层资产涉"空转"贸易/107

"双喜"回家/108

为中国豆安上"耐盐芯"/109

孤勇者/110

三代人七十二载的守护/111

不能说的优秀/112

告官能见官 出庭又出声/113

罕见病"天价药"的破局之路/114

《零容忍》第一集《不负十四亿》/115

Blazing a Trail(问道)/116

时间的答案:这里有一个你不知道的十年/117

7棵柳树缘何牵动杭州 一座城市的民意对话/118

矸子山下的转型路/119

《香江永奔流》第四集《拨乱反正》/120

我是一名驻港女兵/121

中国桥,从长江走向世界/122

沪明往事/123

我的回家故事/124

江豚归来/125

"中国式现代化深度探析"热点问题调研报告/126

解码十年/127

乡村振兴·江苏百村调研/128

今年我10岁/129

重度烧伤女孩"重生之路"/130

擦亮劳务品牌　助推乡村振兴系列观察/131

我们的乡村/132

唯有登攀/133

种子诞生记/134

我们的新时代/135

重庆山火救援实录 热血"长城" 凡人大义/136

冰雪之上　我们记录下这些中国突破/137

防洪墙:一块玻璃的稳固与温情/138

极枯鄱湖 生态大考/139

《敦煌壁画里走出的中国年,走它一个虎虎生风!》等系列融合创意长图组稿/140

学习贯彻党的二十大精神 共绘"新时代富春山居图"/141

小篮球碰撞大时代/142

邮政"天路"上的信使/143
"一米高度"看南京,我与城市共成长/144
最强AI诞生?"ChatGPT热"背后的冷思考/145
向前一步
　　——叩开通往广仁街的"心门"/146
郑永年:解码中国式现代化/147
《最早的中国·文明探源看东方》融媒大"连麦"/148
水自汉江来
　　——引汉济渭秦岭输水隧洞全线贯通/149
盐碱地上 大豆金黄/150
2022年10月16日《中国日报》二十大特别报道1－4版/151
2022年3月8日《黑龙江日报》6版、7版/152
2022年10月27日《江西日报》5－8版/153
2022年12月31日《全省新闻联播》/154
辩证处理媒体深度融合中的五对关系/155
"正能量"与"大流量":全媒体时代重大主题报道的突破之道/156
城市传播:城市电视台转型的新基点/157
以"六个统一"提升重大主题报道水平/158
地方主流媒体智库建设路径优化研究/159
"一线"领跑"世界高铁"/160
峒山村这十年/161
红红的苹果,深深的爱/162
《从党的奋斗历程中汲取智慧和力量》等系列阐释解读文章/163
总书记的回信/164
拼出我们的现代化/165
老区"潮"起/166
《强军足迹》系列报道/167
中共二十大将如何标注历史新坐标?/168
把青春华章写在祖国大地上/169
广纳万川入海 画好同心大圆
　　——习近平同志在福建工作期间关于统战工作的探索与实践/170
长卷里飞出黄河赞歌/171
A mega project to benefit everyday life(同时照12 000面镜子是什么感觉?)/172
永不放弃
　　——藤县空难搜救工作/173
预见中国:从大湾区看未来/174
PLA(中国军队)/175
问答二十大/176
美国是世界经济动荡之源/177
Why won't the Arab world buy U.S. lies about Xinjiang?(阿拉伯世界为何不相信美国涉疆谎言?)/178
Global Thinkers Special: What does China really want?(对话思想者电视论坛:

中国特色大国外交与全球新格局)/179
Comicomment:Abysmal deviation from the right course(新漫评:偏离"一个中国",必将坠入深渊!)/180
新闻特写:当咖啡花遇上茉莉花/181
铭记(国际版)/182
田野上最亮的星/183
阿伟书记的承诺/184
金色山川赤诚的红
——追记阿坝州金川县交通运输局党组书记、局长罗从兵/185
缙云山壮歌/186
保护之举何以结涩果
——梁子湖"鱼草较量"启示录/187
"丰县生育八孩女子"事件调查/188
"关注城市行道树"/189
危险的"伪翻新胎"/190
H5|种草记
——"幸福草"从西海固走向世界的故事/191
超震撼航拍
——看,星光战胜火光!/192
潮起东方 寻找百强"共富"密码/193
互动视频|太空看福建:用奋斗谱写新篇章/194
数读中国创新
——从海底15 250米到高空3.6万公里/195
为让我们吃好,他们有多拼?/196
大象新闻客户端"大象帮"平台/197
新华社现场云平台/198

三等奖

上海成片二级以下旧里改造收官 "水塔人家"要搬迁/201
新疆快递小哥紧急驰援北京 这是一次温暖的逆行/202
1块钱300万人次观看 舞剧《醒·狮》网上彻底火了/203
中国建成世界首条环沙漠铁路线/204
港澳律师内地执业第一案今天诞生/205
中国企业首次刷新硅太阳能电池转换效率世界纪录/206
"干净办"邀请市民推选"最不干净"街巷/207
为护齐长城,国道拓宽多花4个亿/208
黄河"对赌",赢了!/209
世界最长高铁再添世界之最/210
晋宁河泊所遗址考古取得重大发现 印证《史记》有关"滇国"记载/211
苏皖三市协同立法 共护长江江豚/212
RCEP生效后中国首趟开往成员国的国际货运班列开出/213

全国首部！山西为煤炭清洁高效利用立法/214
澳门青年裴承贤：同心逐梦 服务贵州这十年/215
塞总统报料的"大新闻" 航线首航落地天津/216
新型陆军首次亮翼中国航展/217
墨西哥"小老表"Ami：我想去看明月山瀑布和万载烟花/218
少些"群里吼" 多些实地走/219
"半吨"重的工资/220
对矛盾问题不能"击鼓传花"/221
《我的县长父亲》风波：遭遇"脑补"式嘲讽岂能一删了之？/222
"第三卫生间"应该被看见/223
否定"九二共识"，就是动摇两岸关系和平发展的根基/224
致奋斗的你我！/225
变"一刀切"为"一刀一刀切"/226
第一会议室里的时空回响/227
把敦煌故事讲给世界听/228
"让我在这里，有尊严地告别人间"
　　——安宁疗护的"沧州样本"/229
地下700米的孤勇者/230
村里牌子究竟"瘦"没"瘦"/231
支书带支书 树树连成林/232
隐形的翅膀
　　——C919型飞机适航审查工作纪实/233
告诉你一个真实的新疆/234
"双碳"背景下内蒙古现代能源经济如何破题？/235
跨越2 800余公里的"拥抱"
　　——湖南清溪村与黑龙江元宝村"走亲"记/236
一部丰厚珍贵的音乐档案/237
广东经济24小时：昼夜流转 活力不息/238
点亮文明之光 映照大同梦想
　　——读懂"一墩难求"背后的深意/239
"双抢"之变：从"累得脱层皮"到"当甩手掌柜"/240
让全球玩家爱上中华文化之美 爆红全网的《原神》是如何做到的？/241
嘎拉村的幸福生活/242
深山女人的守护者/243
一场客流与现金流的"保卫战"/244
中央一号文件与一个种粮村庄的命运/245
"鸟哥"张长龙/246
勇毅的力量/247
一线调研：信心从何来？/248
志愿者是新冠治愈者：我淋过雨，想为别人撑一把伞/249
奋斗强军 征途如虹
　　——庆祝中国人民解放军建军95周年/250

董秀格的781场宣讲/251
一路向南
——新成昆铁路全线建成通车/252
《创新之路》第四期《特色集群》/253
"超模"渔夫/254
东京"抢单"记/255
新疆大叔 圆梦北京/256
跑步上学的少年 逐梦九天的英雄/257
福建舰下水,让我们看到深沉的"中国式浪漫"/258
江西红色名村别样红/259
《长山列岛》第一集:《沧海灵珠》/260
微纪录|"宁"聚微光
——寻访约翰·拉贝的"中国朋友们"/261
暖风习习|为什么这个爱吃"苦"的佤族寨子,名字却叫"幸福的地方"?/262
《看见纪南城》第六集:《一脉千年》/263
龟去来兮/264
作别顺昌路:上海最后一片二级旧里改造进行时/265
电动汽车充电基础设施现状调查/266
《湿地公约》,中国行动/267
听见急诊室/268
且看美国/269
一个农民的春夏秋冬/270
Landscape Legacies("大美中国"世界遗产系列报道)/271
生命至上 众心如城 "3·21"东航飞行器事故搜救系列报道/272
归来·久别重逢的生态之美/273
跟着总书记看中国/274
"赶考路"上再寻焦裕禄/275
"野生大豆原生境"系列报道/276
1.1%看奇迹/277
"中华文明探源·何以中国"/278
"川西虫草产地调查"系列报道/279
"天路"越武陵/280
小年夜,-18℃的暖心救援/281
拉索·新发现 全球首次打开十万亿电子伏波段的伽马射线暴观测窗口/282
常泰长江大桥:世界最大跨度斜拉桥/283
中国国家版本馆:让文化典籍"藏之名山、传之后世"/284
戈壁滩上长出了光伏牧场/285
落实到人/286
北约军刀/287
莫让"云养"成为"云骗局"/288
九旬院士"一站到底"令谁脸红/289
让世界聆听中国声音/290

我们的天才儿子/291
对话新疆救人青年:来自"石榴籽"的深情/292
共同战"疫",有外国人,但没有外人!/293
我们的现代化/294
对话金晓明:17年"中国历代绘画大系"把天方夜谭变为中国现实/295
访谈|上海就是上海,别人越想"脱钩",我们越要努力"反脱钩"/296
冬奥冠军:我们都是追梦人/297
全国百家媒体同步直播/新疆棉花朵朵开/298
十年中国梦 菌草丰收季/299
神奇宝贝在江苏/300
2022年3月27日《准点直播间》/301
2022年11月1日《浙江日报》6—7版/302
2022年12月26日《全媒直播间》特别节目《千里成昆云和月》/303
2022年7月15日《声动福建》/304
云网一体,向原创音视频内容生产发布的全媒体迈进/305
地方党报新闻生产方式的融合与创新
　　——以湄州日报社"白鸽木兰"重大主题报道为例/306
都市类媒体做好重大主题报道的"守、变、合"/307
以可视化为重点推动媒体融合发展/308
以"新基建"赋能传播模式创新/309
试论寻找主流传播中的"流量密码"
　　——兼论新闻传播评价体系过度量化的防范/310
数字中国战略下全媒体大数据平台的构建/311
文明的语言:Z世代国际传播的符号之旅
　　——以三星堆国际传播平台为例/312
这十年/313
川渝融媒体新闻行动·一江清水向东流/314
先进制造业企业究竟先进在哪里/315
十年·巨变
　　——人民情怀(第一集)/316
着力推进"四个创建" 努力做到"四个走在前列"/317
锦绣山河看变化/318
一条刀鱼背后的长江大保护/319
盛世迎盛会 "舰"证这十年/320
学报告 悟思想 开新局 深入学习贯彻党的二十大精神/321
温暖的牵挂 殷切的嘱托/322
贯彻党的二十大精神大型融媒直播
　　——放歌钱塘江/323
秦岭最长输水隧洞今天贯通 施工综合难度世界罕见/324
祖国需要我 我更需要祖国/325
时间向前,中国向上!"十画十说"中国经济历史性跃升!/326
向梦想靠近·南通好通/327

福地种"福米"/328

《答卷:阜平这十年》第四集《乡村振兴》/329

北京这十年/330

"蹲点记·中国式现代化的海南实践"/331

我和我的村庄/332

领航中国·我们的新时代/333

京味/334

被人类养大的东方白鹳如何回归野外/335

The Three Gorges High Speed Rail(三峡高铁)/336

Xinhua Commentary:Meltdown of "Shining City on a Hill"(新华评论:"山巅之城"的沦陷)/337

在棳风沐雨中顽强 于风雨交加中担当
——中国华冶巴基斯坦杜达铅锌矿中巴员工携手抗洪记/338

三宝村的"农民艺术家"/339

Who sows seeds of confrontation and reaps profits from turmoil? Standing on the right side of history the only way to resolve Ukraine crisis[俄乌冲突的历史经纬与时代警示(上、下)]/340

Who am I?(我是谁?——《CPC》)/341

《大河之洲》第一集《生灵》/342

一位武汉农民的人与自然
——让"国宝鸭"爱上小龙虾/343

寻漆中国的法国漆匠·在乡村/344

对手的祝福/345

中国海拔最高县西藏双湖县生态搬迁记/346

High-Speed Rail:A Prime Example of China's Independent Innovation(高铁:中国自主创新的成功范例)/347

千城胜景|天山腹地迎丰收 风吹麦浪雁纷飞/348

时空大折叠
——云南的生物多样性/349

乘着包机来义乌/350

The Dragon Boat Festival(一叶粽子香,日子到端阳)/351

义乌有个"阿依乐"/352

2022年4月28日《中国日报》要闻16—17版/353

"东西问·中外对话"之中国经济世界观系列报道/354

从你的世界路过/355

云南女儿杨洪琼:我在哪里摔倒,我就要把哪儿碾平/356

微视频|月亮舞台/357

来自大凉山的彝族小伙,大学毕业论文致谢写了6 000余字/358

"时代楷模"钱海军老式手机里的50条短信/359

记"铁心向党担使命的忠诚卫士"北京总队机动第一支队/360

中国种子里的厦门芯/361

法润大地满眼春

——新时代"寻乌经验"启示录/362
党的女儿:与时代同行/363
多年拆违岿然不动 数千栋"坚挺别墅"野蛮侵蚀济南泉域保护区/364
110平方米的房子"到手"仅61平方米/365
农民缘何毁菜? 勿让"加码"伤农/366
明晰作者、期刊、平台三方责权利
——公共知识数据库建设要跳出"知网怪圈"/367
一个红码如何引出400亿元惊天大案/368
内蒙古乌拉特前旗:近3万亩草原遭违法开矿和侵占/369
"垃圾围村"亟须"解围"/370
废弃线杆矗立街头 谁来"拔刺"?/371
干着"老东家"的活儿,却不再是"老东家"的人?/372
H5|上海手拎马桶消亡史
——家家户户的必备用品如何走向终结?/373
大国工程我来建/374
全世界仅此一枚的"戒指",我拥有了!/375
看一粒种子"上天入海",太奇妙了!/376
视频+VR全景|独家专访:门源6.9级地震22公里地表破裂带如何形成?/377
西藏7户人家! 跨越十年的记录/378
江淮"牵手"
——沉浸式感受引江济淮千年梦圆/379
脑瘫外卖小哥的小年夜/380
职业总动员②|石化工人24小时/381
昆明向南 磨憨向上|手绘长图带你走中老铁路 见证一场"双向奔赴"/382
连心|百炼钢做成了绕指柔! 总书记嘱托"手撕钢"技术要勇攀高峰/383
高级! 广西云推出100秒平陆运河卫星实景3D动画 全景式感受世纪工程/384
"看见"全媒体监督应用平台/385
河北1+20惠企政策"一点通"/386
消费维权/387

中国新闻奖

特别奖

特别奖

十年砥砺奋进 绘写壮美画卷
——写在党的二十大胜利召开之际

✉ 作品信息

作品类型：特别奖·文字评论
刊播单位：《人民日报》
报送单位：人民日报社
作　　者：集体
编　　辑：集体
作品字数：14 420 字
刊播版面：要闻1版转要闻3版、4版
首发日期：2022年10月15日

🖥 作品简介

在党的二十大即将召开之际，《人民日报》刊发任仲平文章，以高远立意、宏阔视野、深刻论述、生动表达，全景回望新时代十年的不凡历程，系统梳理党的十八大以来党和国家事业取得的历史性成就、发生的历史性变革。

💬 获奖理由

文章在思想上把握中央精神的精髓要义，在站位上胸怀大局、把握大势，在结构上体现理论厚度、逻辑力量，展现出任仲平这一传统政论品牌历久弥新的生命力，充分体现了党报评论在舆论上的导向作用、旗帜作用、引领作用。

🌐 新媒体展示

使用手机扫描下方二维码，即可观看本条获奖作品的新媒体展示。

为中国人民谋幸福
为中华民族谋复兴
——党的十八大以来以习近平同志为核心的党中央治国理政纪实

📧 作品信息

作品类型:特别奖·文字通讯
刊播单位:新华社
报送单位:新华社
作　　者:集体
编　　辑:集体
作品字数:16 467字
刊播版面:新华社通稿
首发日期:2022年10月14日

💻 作品简介

稿件聚焦新时代十年间以习近平同志为核心的党中央推动党和国家事业取得的历史性成就、发生的历史性变革,呈现治国理政全景图,以凝练的笔墨和倒序、插叙、夹叙夹议等手法,还原历史现场、观察时代之变、反映人民心声。

📡 新媒体展示

使用手机扫描下方二维码,即可观看本条获奖作品的新媒体展示。

💬 获奖理由

稿件站位高远、思想深刻、逻辑谨严,叙论结合,文风清新,行文逻辑性结构感强,既有许多生动的故事场景,又有大量精彩的思想火花,实现了思想性和可读性的高度统一,为党的二十大召开营造了良好的氛围。

中国共产党第二十届中央政治局常委同中外记者见面会

作品信息

作品类型：特别奖·新闻直播
刊播单位：中央广播电视总台
报送单位：中国广播电视社会组织联合会
作　　者：集体
编　　辑：集体
作品时长：26分39秒
刊播栏目：CCTV1-综合频道 特辟时段
首发日期：2022年10月23日

作品简介

中国共产党第二十届中央政治局常委同中外记者见面会直播全程27分钟，首次选择在人民大会堂金色大厅举行。全系统14讯道4K机位实现多维度、全视角、大跨度拍摄，完整展现了从金厅大门开启、新一届领导集体亮相等精彩时刻。

获奖理由

中国共产党第二十届中央政治局常委同中外记者见面会直播创新运用新型电视直播技术，实现了多维度、全视角、大跨度拍摄，完整生动地展现了以习近平总书记为核心的新一届中央领导集体亮相等多个精彩时刻。

新媒体展示

使用手机扫描下方二维码，即可观看本条获奖作品的新媒体展示。

中国新闻奖

一等奖

中国共产党第二十次全国代表大会在京开幕
习近平代表第十九届中央委员会向大会作报告

作品信息

作品类型：一等奖·电视消息
刊播单位：中央广播电视总台
报送单位：中央广播电视总台
作　　者：集体
编　　辑：集体
作品时长：31分22秒
刊播栏目：综合频道《新闻联播》
首发日期：2022年10月16日

作品简介

该篇报道以平实务实、精准精确的镜头语言和饱满音质，深刻诠释了习近平总书记无愧为民族复兴领路人、亿万人民主心骨。报道创新运用最新科技成果，多类型特种设备首次亮相大礼堂，"总书记与党徽党旗同框"的经典镜头气势恢宏、震撼人心。

获奖理由

使用手机扫描下方二维码，即可观看本条获奖作品的新媒体展示。

新媒体展示

该报道庄重恢宏展现了中国共产党第二十次全国代表大会开幕时的历史时刻，新闻画面工整、结构清晰、制作精良，经典镜头载入史册、饱满音质激荡人心。整体报道规制有序、沉稳大气，高度体现了政治性、严肃性、时代性。

我军在台岛周边海空域成功举行实战化联合演训

作品信息

作品类型:一等奖·文字消息
刊播单位:《解放军报》
报送单位:解放军新闻传播中心
作　　者:刘建伟、钱晓虎
编　　辑:柳刚、魏兵
作品字数:972字
刊播版面:一版
首发日期:2022年8月5日

作品简介

稿件以时间为轴,将诸军兵种部队的战斗演练情况进行全景报道,充分展现了人民解放军坚决捍卫国家主权和领土完整,绝不为任何形式的"台独"行径和外部干涉留下任何空间的坚定立场。

新媒体展示

稿件在重大敏感时机和重大敏感题材中准确体现了时度效的要求,在新闻舆论风暴中体现了主流媒体的"定海神针"作用,以独家的信息、坚定的立场、形象的表达,汇聚了强大的传播势能,把握住了国内国际两个舆论场上的话语权。

获奖理由

使用手机扫描下方二维码,即可观看本条获奖作品的新媒体展示。

全国首张林业碳票首次分红

作品信息

作品类型：一等奖·广播消息
刊播单位：福建省广播影视集团
报送单位：福建省新闻工作者协会
作　　者：叶军民、李寰、林凡、陈立
编　　辑：叶军民、林凡
作品时长：3分36秒
刊播栏目：FM100.7福建交通广播《置顶新闻》
首发日期：2022年9月29日

作品简介

9月29日，全国首张林业碳票首次分红在三明市将乐县高唐镇常口村举行。在首次分红的关键节点，记者在现场深入采访主要当事人，由点及面，层层深入，抽丝剥茧，从中窥见我国林业改革纵深发展的时代大背景，意义重大。

获奖理由

该消息在两句简要的概述型导语之后，紧跟着播出现场同期声，令人身临其境，增强了广播报道的感染力。整篇报道运用了多段同期声，鲜活、真实的采访对象语言大大增强了现场感。这件作品时效性强，内涵丰富，生动感人。

新媒体展示

使用手机扫描下方二维码，即可观看本条获奖作品的新媒体展示。

铁路投融资体制破冰
全国首条民营控股高铁通车运营

作品信息

作品类型：一等奖·电视消息
刊播单位：浙江广播电视集团
报送单位：浙江大学传媒与国际文化学院
作　　者：周文、陈沫、丁锐、王超栋、卢嘉玺
编　　辑：邵一平、陈琼
作品时长：3 分 56 秒
刊播栏目：浙江卫视《浙江新闻联播》
首发日期：2022 年 1 月 8 日

作品简介

记者得知杭台高铁即将开通的消息后，第一时间与权威机构取得联系，报道了杭台高铁三地通车的实况。记者扎实的多方采访，发挥了独家现场画面的优势，全面展现杭台高铁通车带来的巨大改革示范效应，也体现了浙江改革先锋的风采。

新媒体展示

使用手机扫描下方二维码，即可观看本条获奖作品的新媒体展示。

获奖理由

该报道通过扎实的采访，生动阐述了 PPP 模式的浙江实践，同时，也为后续杭温铁路、甬舟铁路等其他允许民资参与建设的铁路项目的更好推进提供了极大的借鉴意义。

小岗牵手北大荒

作品信息

作品类型：一等奖·电视消息
刊播单位：黑龙江广播电视台
报送单位：黑龙江省新闻工作者协会
作　　者：陈龙、曲正、王雪、时旸
编　　辑：徐力军、蔚宝春
作品时长：5分26秒
刊播栏目：黑龙江卫视《新闻联播》
首发日期：2022年10月15日

作品简介

北大荒集团为什么要深度介入小岗村的农业现代化建设？记者敏锐地意识到这是一则对中国现代农业发展具有深远意义的新闻。随后，记者进行了细致的采访，并奔赴千里之外的安徽省，记录下新闻现场，让这个重大报道得以完成。

获奖理由

该报道主题重大，举世关注。面对当前国内及国际的复杂形势，粮食生产安全事关我国改革发展稳定大局。该报道典型突出，意义深远。安徽凤阳小岗村被称为"中国农村改革第一村"，北大荒集团更是被称为"中国农业现代化建设排头兵"。

新媒体展示

使用手机扫描下方二维码，即可观看本条获奖作品的新媒体展示。

大山里的百灵鸟
——冬奥开幕式上,唱着奥运会歌的山里孩子

作品信息

作品类型:一等奖·广播消息
刊播单位:北京广播电视台
报送单位:北京市新闻工作者协会
作　　者:王梦宇、任晨光
编　　辑:王梦宇、任晨光
作品时长:3 分 47 秒
刊播栏目:北京新闻广播 FM94.5《整点快报》
首发日期:2022 年 2 月 11 日

作品简介

万众瞩目的冬奥会开幕式演出结束后,记者第一时间独家采访了这些淳朴阳光的小演员和远在山村的家长,真实记录了孩子们参加冬奥会开幕式的感受,讲述了他们的音乐梦想,以生动的视角展现了北京冬奥会全民参与、共享办奥的理念。

新媒体展示

使用手机扫描下方二维码,即可观看本条获奖作品的新媒体展示。

获奖理由

报道发挥出了音频的表现力与感染力优势。小演员讲述清晰、表达生动,旁白凝练,互动真实质朴,体现出主创者较高的新闻专业水准与较强的音频采编功力。作品凸显人民情怀,记录伟大时代。

集中精力办好自己的事情

作品信息

作品类型：一等奖·文字评论
刊播单位：《人民日报》
报送单位：人民日报社
作　　者：集体
编　　辑：集体
作品字数：8 326 字
刊播版面：要闻 1 版转要闻 4 版
首发日期：2022 年 6 月 2 日

作品简介

文章系统、全面、深刻地阐释了习近平总书记关于"集中精力办好自己的事情"的重要论述精神，运用辩证唯物主义和历史唯物主义的世界观和方法论，深入回答了为什么要集中精力办好自己的事情，深刻论证了我们完全有信心、有能力办好自己的事情。

获奖理由

文章"上连党心、下接民心"，政治站位高，观点鲜明，说理透彻，文笔流畅，说服力强，传播效果好，体现了"任理轩"这一《人民日报》重要理论品牌的质量和分量，为《人民日报》充分发挥在舆论上的导向作用、旗帜作用、引领作用做出了贡献。

新媒体展示

使用手机扫描下方二维码，即可观看本条获奖作品的新媒体展示。

玉渊谭天｜三年：三问三答

📧 作品信息

作品类型：一等奖·新媒体评论
刊播单位：央视新闻客户端
报送单位：中央广播电视总台
作　　者：集体
编　　辑：张勤、吴龙海、郑天皓
作品时长：11分5秒
刊播平台：央视新闻客户端
首发日期：2022年12月15日

💻 作品简介

在党中央做出疫情防控转段重大决策，舆论因变生议之际，作品以"三问"直击三年抗疫否定论、人民至上怀疑论、错失发展机遇论的错误认识，再以"三答"用专业化解公众疑惑，成为疫情防控转段期舆论场的定音之作。

💬 新媒体展示

使用手机扫描下方二维码，即可观看本条获奖作品的新媒体展示。

📶 获奖理由

作品直面公众对防疫政策调整的疑惑和情绪，运用前沿技术，结合扎实生动的一线采访，显现了数字时代主流媒体的舆论引领能力，深刻反映了我党以人民为中心的强烈历史担当与强大战略定力，极大提升了防疫转段信心。

Xinhua Commentary: Wrong, wrong, and wrong again
—Some Western media's unprincipled criticism of China's COVID policy
（新华评论：错、错、还是错——看看一些西方媒体对中国抗疫的"无原则批评"）

作品信息

作品类型：一等奖·通讯社评论
刊播单位：新华通讯社
报送单位：新华通讯社
作　　者：赵晨捷、解轶鹏、桂涛
编　　辑：李志晖、曹凯、马云飞
作品字数：833字
刊播版面：新华社通稿
首发日期：2022年12月10日

作品简介

作品系中国因时顺势调整疫情防控政策之际，与美国和西方歪曲抹黑言论针锋相对进行舆论斗争的英文评论。稿件犀利地指出部分美西方媒体对中国"无原则批评"的自相矛盾和逻辑陷阱，挖掘其背后的傲慢与偏见。

获奖理由

在中国因时因势优化调整防疫政策之际，部分西方媒体对我国进行抹黑。稿件及时主动发声，针锋相对进行舆论斗争，观点犀利，论证扎实，是一篇既有斗争精神又讲斗争艺术的精品英文评论，取得了良好的国际舆论引导效果。

新媒体展示

使用手机扫描下方二维码，即可观看本条获奖作品的新媒体展示。

对"时时放心不下"来源的追问

作品信息

作品类型:一等奖·报纸评论
刊播单位:《学习时报》
报送单位:学习时报社
作　　者:许宝健
编　　辑:石伟、吴青、李曼青
作品字数:1 900字
刊播版面:一版国内大局版
首发日期:2022年5月6日

作品简介

文章紧紧围绕习近平总书记在2022年4月29日中央政治局会议上"时时放心不下"的重要论述展开评论,梳理了这一重要论述在党史上的来源和意蕴,并结合当下形势阐述了领导干部做到"时时放心不下"的重要意义。

新媒体展示

使用手机扫描下方二维码,即可观看本条获奖作品的新媒体展示。

获奖理由

该作品文风通俗易懂、文体短小精悍,及时对习近平总书记的重要论述进行阐述,政治立场鲜明,逻辑清晰,时效性、理论性较强,论证有力,对于深入学习贯彻习近平总书记的重要讲话精神具有积极作用。

致敬重庆
致敬人民

作品信息

作品类型：一等奖·报纸评论
刊播单位：《重庆日报》
报送单位：重庆市新闻工作者协会
作　　者：张永才、单士兵、张燕
编　　辑：李波、许阳、马京川
作品字数：4 737 字
刊播版面：重庆日报 1 版
首发日期：2022 年 8 月 25 日

作品简介

7月以来，重庆持续高温晴热，正值防火防疫防旱的关键阶段，为了深入贯彻习近平总书记关于防灾减灾救灾的重要指示精神，《重庆日报》推出重磅"俞思平"文章，获新华社、人民网等央媒集中转载，阅读量达470万。

获奖理由

本作品是主流媒体在防火防疫防旱疫情中推出的第一篇大型述评，稿件既有高屋建瓴的宏大叙事，又有见人见物的故事细节，既有严谨深入的理性思考，又有感人至深的细腻表达，是一篇文质俱佳的评论。

新媒体展示

使用手机扫描下方二维码，即可观看本条获奖作品的新媒体展示。

"小田变大田"引出"农田四变"

作品信息

作品类型：一等奖·报纸通讯
刊播单位：《农民日报》
报送单位：农民日报社
作　　者：李竟涵、孟德才
编　　辑：白锋哲、赵宇恒、胡聪
作品字数：7 057 字
刊播版面：视点第八版
首发日期：2022 年 9 月 13 日

作品简介

记者以"还原改革现场"为主线，深入不同地形地貌的十多个村庄，追踪寻访二十多位改革亲历者和推动者，总结"小田变大田"改革的动因、难点、经验和效果，整版以通讯报道的形式率先宣传了基层农民的创造故事。

新媒体展示

使用手机扫描下方二维码，即可观看本条获奖作品的新媒体展示。

获奖理由

文章在深入学习贯彻习近平总书记关于"三农"工作的重要论述基础上，关注"基层声音、基层现象、基层创造"，视野开阔、视角独特、视点清晰，是一篇兼具新闻锐度、理论深度和实践温度的改革类报道佳作。

耕地问题调查

✉ 作品信息

作品类型：一等奖·报纸通讯
刊播单位：《经济日报》
报送单位：经济日报社
作　　者：集体
编　　辑：集体
作品字数：8 797 字
刊播版面：经济日报 1 版
首发日期：2022 年 2 月 14 日

💻 作品简介

针对当前耕地数量减少、局部质量变差的现实，作品对如何守住耕地数量和质量红线展开深度调查，以问题为导向，客观理性地揭示了我国耕地问题现状，以及耕地保护的痛点、难点，并提出了开展耕地保护的思路、措施和建议。

💬 获奖理由

该报道从多个视角对耕地存在的问题、如何守住耕地红线等进行了系统分析，主题重大，观点鲜明，数据翔实，分析透彻，产生了强烈的社会反响，体现了中央党报的责任担当。

📶 新媒体展示

使用手机扫描下方二维码，即可观看本条获奖作品的新媒体展示。

从"第一"到"第一"
7本火车驾驶证见证"中国速度"

作品信息

作品类型：一等奖·新媒体通讯
刊播单位：重庆华龙网新重庆客户端头条
报送单位：重庆市新闻工作者协会
作　　者：连肖、余振芳、李文科
编　　辑：张一叶、康延芳、李露
作品字数：2 255 字
刊播平台：华龙网新重庆客户端7月1日头条
首发日期：2022年7月1日

作品简介

1952年成渝铁路正式通车。70年过去了，中国高铁已享誉世界，其沧桑巨变见证了大国崛起。作品以微观切口折射重大主题，从三代火车司机的"7本驾驶证"切入，呈现了70年间中国铁路时速的飞跃和多个"第一"的进阶之路。

新媒体展示

使用手机扫描下方二维码，即可观看本条获奖作品的新媒体展示。

获奖理由

采访对象祖孙三代火车司机亲眼见证了从新中国第一条铁路通车到中国高铁多项指标位居世界"第一"的过程，作品深入挖掘背后故事，多维度做报道，格局宏大，立意高远，意义深刻。

"外婆"的礼物

作品信息

作品类型：一等奖·报纸通讯
刊播单位：《陕西日报》
报送单位：陕西省新闻工作者协会
作　　者：陈嘉
编　　辑：陈艳、肖杨
作品字数：2 247 字
刊播版面：乡村振兴 10 版
首发日期：2022 年 4 月 13 日

作品简介

作品聚焦农村留守老人这一社会关注的群体，选取农村留守老人的公益项目——"外婆"的礼物，跟踪采访公益项目的发起人及其团队，探索随着劳动能力的缺失和普遍的精神空虚，留守老人该如何安度晚年的问题。

获奖理由

该作品聚焦脱贫攻坚期间的农村留守老人，选题精准，视野宏大，体现了时代背景下记者的新闻敏感；突出了浓浓的人文关怀，充分体现了记者深入基层，践行"四力"，是新时代党媒记者的专业态度和职业精神的集中展现。

新媒体展示

使用手机扫描下方二维码，即可观看本条获奖作品的新媒体展示。

痛心！协和专家:在兴趣班学的这个动作已致1 000多名中国孩子瘫痪

✉ 作品信息

作品类型:一等奖·新媒体通讯
刊播单位:长江日报报业集团大武汉客户端
报送单位:湖北省新闻工作者协会
作　　者:田巧萍、赵心瑜
编　　辑:朱建华、叶凤
作品字数:3 432字
刊播平台:长江日报报业集团大武汉客户端
首发日期:2022年2月25日

➕ 作品简介

作品围绕华科大同济医学院附属协和医院骨科郭晓东教授对中国儿童下腰导致瘫痪的十年回顾性研究成果,呈现受害儿童的现状,提示该问题对受伤儿童、家庭及社会的巨大破坏性。

💬 新媒体展示

使用手机扫描下方二维码,即可观看本条获奖作品的新媒体展示。

📶 获奖理由

该报道采写扎实,具有很强的问题感,体现了党的新闻工作者深入一线调查研究的优良作风。报道刊发后,起到了警示作用,也引起了国家层面的关注,为问题的解决贡献了媒体的力量,彰显了媒体的社会责任。

溜索女孩的人生之桥

作品信息

作品类型：一等奖·电视新闻专题
刊播单位：江苏省广播电视总台
报送单位：江苏省新闻工作者协会
作　　者：戴玲燕、姜超楠、魏玉卿、王从、董晓
编　　辑：李折、许宵鹏
作品时长：14分40秒
刊播栏目：江苏卫视《新闻眼》
首发日期：2022年8月15日

作品简介

作品以15年前被报道的溜索女孩余燕恰看世界的视角为起点，以"桥"为符号贯穿全片，通过有形的桥和无形的桥，串联起15年间的重大节点，细节丰富、娓娓道来，引发受众共鸣。

获奖理由

作品以人物故事为切口，党的十八大以来脱贫攻坚可歌可泣的巨大成就更加可知可感。人物命运在时代巨变中找到令人振奋的坐标，使得作品具有纵深感和厚重感。

新媒体展示

使用手机扫描下方二维码，即可观看本条获奖作品的新媒体展示。

"无钢"济钢重返500强

作品信息

作品类型:一等奖·电视专题
刊播单位:山东广播电视台
报送单位:山东省新闻工作者协会
作　　者:韩信、王兴涛、孙娟、毛馨、宋小龙、
　　　　　原宝国、邓杰
编　　辑:原宝国、宋小龙、毛馨
作品时长:19分17秒
刊播频道:山东广播电视台电视新闻频道《闪
　　　　　电大视野》
首发日期:2022年12月29日

作品简介

作品聚焦济钢从陷入生死困境到因时因势调整发展思路,实现历史性变革和系统性重塑,重返中国企业500强的蜕变历程,科学回答了在新时代实现什么样的发展、怎样实现发展的重大问题,极具典型性和示范意义。

新媒体展示

使用手机扫描下方二维码,即可观看本条获奖作品的新媒体展示。

获奖理由

该作品剑指高质量,紧扣完整、准确、全面地贯彻新发展理念,主创团队沉下身子深入调查研究,捕捉到了经济报道中的热点、难点、焦点,分析透彻、内容新鲜、文风朴实、指导性强,展现出了主流媒体较高的专业素养。

重庆山火突发　他们逆行而上
——人民的英雄，英雄的人民！

✉ 作品信息

作品类型：一等奖·新媒体专题
刊播单位：重庆华龙网集团股份有限公司
报送单位：重庆市新闻工作者协会
作　　者：张一叶（张勇）、刘颜、白永茂、曾雯、佘振芳、宋煦、谭周
编　　辑：集体
刊播平台：重庆华龙网
首发日期：2022 年 8 月 26 日

💻 作品简介

2022年8月，重庆山火肆虐，无数平凡人挺身而出，在灾难面前展现出"众志成城、守望相助"的民族精神，专题从"人民的英雄、英雄的人民"切入，利用手绘、3D等多手段包装，以光影叙事手法，巧妙搭配融媒体素材，带来强烈的视觉冲击。

💬 获奖理由

该专题在技术与传播上下足了功夫，运用新媒体动态交互视觉设计将烈焰中逆行的消防官兵、不舍昼夜输送物资的摩托车队等一幕幕场景生动地表现出来，诠释出中华民族的伟大精神，是新媒体形式与新闻报道深度融合的一次成功实践。

📶 新媒体展示

使用手机扫描下方二维码，即可观看本条获奖作品的新媒体展示。

总书记来信

作品信息

作品类型：一等奖·电视专题
刊播单位：湖南广播电视台
报送单位：湖南省新闻工作者协会
作　　者：集体
编　　辑：集体
作品时长：24分15秒
刊播频道：湖南卫视晚间730时段
首发日期：2022年11月14日

作品简介

该专题以十八大以来，习近平总书记与各界人士的书信交流为切入口，以"我们都是收信人"为立意，前往老挝万象、西藏高原等地采访拍摄，从不同侧面反映了十年来我国在外交、军事、教育、科技和脱贫攻坚等各个方面取得的巨大成就。

新媒体展示

使用手机扫描下方二维码，即可观看本条获奖作品的新媒体展示。

获奖理由

《总书记来信》以小切口、微视角破题立论，独具一格、别开生面，体现出"实、新、深、活"的特点。报道由点及面、逻辑严密、娓娓道来，最终落脚于总书记的人民情怀，做到了言之有物，体现了主流媒体的敏锐性和前瞻性。

新时代答卷

作品信息

作品类型：一等奖·新媒体专题
刊播单位：新华社
报送单位：新华社
作　　者：集体
编　　辑：集体
作品时长：50 分
刊播平台：新华社客户端
首发日期：2022 年 10 月 14 日

作品简介

《新时代答卷》是新华社为迎接党的二十大胜利召开推出的重磅融媒体产品，聚焦党的十八大以来的原创性思想、变革性实践、突破性进展、标志性成果，全面展现了习近平总书记领航中华民族伟大复兴的壮阔航程，推动党和国家事业取得的历史性成就、发生的历史性变革。

获奖理由

大型政论片《新时代答卷》立意高远，全景式回顾了习近平总书记领航中华民族伟大复兴的壮阔航程，将宏观叙事与微观故事有机融合，立体化展现了习近平总书记的雄才伟略和担当作为，为党的二十大召开凝聚更广泛共识。

新媒体展示

使用手机扫描下方二维码，即可观看本条获奖作品的新媒体展示。

新时代中国人权

📧 作品信息

作品类型：一等奖·电视纪录片
刊播单位：中央广播电视总台
报送单位：自荐他荐
作　　者：集体
编　　辑：集体
作品时长：45分
刊播频道：CCTV4－中文国际特辟时段
首发日期：2022年12月26日

💻 作品简介

作为国内首部人权主题电视政论片，中央广播电视总台高度重视，组织高水平策划和摄制团队，以深入的访谈、鲜活的故事和翔实的资料，阐述了以人民为中心的中国人权发展道路，展现了中国共产党人是如何将人民对美好生活的向往作为自己的奋斗目标的。

💬 新媒体展示

使用手机扫描下方二维码，即可观看本条获奖作品的新媒体展示。

📶 获奖理由

本片选题重大、立意高远，主题鲜明、选材典型、结构严谨、表达生动；以权威理论塑造中国人权话语，用创新手段讲好中国人权故事，彰显中国人权事业的制度自信、道路自信、理论自信，电视收视率不断攀升，融媒体传播效果显著。

冬奥"三记"(一)生命飞扬
——冬奥火炬诞生记

作品信息

作品类型：一等奖·电视纪录片
刊播单位：北京广播电视台
报送单位：北京市新闻工作者协会
作　　者：钱丹丹、赵怡、齐芳、马勇杰
编　　辑：齐芳
作品时长：30分
刊播频道：冬奥纪实频道
首发日期：2022年1月21日

作品简介

该片记录了2022年北京冬奥会火炬诞生过程。从2020年开始，在高度保密的前提下，摄制组辗转多地，跟踪采访各个设计和研发制作团队，将冬奥火炬创意、设计、评选、修改、制作及最终亮相的全过程悉数记录，其中很多都是独家宝贵影像。

获奖理由

该片拍摄机会难得、素材翔实、剪辑生动，其中火炬内部精密结构等画面都是经冬奥组委授权后首次、独家向公众展示，多维度解读让观众全面而深度地了解冬奥火炬及其背后蕴含的文化精髓。

新媒体展示

使用手机扫描下方二维码，即可观看本条获奖作品的新媒体展示。

习主席的国礼故事

作品信息

作品类型：一等奖·新媒体系列报道
刊播单位：《人民日报》
报送单位：人民日报社
作　　者：集体
编　　辑：龚雯、张远晴、石畅
作品字数：4 353 字
刊播版面：《人民日报》（海外版）
首发日期：2022 年 9 月 9 日

作品简介

这组报道巧用互联网思维，以小切口和软输出将博大深刻的习近平外交思想寓于一个个故事中，采用"原创文稿+国礼图片+朗读音频+短视频"的融合形式，让受众读报道、赏国礼、听故事、看视频，形态多样，相得益彰。

新媒体展示

使用手机扫描下方二维码，即可观看本条获奖作品的新媒体展示。

获奖理由

这组报道立意高远、基调严谨、选题独家、信源权威、视角独特、语言平实，篇篇有新意、件件是佳作，外宣特色鲜明，充分展示出习近平主席的大国领袖风范，是对外讲好总书记故事、传播好习近平外交思想的一次成功探索和有益创新。

一等奖

工伤认定如何"新题新解"

作品信息

作品类型：一等奖·文字系列报道
刊播单位：《工人日报》
报送单位：工人日报社
作　　者：裴龙翔、李润钊、兰德华、刘旭、徐福平、卢越
编　　辑：兰海燕、张伟杰、卢越
作品字数：6 846字
刊播版面：法制新闻6版
首发日期：2022年10月13日

作品简介

该组系列报道一共6篇，聚焦送餐员、快递小哥、网约车司机、货车司机等新就业形态劳动者在工伤认定时遇阻的现实难题，从完善立法等宏观制度层面，多角度探求解题思路。

获奖理由

该报道的选题策划和布局，既很好地回应了劳动者的关切，也很好地将现实困境与高层政策连接起来。报道案例丰富、鲜活，具有典型意义。整组系列客观平衡，在法治框架内探寻问题解决之道。

新媒体展示

使用手机扫描下方二维码，即可观看本条获奖作品的新媒体展示。

乡村振兴蹲点记

作品信息

作品类型：一等奖·文字系列报道
刊播单位：《四川日报》
报送单位：四川省新闻工作者协会
作　　者：李鹏、王怀、王国平、王代强、杨树
编　　辑：集体
作品字数：8 590 字
刊播版面：要闻 2 版、3 版、10 版
首发日期：2022 年 1 月 12 日

作品简介

该报道选取万年村作为长期蹲点调研点，由总编辑带队，坚持每月蹲点采访，在一年时间里每月推出一期，最终形成共 12 篇、近 3 万字的《乡村振兴蹲点记》，通过党报视角反映了乡村振兴战略下四川农村的发展变化。

新媒体展示

使用手机扫描下方二维码，即可观看本条获奖作品的新媒体展示。

获奖理由

这组报道将一座村庄作为长达一年的重点报道对象，把深入调查研究同中心工作宣传紧密结合起来，充分体现了以人民为中心的工作导向，运用了大兴调查研究的传家法宝，展示了全媒融合传播的动员能力，是党报在新形势下大兴调查研究的一次有益探索。

一等奖

打造原创技术
策源地系列报道

作品信息

作品类型：一等奖·文字系列报道
刊播单位：《科技日报》
报送单位：科技日报社
作　　者：陈瑜、矫阳、操秀英、刘园园、都芃
编　　辑：刘莉、胡兆珀
作品字数：6 426 字
刊播版面：要闻 1 版
首发日期：2022 年 5 月 23 日

作品简介

科技日报社为喜迎二十大，结合中央深改委会议精神，于 2022 年 5 月开设"打造原创技术策源地"专栏，以系列报道的形式，展现近年来国资央企在创新方面的努力、成绩及未来发展思路。该系列报道共包括 9 期作品，聚焦 9 家央企的创新故事。

获奖理由

这组系列报道立足于记者对相关行业的长期耕耘和积累，精心采访、精细写作。报道既注重主题性，又注重可读性，形式多样，文风清新，从形式到内容，都是《科技日报》对创新主体报道的有益探索。

新媒体展示

使用手机扫描下方二维码，即可观看本条获奖作品的新媒体展示。

记者调查·羊皮去哪儿了？

作品信息

作品类型：一等奖·系列报道
刊播单位：内蒙古广播电视台
报送单位：内蒙古自治区新闻工作者协会
作　　者：陈冰凌、宝力格、张青英、梁永芬、
　　　　　诺明塔娜、刘佳、王智飞、刘杨
编　　辑：刘华、史子龙、呼牧
作品时长：14 分 38 秒
刊播栏目：内蒙古卫视《晚间报道》
首发日期：2022 年 8 月 2 日

作品简介

2021年，内蒙古牛羊肉产量位居全国第一，但全区羊皮加工率却不足10%。如何破解制革行业的发展困境？记者深入农村牧区和企业进行调研采访，提出将牛羊的皮毛"吃干榨尽"，让老百姓的收益实现最大化的解决途径。

新媒体展示

使用手机扫描下方二维码，即可观看本条获奖作品的新媒体展示。

获奖理由

这组报道作风扎实，以实地调研形式做了翔实的调查采访，用简明清晰的表达将主题一一展示，较好地实践了"四力"要求；报道数据运用得当，数字不多但恰到好处；报道中有现象、有追问、有分析，有解决问题的思路，层次分明、表达到位。

习近平等瞻仰延安革命纪念地

作品信息

作品类型：一等奖·新闻摄影
刊播单位：新华社
报送单位：中国新闻摄影学会
作　　者：王晔
编　　辑：集体
作品幅数：1幅
刊播版面：彩色通稿
首发日期：2022年10月27日

作品简介

2022年10月27日，在党的二十大胜利闭幕后，中共中央总书记、国家主席、中央军委主席习近平带领新当选的中共中央政治局常委赴陕西延安瞻仰延安革命纪念地。作品记录了习近平总书记等领导同志参观后步出展厅的精彩瞬间。

获奖理由

这张照片无论从现场环境、形象元素、典型符号等任何方面衡量，都彰显了天成、妙手偶得的光芒。习近平同志带领新当选的中共中央政治局常委阔步向前、坚定自信，背景中"胜利的出发点"六个金色大字更成为点睛之笔。

新媒体展示

使用手机扫描下方二维码，即可观看本条获奖作品的新媒体展示。

铁翼护航新时代
——中国空军歼-20战斗机影像志

作品信息

作品类型：一等奖·新闻摄影
刊播单位：解放军新闻传播中心中国军网
报送单位：中国新闻摄影学会
作　　者：余红春
编　　辑：孙智英
作品幅数：8幅
发布平台：中国军网
首发日期：2022年12月30日

作品简介

为了展现强军十年的风采，摄影师用近10年的时间长期跟踪拍摄国产隐形战斗机歼-20参加各项重大活动的影像，用独特的视角为读者带来精彩瞬间，充分展现了中国空军与世界其他发达国家在天空中拼刺刀的能力与胆量。

新媒体展示

使用手机扫描下方二维码，即可观看本条获奖作品的新媒体展示。

获奖理由

本组作品以摄影纪实的手法，艺术而全面地展现了歼-20铁翼多视角、多姿态、多机动的优美身姿，向世人拉开了其神秘的面纱。每张照片视角独特、构图精练、用光精准，透露出摄影者的匠心独具。

手绘长卷｜长城群英绘·北京2022年冬奥会冠军"全家福"

作品信息

作品类型：一等奖·新闻漫画
刊播单位：长城新媒体集团冀云客户端
报送单位：中国新闻漫画研究会
作　　者：集体
编　　辑：集体
作品幅数：1 幅
发布平台：冀云客户端
首发日期：2022 年 2 月 20 日

作品简介

2022年北京冬奥会期间，长城新媒体集团和中国日报网邀请国内多名优秀漫画家每天为当日产生的冠军绘制漫画肖像。冬奥会闭幕当晚，完整推出了109个项目、200余名冬奥冠军的肖像，同时制作了动漫视频，作品的新闻性与艺术性相得益彰。

获奖理由

本作品选题重大、视角独特、形式新颖、制作精良，将新闻性、艺术性展现得淋漓尽致，揭示了世界一家亲、一起向未来的深刻寓意，诠释了胸怀大局、自信开放、迎难而上、追求卓越、共创未来的北京冬奥精神。

新媒体展示

使用手机扫描下方二维码，即可观看本条获奖作品的新媒体展示。

播火者

作品信息

作品类型:一等奖·副刊作品
刊播单位:《解放军报》
报送单位:中国报纸副刊研究会
作　　者:栗振宇、王含丰
编　　辑:赵阳
作品字数:6 800 字
刊播版面:长征副刊 12 版
首发日期:2022 年 11 月 28 日

作品简介

作品以报告文学的形式,讲述了教员们以火一般的热情用心传播党的创新理论、点亮官兵追求真理的信仰之光的故事。文章展现了教员群体独特的精神气质和无私的师者情怀,让人从中感悟到"星火"群体的魅力所在和价值哲学。

新媒体展示

使用手机扫描下方二维码,即可观看本条获奖作品的新媒体展示。

获奖理由

思政教育是当下最重要的一项工作,本作品探索了在部队年轻人中传播马克思主义,做好思政、做活思政的方式,努力让主题宣讲成为一种风尚与潮流。作品主题宏大、视角独特、效果显著、细节丰富、文笔细腻,思想性和文学性俱佳。

权威访谈｜张扬对话王亚平：重返太空的183天

作品信息

作品类型：一等奖·新闻访谈
刊播单位：新华社
作　　者：张扬、马原驰、赵世通、李桢宇、
　　　　　刘春晖、杨志刚、麦凌寒、宋育泽
编　　辑：集体
作品时长：30分25秒
发布平台：新华社
首发日期：2022年9月21日

作品简介

在中国载人航天工程立项实施三十周年之际，新华社专访了中国首位太空漫步的女航天员王亚平。作品聚焦神十三飞行任务背后的精彩故事，以王亚平一人为缩影，折射出航天事业三十年来风雨兼程、笃定前行的奋斗姿态。

获奖理由

第一，本作品实现了多场景、全方位创作，塑造了真实可感的榜样人物。第二，作品拉长跨度，跟踪报道，用心用情创作，使节目有厚度有品质。第三，作品通过多平台、矩阵式播发，以精准传播收获热烈反馈和广泛好评。

新媒体展示

使用手机扫描下方二维码，即可观看本条获奖作品的新媒体展示。

高端访谈
专访印度尼西亚总统佐科

作品信息

作品类型：一等奖·新闻访谈
刊播单位：中央广播电视总台
报送单位：中国广播电视社会组织联合会
作　　者：阴丽萍、程越、邹韵、贾建京、葛倩、
　　　　　路一鸣、董媛
编　　辑：集体
作品时长：28分55秒
刊播栏目：CCTV－13新闻《高端访谈》栏目
首发日期：2022年10月14日

作品简介

此专访立足国际格局新变化、全球治理新挑战和中国外交新高度，就热点问题发问、就焦点问题追问，敢于触碰敏感问题，致力宣传领袖思想，配合政治议程响亮发出中国声音。

新媒体展示

使用手机扫描下方二维码，即可观看本条获奖作品的新媒体展示。

获奖理由

本期专访立意深远，表达生动，展现出全球视野，彰显了我国负责任的大国担当。节目围绕关切点做大共情点，通过一个个故事把两国关系实化，用可见可触可感的案例展现出来，在理念、内容、形式、手法上做到了创新融合、高端高效。

独家直播│专家解读:解放军在台岛周边海空域进行重要军事演训行动

✉ 作品信息

作品类型:一等奖·新闻直播
刊播单位:央视新闻客户端
报送单位:中国广播电视社会组织联合会
作　　者:集体
编　　辑:集体
作品时长:2时35分39秒
发布平台:央视新闻客户端
首发日期:2022年8月4日

💻 作品简介

2022年8月2日,美国众议院议长佩洛西窜访中国台湾地区,中方对此强烈谴责、坚决反对。中国人民解放军随即宣布将在台岛周边海空域进行重要军事演训行动,并组织实弹射击。央视新闻正直播对此事件率先开启了新媒体直播。

💬 获奖理由

本作品针对美国众议院议长佩洛西窜访中国台海地区这一全民关注的重大事件率先开启新媒体直播,独家演训画面、多个机构的权威信息发布、多位专家的权威解读并机播出,实现了全网最早、最长的新媒体直播,有力地引导了网络舆论。

📶 新媒体展示

使用手机扫描下方二维码,即可观看本条获奖作品的新媒体展示。

中国之声特别直播
《国家公园·两天一夜》
——海南热带雨林国家公园之《林间密语》

📧 作品信息

作品类型：一等奖·新闻直播
刊播单位：中央广播电视总台
报送单位：中国广播电视社会组织联合会
作　　者：集体
编　　辑：集体
作品时长：56分39秒
刊播频道：中国之声 特辟时段
首发日期：2022年11月20日

💻 作品简介

中国之声记者在首批国家公园成立一周年之际深入国家公园核心区，实地调查当地自然保护地管理、生态富民建设、生物多样性保护等多方面进展，依托国家公园的特色产业、管理模式创新，展示其设立以来交出的亮眼"生态答卷"。

💬 新媒体展示

使用手机扫描下方二维码，即可观看本条获奖作品的新媒体展示。

📶 获奖理由

该作品通过直播彰显"人与自然和谐共生的现代化"的践行成果，首创"广播露营"方式，应用5G背包、卫星传输等传播理念和技术，让人身临其境，使广播直播实现良好的传播效果。

2022年10月24日《人民日报》要闻一版

作品信息

作品类型：一等奖·新闻编排
刊播单位：《人民日报》
报送单位：中国新闻漫画研究会
作　　者：集体
编　　辑：刘磊、彭俊、洪岩
刊播版面：要闻一版
首发日期：2022年10月24日

作品简介

在党的二十届一中全会产生中央领导机构中，习近平同志任中共中央总书记、中央军委主席，是党心所向、民心所盼，凝聚全党共同意志、反映人民共同心声。本作品用头版浓墨重彩地记录了这一举国关注、举世瞩目的重要历史时刻。

获奖理由

作品标题竖排、全部套红，上下贯通、顶天立地，极具视觉冲击力；大幅照片位于版面视觉中心，表达了人民对习近平总书记作为党中央的核心、全党的核心的衷心拥戴；图文分区搭配得当，头条和报眼稿件形成呼应，相得益彰，极具厚重感。

新媒体展示

使用手机扫描下方二维码，即可观看本条获奖作品的新媒体展示。

2022年5月11日
《中国青年报》要闻1-4版通版

✉ 作品信息

作品类型:一等奖·新闻编排
刊播单位:中国青年报
报送单位:中国新闻漫画研究会
作　　者:王素洁、程璨
编　　辑:王一迪、孙庆玲
作品字数:1 882字
刊播版面:《建团百年庆祝大会通版设计》要闻
　　　　　1版、4版通版
首发日期:2022年5月11日

💻 作品简介

这是一个围绕庆祝中国共产主义青年团成立100周年大会精心设计的可视化版面,在报头、标题制作、提要摘取等方面也大胆打破常规,采用了竖报头,整体版面立意鲜明,既有美感又有内涵。

💬 新媒体展示

使用手机扫描下方二维码,即可观看本条获奖作品的新媒体展示。

📶 获奖理由

这一聚焦建团百年庆祝大会的通版设计是中青报重大主题宣传报道的又一个里程碑式的精品,受到了团中央书记处的高度评价,该作品也是本报建团百年全媒体报道的重要组成部分,在青年群体中引发强烈反响。

2022年2月4日
《北京新闻》

📧 作品信息

作品类型：一等奖·新闻编排
刊播单位：北京广播电视台
报送单位：中国广播电视社会组织联合会
作　　者：集体
编　　辑：集体
作品时长：25分钟2秒
发布平台：北京卫视
首发日期：2022年2月4日

💻 作品简介

第24届冬季奥林匹克运动会当天20点开幕，《北京新闻》18点30分开播，距大会开幕仅一个半小时。栏目提前策划，精心组织，以"万众期盼 梦圆'双奥'"为主题，用整版的篇幅记录奥林匹克盛会来临前的北京城故事。

💬 获奖理由

节目收视表现优异，在北京地区收视率和全国35座城市收视率均排名同时段第一；网上传播流量多，在"学习强国""北京时间"等平台的点击量均超过10万次；社会反响好，北京冬奥组委、市委宣传部均对栏目报道给予了表扬。

📶 新媒体展示

使用手机扫描下方二维码，即可观看本条获奖作品的新媒体展示。

一　见

作品信息

作品类型：一等奖·新闻专栏
刊播单位：人民日报客户端
报送单位：中国记协新媒体专业委员会
作　　者：集体
编　　辑：集体
作品字数：95 000字
发布平台：人民日报客户端
首发日期：2022年5月12日

作品简介

重点融媒体专栏"一见"创办于2020年5月，栏目聚焦习近平总书记重大时政活动，充分依托记者现场报道优势，由人民日报社采编部门骨干力量撰写稿件，第一时间在人民日报客户端首发。

新媒体展示

使用手机扫描下方二维码，即可观看本条获奖作品的新媒体展示。

获奖理由

该栏目聚焦习近平总书记重大时政活动，依托记者现场报道优势，多方面挖掘现场第一见闻。文章引起社会广泛关注和热烈反响，充分证明专栏的含金量和示范性，成为宣传阐释好习近平新时代中国特色社会主义思想的网络主阵地。

新闻联播

作品信息

作品类型：一等奖·新闻专栏
刊播单位：中央广播电视总台
报送单位：中国广播电视社会组织联合会
作　　者：集体
编　　辑：集体
发布平台：中央广播电视总台
首发日期：2022年1月1日

作品简介

作为中央广播电视总台的旗舰新闻栏目，《新闻联播》把坚持正确舆论导向放在首位。2022年栏目在党的二十大重大宣传报道中彰显主力军、压舱石的作用。

获奖理由

《新闻联播》把坚持正确的舆论导向放在首位。2022年栏目在党的二十大重大宣传报道中彰显主力军、压舱石的作用，聚力守正创新，不断探索更贴近人民群众的选题方向、报道手法、编排方式、传播手段。

新媒体展示

使用手机扫描下方二维码，即可观看本条获奖作品的新媒体展示。

权威快报

作品信息

作品类型:一等奖·新闻专栏
刊播单位:新华社客户端
报送单位:中国记协新媒体专业委员会
作　　者:集体
编　　辑:集体
发布平台:新华社客户端
首发日期:2020年12月3日

作品简介

2020年11月底,新华社推出"权威快报"融媒专栏,该专栏充分利用新华社国内重大新闻首发资源,借助海报在新媒体平台传播的可视化、轻量化表现形式,将新华社传统权威发布的内容优势逐步转变为网络传播新优势。

新媒体展示

使用手机扫描下方二维码,即可观看本条获奖作品的新媒体展示。

获奖理由

该栏目依托于重大新闻首发资源,利用海报在新媒体平台传播的可视化、轻量化表现形式,聚焦于国家大政方针、工作重点和经济社会热点领域。在自身设置、新媒体传播等方面不断创新,增强专栏的传播力和影响力。

强军论坛

作品信息

作品类型：一等奖·新闻专栏
刊播单位：《解放军报》
报送单位：中国报纸副刊研究会
作　　者：桑林峰、孙阳、李秦卫、张顺亮、韩炜、田哲、张迪
编　　辑：辛士红、曾火伦、侯磊
刊播版面：要闻二版
首发日期：2013年8月1日

作品简介

该栏目是《解放军报》宣传习近平强军思想的重要阵地，是阐释党中央、中央军委和习主席重要观点的品牌栏目。在选题上始终紧跟党、国家和军队大事要事，举旗定向、强势发声，释疑解惑、凝聚共识。

获奖理由

该栏目站位高、立意好，紧紧围绕习近平强军思想，聚焦党、国家和军队大事要事，积极为"学强军思想、干强军事业"发声发力，推出了一批有品质、有附加值的精品力作。

新媒体展示

使用手机扫描下方二维码，即可观看本条获奖作品的新媒体展示。

经济论坛

作品信息

作品类型:一等奖·新闻专栏
刊播单位:《经济日报》
报送单位:中国报纸副刊研究会
作　　者:集体
编　　辑:集体
刊播版面:1版
首发日期:2020年8月23日

作品简介

经济报道是《经济日报》的主责主业,评论言论是做好新闻宣传舆论引导工作的有力抓手。"经济论坛"专栏将两方面高度统一、深度结合,是经济日报社举全社采编力量重点打造的品牌言论栏目,署名"金观平"。

新媒体展示

使用手机扫描下方二维码,即可观看本条获奖作品的新媒体展示。

获奖理由

该专栏围绕中心,服务经济发展大局,针对经济热点、难点问题及时发声,给予专业准确的解读评说,在回应关切、解疑释惑中凝聚了社会共识,起到了鼓舞士气、凝聚人心、明辨是非的作用。

一访定心

作品信息

作品类型：一等奖·新闻专栏
刊播单位：无锡市广播电视台无锡博报新闻客户端
报送单位：中国记协新媒体专业委员会
作　　者：陈秋峰、黄志东、任树倩、刘妩、匡宇英、张健、贾雷
编　　辑：集体
作品时长：18分26秒
发布平台：无锡博报新闻客户端
首发日期：2020年9月3日

作品简介

《一访定心》由无锡广播电视台、无锡市信访局联合开办。栏目定位是"建设性舆论监督融媒体专栏"，以"媒体报道＋信访落实＋共治共建"为基本模式，倾力在政府、部门、媒体和百姓之间架设沟通、理解的桥梁。

获奖理由

该栏目以"媒体报道＋信访落实＋共治共建"模式，在政府、部门、媒体和百姓之间架设沟通、理解的桥梁，探索共建共治共享社会治理新格局的无锡路径，使其更加贴近民生及社会各界需求。

新媒体展示

使用手机扫描下方二维码，即可观看本条获奖作品的新媒体展示。

清风侠在路上

作品信息

作品类型：一等奖·新闻专栏
刊播单位：湖南广播电视台
报送单位：中国广播电视社会组织联合会
作　　者：徐蓉、李运宗、钟启华、李浩、钟林、
　　　　　周鑫、胡宇鑫
编　　辑：李浩、钟林、胡宇鑫
刊播频道（率）：FM91.8 湖南交通频道
首发日期：2016年12月5日

作品简介

《清风侠在路上》是湖南省第一档党风廉政广播节目，也是全国最早推出的、有影响力的党风廉政广播节目之一，逐步成长为湖南省"全面从严治党警示教育"权威宣传平台。

新媒体展示

使用手机扫描下方二维码，即可观看本条获奖作品的新媒体展示。

获奖理由

本节目紧扣时代脉搏，坚守人民立场，助力全面从严治党，彰显党媒担当；创新报道形态，讲好廉政故事，评论精炼有力，坚持融媒传播，多渠道立体发布，影响范围广泛；回应群众关切，推动问题解决。

焦点时刻

作品信息

作品类型：一等奖·新闻专栏
刊播单位：湖北广播电视台
报送单位：中国广播电视社会组织联合会
作　　者：柳芳、杨康、华磊、余飞、徐嘉珉、
　　　　　王昱
编　　辑：集体
刊播频道（率）：FM104.6 湖北之声
首发日期：1994年1月1日

作品简介

高举政治大旗、弘扬主流价值、记录重要时刻、聚焦重大主题。在党的二十大主题宣传等多个重大时刻，推出特别策划，打造创意产品，高举评论旗帜，创新推出专栏《热点里的价值观》，针对网络热点事件即时点评、权威发声。

获奖理由

该专栏把引领舆论导向和弘扬主流价值放在首位，记录重要时刻、聚焦重大主题、坚持内容为本、坚持创新为要；坚持造精品，整合资源，持续推出多样态的产品集群。

新媒体展示

使用手机扫描下方二维码，即可观看本条获奖作品的新媒体展示。

红色故事绘

作品信息

作品类型：一等奖·新闻专栏
刊播单位：江西日报社大江网大江新闻客户端
报送单位：中国记协新媒体专业委员会
作　　者：集体
编　　辑：顾强、叶涛、童孝飞
发布平台：大江新闻客户端
首发日期：2021 年 9 月 10 日

作品简介

2022 年 6 月起，该专栏由江西组工微讯、江西省党史综合服务中心和大江网联合精心打造。专栏紧扣安源工运百年、井冈山革命根据地创建 95 周年等重要党史时间节点和宣传报道主题。

新媒体展示

使用手机扫描下方二维码，即可观看本条获奖作品的新媒体展示。

获奖理由

该栏目紧跟时代发展需求，特色鲜明，敏锐抓住新时期宣传工作的需要、传播对象的需求，将触角通过乡村大喇叭延伸到广大农村，直达中国最基层，用一种新颖的节目方式为推进乡村振兴履行媒体的责任。

相约冬奥

作品信息

作品类型：一等奖·新闻专栏
刊播单位：河北广播电视台
报送单位：(自荐他荐)
作　　者：集体
编　　辑：集体
刊播频道(率)：都市频道
首发日期：2019 年 12 月 14 日

作品简介

《相约冬奥》于 2019 年创办，是全国最早开办的冬奥专栏节目之一，是一档延续至今的以冬奥为主题的常设栏目，全程报道 2022 年北京冬奥会盛况。节目把人类命运共同体的主题贯穿始终，成为向全世界展现中国精神的传播窗口。

获奖理由

该栏目持续聚焦北京冬奥会，从冬奥前、到冬奥中，再到后冬奥时代，栏目整体风格鲜明、评论扣题、节奏轻快，报道视角多元、呈现方式巧妙、内容涵盖范围广泛。

新媒体展示

使用手机扫描下方二维码，即可观看本条获奖作品的新媒体展示。

把彻底的理论讲彻底
把鲜活的思想讲鲜活
——做深做实习近平经济思想宣传的探索与思考

📧 作品信息

作品类型：一等奖·新闻业务研究
刊播单位：《新闻战线》
报送单位：人民日报社
作　　者：马宏伟、张怡恬、殷鹏
编　　辑：陈利云
作品字数：3 267字
刊播版面：新闻战线 2022.04（上）
首发日期：2022年4月15日

💻 作品简介

本文结合人民日报社理论部多年从事党的创新理论宣传的经验，在对一系列典型案例进行深入研究思考的基础上，深度解析了习近平经济思想宣传阐释如何在学理化上深耕、在学术化上用功、在大众化上着力。

💬 新媒体展示

使用手机扫描下方二维码，即可观看本条获奖作品的新媒体展示。

📶 获奖理由

专门阐释如何做好习近平经济思想理论宣传的论文较少，该文是其中较有分量、有质量的一篇，对于深化相关研究具有重要意义。该文分析阐述了做深做实习近平经济思想宣传的思路和做法。

新闻舆论工作者
要时刻心怀"国之大者"

📧 作品信息

作品类型：一等奖·新闻业务研究
刊播单位：《新闻战线》
报送单位：江苏省新闻工作者协会
作　　者：双传学
编　　辑：陈利云
作品字数：6 118 字
刊播版面：新闻战线 2022.08（上）
首发日期：2022 年 8 月 15 日

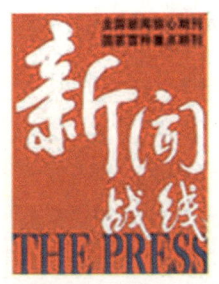

💻 作品简介

论文从历史进程、时代发展、国家利益、根本立场等方面揭示了习近平总书记关于"国之大者"重要论述的深刻内涵，阐述了新闻舆论工作者心怀"国之大者"的职责使命。

💬 获奖理由

该文将习近平总书记关于心怀"国之大者"的重要论述和关于新闻舆论工作的重要论述结合起来进行深入分析，系统阐述了新闻舆论工作心怀"国之大者"的重大意义和方法路径，有较强的理论创新性和实践指导性。

📶 新媒体展示

使用手机扫描下方二维码，即可观看本条获奖作品的新媒体展示。

"奋进强国路·总书记这样引领中国式现代化"

作品信息

作品类型：一等奖·重大主题报道
刊播单位：《人民日报》
报送单位：人民日报社
作　　者：集体
编　　辑：集体
作品字数：24 120字
刊播版面：要闻1版转要闻2版
刊播日期：2022年2月28日至2022年3月4日

作品简介

作品全面回顾了习近平总书记坚定不移地推进中国式现代化的历史场景和非凡历程，高屋建瓴、大气磅礴，选题精当、内容厚重，视野宏阔、论述宏富，是帮助受众读懂中国式现代化特点特征的重磅策划和报道。

新媒体展示

使用手机扫描下方二维码，即可观看本条获奖作品的新媒体展示。

获奖理由

作品一经推出，即得到全网推送，社会反响热烈，极大地激励了全党全国各族人民以更加昂扬的姿态向着第二个百年奋斗目标、向着中华民族伟大复兴的中国梦奋勇前进，为即将召开的全国两会营造了良好的舆论氛围。

神山村三日

作品信息

作品类型:一等奖·重大主题报道
刊播单位:《光明日报》
报送单位:光明日报社
作　　者:邢宇皓、王斯敏、刘文嘉、胡晓军、
　　　　　谢文、孙金行、卢泽华
编　　辑:周迅、雷柯、吴晓杰、夏龙飞、
　　　　　杨永磊、王旭东
作品字数:12 337字
刊播版面:1版要闻、4版
刊播日期:2022年7月21日

作品简介

作品主题重大,通过讲述神山村的发展变迁,体现了习近平总书记对革命老区和老区人民的关心关爱、"人民至上"的深厚情怀,展现了脱贫攻坚、乡村振兴战略带来的喜人嬗变,以及党和人民之间血肉相连的深挚情感。

获奖理由

作品是坚持政治家办报与尊重新闻规律相结合,倾心讲好新时代故事的生动体现。调研组深入践行"四力"开展调查研究,记者的笔端饱蘸感情,文字充满张力,打磨出来的作品具有很强的感染力、战斗力。

新媒体展示

使用手机扫描下方二维码,即可观看本条获奖作品的新媒体展示。

情　怀

作品信息

作品类型：一等奖·重大主题报道
刊播单位：新华社客户端
报送单位：新华社
作　　者：集体
编　　辑：集体
作品时长：45 分 35 秒
发布平台：新华社客户端
发布日期：2022 年 10 月 17 日 22 时 59 分

作品简介

党的二十大开幕前夕，由新华社出品的纪录片《人民情怀》《文化情怀》《天下情怀》播出，首次从人民、文化、天下三个维度系统展现了习近平总书记的思想智慧、雄才伟略、人格风范。

新媒体展示

使用手机扫描下方二维码，即可观看本条获奖作品的新媒体展示。

获奖理由

该作品的内容选取、整体形式和叙事风格在同类题材中均属首创，充分展现了总书记的思想智慧、雄才伟略、人格风范，在党的二十大开幕前夕形成宣传高潮，是一部策划独到、主题鲜明、制作精良、传播广泛的重磅力作。

领 航

作品信息

作品类型：一等奖·重大主题报道
刊播单位：中央广播电视总台
报送单位：中央广播电视总台
作　　者：集体
编　　辑：集体
作品时长：1小时30分
刊播版面：综合频道 特辟时段
刊播日期：2022年10月8日至2022年10月15日

作品简介

作品由中宣部联合中央党史和文献研究院、国家发展改革委、国家广播电视总局、中央广播电视总台、中央军委政治工作部等单位共同摄制，深刻回答了党和国家事业靠什么取得了这样的历史性成就、发生了这样的历史性变革。

获奖理由

作品播出后引起社会各界的强烈共鸣，首播电视端相关节目及报道的观众总触达人次为9.11亿次。作品讲好中国故事，传播好中国声音，成为这些年来网络舆论场影响最广的大型电视专题片之一。

新媒体展示

使用手机扫描下方二维码，即可观看本条获奖作品的新媒体展示。

北京2022年冬奥会和冬残奥会官方特别报道

作品信息

作品类型：一等奖·重大主题报道
刊播单位：北京日报社2022年北京冬奥会和冬残奥会官方中文会刊
报送单位：北京市新闻工作者协会
作　　者：集体
编　　辑：集体
刊播版面：1版、16版
刊播日期：2022年1月21日至2022年3月14日

作品简介

作品为北京冬奥组委授权传递官方权威声音的特别报道，权威记录了冬奥赛事进程、运动员的高光时刻和幕后故事，生动展现了北京作为"双奥之城"的历史跃迁，用心塑造了可信、可爱、可敬的中国形象。

新媒体展示

使用手机扫描下方二维码，即可观看本条获奖作品的新媒体展示。

获奖理由

作品鲜明彰显了新时代中国主流媒体勇担使命、继承传统、精益求精的精神品格，充分展现了首都党媒的内容策划力、融合传播力和社会影响力。作品独树一帜、独一无二，成功记录了世界和中国新闻出版的一页精彩历史。

特稿:新征程领路人习近平

作品信息

作品类型:一等奖·国际传播
刊播单位:新华社
报送单位:新华社
作　者:王进业、孟娜、李志晖、许林贵、张博文
编　辑:李凯、陈君、王永康、柳新勇、张芽芽、刘畅、王东明、杨晓静
作品字数:18 847 字
刊播版面:新华网通稿、新媒体客户端、中文线路
刊播日期:2022 年 10 月 25 日

作品简介

作品用近1.9万字生动记述了习近平总书记的成长历程,充分展现了他卓越的领导才能,全面展望、描绘了在习近平总书记领导下中国奋进全面建设社会主义现代化国家新征程的壮丽图景。

获奖理由

作品从领袖与人民的亲切关系中把握报道基调,生动展现了新时代的非凡历程,并对海外最关切的问题有针对性地作出了回应,写作上把小故事与大情怀相结合,在国际话语中彰显了全球认同。

新媒体展示

使用手机扫描下方二维码,即可观看本条获奖作品的新媒体展示。

习近平抵达利雅得出席首届中国-阿拉伯国家峰会、中国-海湾阿拉伯国家合作委员会峰会并对沙特进行国事访问

作品信息

作品类型：一等奖·国际传播
刊播单位：新华社
报送单位：中国新闻摄影学会
作　　者：黄敬文
编　　辑：集体
作品字数：161字
刊播版面：彩色通稿
刊播日期：2022年12月7日

作品简介

12月7日，国家主席习近平抵达沙特阿拉伯首都利雅得，对其进行国事访问。记者排除现场多重干扰因素，找准点位，抓住拍摄时机，定格珍贵历史瞬间。在中外所有媒体视频和图片报道中，这是现场唯一一张全要素的画面。

新媒体展示

使用手机扫描下方二维码，即可观看本条获奖作品的新媒体展示。

获奖理由

摄影记者能在紧张复杂的现场环境中，成功抓取记录下沙特阿拉伯特别安排的最高礼遇，不仅使新闻信息更加完备生动，更彰显了新闻事件背后的特殊重要意义，也展现出摄影记者的高度新闻敏感和扎实摄影功力。

中国政府和中国人民实现祖国统一的决心坚如磐石

作品信息

作品类型：一等奖·国际传播
刊播单位：《人民日报》
报送单位：人民日报社
作　　者：马小宁、裴广江、胡泽曦
编　　辑：马小宁
作品字数：1 553 字
刊播版面：要闻 1 版
刊播日期：2022 年 8 月 3 日

作品简介

作品对佩洛西窜台恶行定性定调，对美国政府企图"以台制华"进行严正揭批，对民进党当局"倚美谋独"的危险行径进行严正震慑，展现了中国人民捍卫国家主权和领土完整的坚强决心、坚定意志和强大能力。

获奖理由

作品以新时代党解决台湾问题的总体方略为指导，准确阐释中方立场，稳妥把握基调，精准有力批驳，在国内外舆情复杂的关键时刻及时权威发声，旗帜鲜明、一锤定音，取得了显著的传播效果。

新媒体展示

使用手机扫描下方二维码，即可观看本条获奖作品的新媒体展示。

Visits of vision
（习近平主席的海外足迹）

作品信息

作品类型：一等奖·国际传播
刊播单位：《中国日报》
报送单位：中国日报社
作　　者：集体
编　　辑：张霞、崔海培
作品字数：3 413 字
刊播版面：1 版转 3 版、1 版转 4 版
刊播日期：2022 年 5 月 23 日至 2022 年 8 月 23 日

作品简介

系列报道通过回顾参与者、见证者的亲身经历和回忆，重温习主席出访的生动场景、感人细节，展现出习主席既平易近人、和蔼可亲，又高瞻远瞩、胸怀天下的世界级领袖的形象魅力和气度风范。

新媒体展示

使用手机扫描下方二维码，即可观看本条获奖作品的新媒体展示。

获奖理由

作品结构完整，逻辑清晰，稿件侧重切口精准，通过案例讲故事说道理，以小见大，深入浅出。作品创新叙事手法，突出中国视角，强化融合传播，对推进我国际传播能力建设具有借鉴意义。

Home story in Jiangsu
("家"在江苏)

作品信息

作品类型：一等奖·国际传播
刊播单位：新华报业传媒集团交汇点新闻客户端
报送单位：中国记协新媒体专业委员会
作　　者：尤健、沈峥嵘、陈澄、朱娜、
　　　　　钱盈盈、付岩岩、张迪
编　　辑：尤健
作品字数：27 916 字
发布平台：交汇点客户端
发布日期：2022 年 10 月 15 日 23 时 31 分

作品简介

作品以反映中国十年发展成就为主线，以外国建筑师团队的学术调研为视角，行走江苏城乡，观察讲述百姓生活"家"故事，在重要节点向海内外成功展示了中国式现代化发展内涵。

获奖理由

作品创新性地打破了常规叙事单一线性逻辑，实现了以讲故事为核心的"柔性传播"、以创意 IP 为焦点的"精准传播"、以技术为支撑的"融合传播"、以田野调查为外延的"深度传播"。

新媒体展示

使用手机扫描下方二维码，即可观看本条获奖作品的新媒体展示。

《永动的战争机器》系列专题

作品信息

作品类型：一等奖·国际传播
刊播单位：中央广播电视总台
报送单位：中央广播电视总台
作　　者：集体
编　　辑：集体
作品时长：1小时30分钟
刊播版面：CGTN《亚洲观察》《今日世界》《视点》《对话》
刊播日期：2022年5月27日至2022年7月14日

作品简介

当美国国内种族歧视、枪支泛滥、贫富差距等问题不断激化，却仍抱有冷战思维、推行霸权主义之际，CGTN制作《永动的战争机器》系列"批美四部曲"专题，揭批美国国内深层次矛盾和结构性弊端。

新媒体展示

使用手机扫描下方二维码，即可观看本条获奖作品的新媒体展示。

获奖理由

作品引用了大量数据和事实、历史画面、采访资料，注重国际化表达，夹叙夹议，技术创新突破，跳出常态制播区域，多渠道、多平台、多语种融合传播，有效地实现了中国声音的海外落地，进一步冲破西方话语体系。

中国 UP！

作品信息

作品类型：一等奖·典型报道
刊播单位：中央广播电视总台
报送单位：中央广播电视总台
作　　者：集体
编　　辑：李伟、江永韬、张省
作品时长：21分钟54秒
发布平台：中央广播电视总台
刊播日期：2022年4月25日至2022年10月6日

作品简介

作品邀请各行业的基层代表和行业领袖，以主题演讲的形式融入了网友喜闻乐见的脱口秀表现风格，让"硬核"的主题分享入耳、入脑、入心，并调动音响、灯光、影像、AR等演播技术手段，带来了视觉、听觉、思想的盛宴。

获奖理由

作品是集思想性、艺术性的青春正能量节目，从个人故事、个人体验出发，讲述正能量的中国故事，展现奋进向上的大时代。作品融入创新性的制作技术、节目形式、表现手法、传播手段，打破了电视新闻人物报道的惯用手法。

新媒体展示

使用手机扫描下方二维码，即可观看本条获奖作品的新媒体展示。

跨越90年的"重逢"

作品信息

作品类型:一等奖·典型报道
刊播单位:江西广播电视台
报送单位:江西省新闻工作者协会
作　　者:雷晴、龚丹、徐炳栋、杨汉青、肖檬、
　　　　　谢淑荣、刘海繁
编　　辑:赵洪潭、熊婕霓、徐婷
作品时长:14分钟15秒
发布平台:江西广播电视台
发布日期:2022年11月7日12时

作品简介

作品记录了政府、媒体、画家及社会各界爱心人士一起为老人圆梦的过程。该片以为烈士画像、为老人圆梦为主线,用典型人物故事回应总书记要求。作品中的人物是难得的红色精神传承的典型人物,更是党史学习教育的典型教材。

新媒体展示

使用手机扫描下方二维码,即可观看本条获奖作品的新媒体展示。

获奖理由

作品主题重大,人物典型。以迎接宣传贯彻党的二十大为主线,追忆革命先烈。史料翔实,细节生动,结构严谨。以情动人,制作精良,反响强烈。系列作品引发网友强烈共情,评论区被"泪奔""致敬"刷屏。

"七虎"竞南通

作品信息

作品类型：一等奖·典型报道
刊播单位：新华每日电讯
报送单位：南京大学新闻传播学院
作　　者：段羡菊、杨丁淼
编　　辑：谢锐佳、黄海波、张美霞
作品字数：6 634 字
刊播版面：《新华关注·调查观察》电讯五版
刊播日期：2022 年 12 月 19 日

作品简介

该作品是一篇敏锐领悟、生动体现"干部敢为、地方敢闯、企业敢干、群众敢首创"精神的典型报道，文气流畅，结构严谨，融合描述与分析，成功塑造出你追我赶、朝气蓬勃的区域经济发展"南通七虎"典型形象。

获奖理由

该作品被评为"2022 年度南通十大新闻"之一。该作品产生"出圈"效应，被众多平台、媒体大量转载，新华社客户端总阅读量超 410 万次。作品在国内不少地方得到好评，成为点燃地方奋斗激情、提振"拼经济"信心的样本式作品。

新媒体展示

使用手机扫描下方二维码，即可观看本条获奖作品的新媒体展示。

婴儿之殇与"雅培母乳强化剂"召回疑云

📧 作品信息

作品类型：一等奖·舆论监督报道（新媒体）
刊播单位：每日经济新闻网站、每日经济新闻客户端
报送单位：四川省新闻工作者协会
作　　者：集体
编　　辑：杜蔚、丁舟洋
作品字数：7 096 字
刊播版面：每日经济新闻网站、每日经济新闻客户端
首发日期：2022 年 4 月 14 日

💻 作品简介

该作品对全国数十个服用雅培召回产品的婴儿家庭进行深入调查，最终选取 11 个进行深度采访，取证扎实，了解到掩盖在雅培官方回复下触目惊心的真相，文章掷地有声，直指问题核心。

💬 新媒体展示

使用手机扫描下方二维码，即可观看本条获奖作品的新媒体展示。

📶 获奖理由

该作品是对国际巨头、世界 500 强企业美国雅培公司的婴儿产品质量问题的监督报道，涉及中国千千万万婴儿的奶粉安全问题，牵动人心。作品的题材重大，调查扎实，客观公正，具有极高的公共价值。

一等奖

三天 38 000！
医院太平间"天价"殡葬费调查

作品信息

作品类型：一等奖·舆论监督报道（广播）
刊播单位：北京广播电视台
报送单位：北京市新闻工作者协会
作　　者：于川梓
编　　辑：刘芳、李独伊
作品时长：14 分 44 秒
刊播版面：北京新闻广播 FM94.5《新闻热线》《整点快报》
首发日期：2022 年 4 月 8 日

作品简介

该报道深入医院太平间，调查殡葬收费乱象，揭露殡葬业"黑幕"，推动整个行业整改，是一组为民发声、维护社会公平正义的舆论监督报道。

获奖理由

这组播出于清明节后的连续报道，直面殡葬话题，直击"生老病死"中的最后一环，选题贴近民生，针对性和社会价值不言而喻。五篇报道环环相扣，音响生动典型，激浊扬清，针砭时弊，直击要害。

新媒体展示

使用手机扫描下方二维码，即可观看本条获奖作品的新媒体展示。

3·15特别报道·卧底调查南昌双汇

作品信息

作品类型：一等奖·舆论监督报道（电视）
刊播单位：江西广播电视台
报送单位：西北大学新闻传播学院
作　　者：蔡玲玲、余宽、何子怡、杨卿、
　　　　　张宗盛、宫斌、余超
编　　辑：金石明、李丹、李耀宇
作品时长：12分30秒
刊播版面：《都市现场》
首发日期：2022年3月14日

作品简介

2022年3·15前夕，记者根据江西都市频道24小时新闻热线的消费者来电投诉，以应聘入职的方式，通过近1个月的卧底调查，拍摄到了南昌双汇公司存在工作服发黑、发臭，消毒环节、风淋系统形同虚设等严重的食品安全问题。

新媒体展示

使用手机扫描下方二维码，即可观看本条获奖作品的新媒体展示。

获奖理由

民以食为本，食以安为先，食品安全是关乎千家万户健康的大事。江西都市频道以记者卧底的形式，曝光了"双汇"这类大公司仍存在漠视食品安全的种种违法违规行为。报道主题突出、题材重大，特此推荐。

新千里江山图,来了!

作品信息

作品类型:一等奖·融合报道
刊播单位:人民日报客户端
报送单位:中国记协新媒体专业委员会
作　　者:余荣华、熊捷、宋嵩、杨丽娟、
　　　　　林渊、贾雪、钟金叶、曹磊
编　　辑:梁昌杰、徐丹、胡洪江
作品时长:4分
刊播版面:人民日报客户端
首发日期:2022年10月15日

作品简介

《新千里江山图》借助新技术新手段,以极致化呈现给观众带来极致体验,以"思想＋情感＋艺术＋技术"的创作手法,奉献了一场从画面到心灵的感官盛宴,也使得名画《千里江山图》在新时代新征程中焕发出新的生命力和感召力。

获奖理由

该视频以千古名画《千里江山图》为创作背景,采用青绿山水中的传统国画技法,综合运用多种新媒体技术,将新时代十年的发展成就和奋斗故事融入名画之中,生动展现了中国人民在中国共产党领导下创造的一个又一个奇迹。

新媒体展示

使用手机扫描下方二维码,即可观看本条获奖作品的新媒体展示。

三星堆新发现｜古蜀国的青铜时代

作品信息

作品类型：一等奖·融合报道
刊播单位：央视新闻客户端
报送单位：中国记协新媒体专业委员会
作　　者：集体
编　　辑：集体
作品字数：44 956 字
作品时长：2 小时 56 分
刊播版面：央视新闻客户端
首发日期：2022 年 6 月 14 日

作品简介

节目围绕三星堆 7、8 号坑进入大规模文物提取阶段，报道考古最新发现。特别是以青铜器为线索讲述古蜀王国的青铜文明，让观众穿越到 3 000 多年前进入古蜀王国，感受以青铜器物为主的祭祀场景和古蜀人艺术与技术的辉煌成就。

新媒体展示

使用手机扫描下方二维码，即可观看本条获奖作品的新媒体展示。

获奖理由

该组系列报道利用先进的即时云渲染和虚幻引擎技术，展开移动沉浸式 VR 直播和 H5 集纳式报道，在互联网"云端"呈现考古发掘现场，实现融合传播同时拓展传统电视媒体边界，为观众提供更多元化、互动性更强的体验。

创意微政论片 真理之光

作品信息

作品类型：一等奖·融合报道
刊播单位：新华社客户端
报送单位：中国记协新媒体专业委员会
作　　者：李柯勇、黄小希、饶力文、姚竣译、
　　　　　曹晓丽、杨依军、袁汝婷、马轶群
编　　辑：集体
作品时长：13 分
刊播版面：新华社客户端
首发日期：2022 年 10 月 13 日

作品简介

该作品以"光"为核心意象，对习近平新时代中国特色社会主义思想进行直观生动的可视化阐释，作品将总书记的思想置于人类文明和科学社会主义发展进程的宏大历史视野，通过生动的事例展现思想伟力引领时代变革的辉煌征程。

获奖理由

作品主题宏大、创意巧妙、内容动人、画面讲究，充分融合多项网络信息技术，将抽象的思想与一个个鲜活故事贯通，生动展现了习近平新时代中国特色社会主义思想的磅礴伟力，是一部具有史诗感的融媒力作。

新媒体展示

使用手机扫描下方二维码，即可观看本条获奖作品的新媒体展示。

深蓝！深蓝！

作品信息

作品类型：一等奖·融合报道
刊播单位：解放军新闻传播中心中国军号微博账号
报送单位：中国记协新媒体专业委员会
作　　者：集体
编　　辑：集体
作品字数：1 134 字
刊播版面：中国军号微博账号
首发日期：2022 年 4 月 22 日

作品简介

4月22日，中国军号平台在人民海军成立73周年之际，发布了人民海军首部航母主题宣传片《深蓝！深蓝！》。该作品聚焦中国航母的发展历程，展示了人民海军阔步星辰大海，逐梦万里海疆的翻天覆地的变化，全网播放量超12亿次。

新媒体展示

使用手机扫描下方二维码，即可观看本条获奖作品的新媒体展示。

获奖理由

作品采用四个角色以第一人称讲述的方式，回顾了人民海军近年来跨越式的发展。镜头拍摄精致、剪辑精良、画面色彩震撼人心；视频结尾处创新性埋设的彩蛋，贴合年轻受众和军迷的心理预期，充满趣味性和"揭秘"的喜悦感。

江西营商"营商帮办"

作品信息

作品类型：一等奖·应用创新
刊播单位：江西日报社江西新闻客户端
报送单位：中国记协新媒体专业委员会
作　　者：黄万林、张晶、游静、邹文彪、
　　　　　陈文秀、吴剑锋
编　　辑：集体
刊播版面：江西新闻客户端
首发日期：2021 年 12 月 20 日

作品简介

江西营商"营商帮办"创新应用，贯彻落实习近平总书记关于媒体融合重要讲话精神和关于优化营商环境重要讲话精神，集投诉、新闻、智库、问卷、办事、招商六大功能板块，在 App、网站、公众号等平台使用，实现数据互通。

获奖理由

作品为政府优化营商环境提供智力支撑和决策参考，为经营主体解决实际问题和获取政策信息提供便捷通道，在推进营商环境优化和促进经济社会发展方面具有创新性和示范性效果。

新媒体展示

使用手机扫描下方二维码，即可观看本条获奖作品的新媒体展示。

中国新闻奖

二等奖

黄河"地上悬河"历史正在被改写
二十一年调水调沙使下游主河槽下切3.1米

作品信息

作品类型：二等奖·文字消息
刊播单位：光明日报
报送单位：光明日报社
作　　者：马姗姗、谢文、邢宇皓
编　　辑：常戍、吴晓杰、包晗
作品字数：980字
刊播版面：1版要闻
首发日期：2022年12月29日

作品简介

《黄河"地上悬河"历史正在被改写》，是《光明日报》2022年推出的重点栏目"这些年，我们创造的奇迹"的首篇，报道了我国黄河治理史上的一个重要标志性事件——黄河下游主河槽平均下切3.1米，改写了黄河"地上悬河"历史。

获奖理由

解决黄河淤积，是中华民族千年夙愿，也是世界级难题。21年调水调沙，改写了黄河"地上悬河"历史，是一件可以写入新中国历史的重大新闻。作品既蕴含了丰富的信息量，又将新闻的鲜活性和历史的纵深感巧妙融合，可读性强。

新媒体展示

使用手机扫描下方二维码，即可观看本条获奖作品的新媒体展示。

南京大屠杀再添史料新证！亲历者回忆录手稿首度公开

作品信息

作品类型：二等奖·文字消息
刊播单位：《扬子晚报》
报送单位：中国晚报工作者协会
作　　者：杨甜子
编　　辑：王文坚、孙庆、林昀
作品字数：977字
刊播版面：A3版
首发日期：2022年12月10日

作品简介

《难民回忆录》作者在记录时，注意到日军暴行的细节，还有他作为难民的亲身经历，无论是史料形成时间、内容记述，还是作者记录历史的姿态，都有着独特的价值，有利于我们更加深刻地认识日军侵华对百姓带来的苦难。

新媒体展示

使用手机扫描下方二维码，即可观看本条获奖作品的新媒体展示。

获奖理由

《难民回忆录》的发现，是日军侵华的又一铁证，稿件系《扬子晚报》独家首发，通过对历史细节的描写，深刻地记录了复杂人性和道德在战争摧残下的无奈与痛楚。作品主题重大，立意深远，细节具体，内容生动。

"48万封来信"研究项目在我省启动
破解雷锋精神永恒的密码

作品信息

作品类型:二等奖·文字消息
刊播单位:《辽宁日报》
报送单位:辽宁省新闻工作者协会
作　　者:高爽、王钢
编　　辑:唐成选、符成龙、于海华
作品字数:1 025字
刊播版面:《辽宁日报》1版
首发日期:2022年2月28日

作品简介

2022年是雷锋同志牺牲60周年。自雷锋牺牲后,全国各地写给雷锋班的来信已经有48万封之多。记者敏锐地意识到从今天的视角、用现代信息技术来保护雷锋文化资源、研究雷锋精神非常有意义,于是着手进行深入采访。

获奖理由

该作品文字精练,简短的篇幅但容纳了丰富的内涵。消息见报后,社会反响强烈,人民网、腾讯网及众多自媒体纷纷转发,全国各地的大学、雷锋研究机构和志愿者组织、媒体都打来电话或者留言了解情况。

新媒体展示

使用手机扫描下方二维码,即可观看本条获奖作品的新媒体展示。

超13亿吨
山西煤炭保供创历史纪录

📧 作品信息

作品类型:二等奖·电视消息
刊播单位:山西广播电视台
报送单位:山西省新闻工作者协会
作　　者:郝宪刚、吕胜春、孙梦醒、李俊祥、
　　　　　吴鹏
编　　辑:孙梦醒、李俊祥、吴鹏
作品时长:4分47秒
刊播版面:山西卫视《新闻午报》
首发日期:2022年12月31日

💻 作品简介

本片立意高远、叙事清晰、重点突出,节目中所选取的人物和企业具有典型性、代表性,情节有承载力,故事有现场感染力,生动体现了山西煤炭保供、牢牢守住国家能源供应安全底线的意义与成果。

📶 新媒体展示

使用手机扫描下方二维码,即可观看本条获奖作品的新媒体展示。

💬 获奖理由

作品题材重大、视角独特、重点突出,围绕贯彻落实党中央关于能源保供的各项决策部署,选取了代表性企业和典型人物,故事注重现场,感染力强,情节有张力,生动展现了山西超额提前完成全年13亿吨生产量的客观事实。

China to keep monetary policy stable
(中国将保持稳健的货币政策)

作品信息

作品类型:二等奖·文字消息
刊播单位:《中国日报》
报送单位:中国日报社
作　　者:欧阳诗嘉
编　　辑:胡园园、李想
作品字数:739字
刊播版面:13版
首发日期:2022年8月11日

作品简介

本文主笔记者和编辑抓住了月度通胀数据发布的关键节点,积极回应了海内外市场关切,在全球范围内权威、客观、中立地传播中国物价平稳运行成果,彰显了中国经济的强大韧性。

获奖理由

2022年全球通胀愈演愈烈,创多年新高,该报道策划及时、时效性强、信源丰富权威,及时抓住了中国月度通胀数据发布的重要时间节点,第一时间对中国通胀走势和货币政策进行了前瞻性分析解读,取得了良好的传播效果。

新媒体展示

使用手机扫描下方二维码,即可观看本条获奖作品的新媒体展示。

小餐票 大民生

作品信息

作品类型：二等奖·电视消息
刊播单位：湖北广播电视台
报送单位：西北大学新闻学院
作　　者：李鹏、胡芳、屈晓平、赵燃、郝晋辉
编　　辑：集体
作品时长：5分21秒
刊播版面：湖北经济频道《畅天》
首发日期：2022年12月31日

作品简介

湖北省武汉市青山区曾是华中地区最大的老工业棚户区，经过改造，如今已成为现代化住宅小区。记者为全面掌握情况，深入社区20余次，拍摄了大量的视频素材，在报道中反映出社区社工、志愿者与老人们亲如一家的真实情感。

新媒体展示

使用手机扫描下方二维码，即可观看本条获奖作品的新媒体展示。

获奖理由

记者采制的这篇报道题材朴实，主题深刻，立意深远。该新闻被学习强国、央视频等媒体平台报道，起到正面引导舆论的良好效果。在湖北广播电视台电视经济频道《畅天》栏目播出后，反响热烈，受到观众们的一致好评。

"向地球深部进军":我国油气领域"深地一号"项目横空出世

✉ 作品信息

作品类型:二等奖·消息
刊播单位:《中国石化报》
原创单位:中国行业报协会
作　　者:徐徐、戴安妮、王福全
编　　辑:徐徐
作品字数:868 字
刊播版面:一版
首发日期:2022 年 8 月 11 日

💻 作品简介

这是一篇反映国家能源战略大事、具有重大意义的新闻。"深地工程"是落实习近平总书记重要指示精神、保障国家能源安全的"大国重器",标志着我国能源领域战略科技实力的重大提升。

💬 获奖理由

该作品向全社会及时传递了"深地工程"的重大进展喜讯,"时、效、度"把握精准,在有限时间内对新闻事件的背景、意义、深远影响进行了深入浅出的解读和延展,很好地扩展了重大主题宣传的张力和厚度。

🔊 新媒体展示

使用手机扫描下方二维码,即可观看本条获奖作品的新媒体展示。

首次详细披露毛泽东全程参加青年团二大

作品信息

作品类型:二等奖·消息
刊播单位:《中国青年报》
原创单位:中国青年报社
作　　者:李超、杨宝光
编　　辑:集体
作品字数:899字
刊播版面:1版
首发日期:2022年12月29日

作品简介

该作品以严谨审慎的态度仔细了解事件经过,全方面征询权威意见,比对已有史料研究,从新闻专业角度出发,得出"首次详细披露毛泽东全程参加青年团二大"的重要结论。

新媒体展示

使用手机扫描下方二维码,即可观看本条获奖作品的新媒体展示。

获奖理由

这则消息主题重大,新闻价值高。报道通过权威信源和史实资料考证,反映了共青团组织的初心使命,兼具政治意义和时代价值。语言准确规范、简洁凝练,做到了新闻的及时性、准确性、鲜活度的统一。

赣闽边山村"跨界"共发展

作品信息

作品类型：二等奖·消息
刊播单位：江西广播电视台
原创单位：江西广播电视台、抚州市融媒体中心
作　　者：郑文娟、万萍、胡明
编　　辑：刘在胜、王小平、刘守洪
作品时长：4分
刊播版面：江西卫视《江西新闻联播》
首发日期：2022年8月28日18：30

作品简介

江西省黎川县厚村乡飞源村和福建省光泽县止马镇的杉关村是赣闽边界的毗邻村，作品以两村发展前后的巨大反差为切口，反映基层党组织在共享发展理念的指导下推进乡村振兴工作，最终实现跨省两村共享发展、共同富裕的故事。

获奖理由

一是主题重大，折射出中国广大省际交界处农村地区发生的历史性变化；二是结构精巧，生动体现出在实现共同富裕过程中党组织所发挥出的强大凝聚力；三是采访扎实、语言朴素、细节感人。

新媒体展示

使用手机扫描下方二维码，即可观看本条获奖作品的新媒体展示。

"一校一策"抓出实效

作品信息

作品类型：二等奖·消息
刊播单位：《中国纪检监察报》
原创单位：中央纪委国家监委新闻传播中心
作　　者：王卓
编　　辑：集体
作品字数：1 233字
刊播版面：要闻一版
首发日期：2022年5月8日

作品简介

文章主题聚焦于"'一校一策'如何抓出巡视整改的实效"，通过把着力点放在介绍共性和个性问题清单这一举措，反映"一校一策"的突出特点，同时彰显"一校一策"为各高校纪检监察机构督促巡视持续整改指明了发力点。

新媒体展示

使用手机扫描下方二维码，即可观看本条获奖作品的新媒体展示。

获奖理由

该报道从党和国家纪检监察体制改革角度出发，及时回应社会关切的中管高校不正之风和腐败问题。从中央纪委国家监委层面发布权威声音，取得了很好的传播效果。

海南公开为一名正厅长级干部澄清正名

作品信息

作品类型：二等奖·消息
刊播单位：《海南日报》
原创单位：海南日报社
作　　者：尤梦瑜、况昌勋、金昌波
编　　辑：韩慧、齐松梅、吴维杨
作品字数：986字
刊播版面：《海南日报》A06版
首发日期：2022年10月28日

作品简介

该作品介绍了该正厅级干部被诬陷缘由及经过，着重讲述了省委查清事实，大张旗鼓地为干部澄清正名的过程，阐释了海南自贸港为公职人员澄清正名、激励党员干部踊跃作为的意义。

获奖理由

一是新闻性强，展示了海南自贸港在激励党员干部作为方面的有效探索；二是效果好，彰显了海南为实干者撑腰、保护清白干部的坚定决心；三是写作扎实，新闻要素齐全，重点突出。

新媒体展示

使用手机扫描下方二维码，即可观看本条获奖作品的新媒体展示。

Wrong signal, wrong place, wrong time: China Daily editorial
(中国日报社论：错误的信号，错误的地点，错误的时间)

作品信息

作品类型：二等奖·评论
刊播单位：中国日报网
原创单位：中国日报社
作　　者：集体
编　　辑：李洋、Andrew Graham
作品字数：422字
首发日期：2022年3月1日

作品简介

社论通过梳理拜登政府此前两次对台军售的经过，交代了美国政客这两次背靠背的"窜访"背景，揭露了美台利用乌克兰危机，打着"保卫民主""抵抗强权"的幌子相互勾结、互相利用的真实意图。

新媒体展示

使用手机扫描下方二维码，即可观看本条获奖作品的新媒体展示。

获奖理由

文章论证有力，立场鲜明，展现出我国坚定捍卫主权和领土完整的一贯立场和实现祖国统一的坚强意志与决心。文章语言简洁，逻辑清晰，层次分明，结构紧凑，标题新颖有力，对涉台新闻评论有良好的借鉴意义。

全面辩证看待
当前经济形势

📧 作品信息

作品类型：二等奖·评论
刊播单位：《经济日报》
原创单位：经济日报社
作　　者：齐东向、牛瑾
编　　辑：乔申颖、郭存举、雷雨田
作品字数：6 079 字
刊播版面：《经济日报》1 版
首发日期：2022 年 5 月 26 日

🖥 作品简介

该文观形取势，亮明分析研判的立足点——将 2022 年 1—2 月份稳步恢复向好的国民经济运行与 3 月份以来突发情况分开看，得出中国经济长期向好基本面不会改变、眼下的压力与困难不容忽视的观点。

💬 获奖理由

这篇评论以高度的政治站位、敏锐的新闻视角、充足的论述依据，有针对性地回应了外界的猜测，起到了澄清误解、引导舆论的作用。该文逻辑清晰、论证有力，彰显了中央党报的引领力和影响力。

📶 新媒体展示

使用手机扫描下方二维码，即可观看本条获奖作品的新媒体展示。

谋发展不能满足于有更要满足于好

作品信息

作品类型:二等奖·评论
刊播单位:广西广播电视台
原创单位:广西广播电视台
作　　者:梁泰
编　　辑:刘筝、韩霜凝、肖华林
作品时长:5分4秒
刊播版面:教育广播《930新闻眼》
首发日期:2022年12月2日

作品简介

作品根据日常掌握的信息,以广西壮族自治区人大常委会专题询问的事例为事实依据,以广西部分国有企业不舍得科研投入的现象为典型事例,围绕"有没有和好不好"进行论证,及时为"如何推动高质量发展"提出建议。

新媒体展示

使用手机扫描下方二维码,即可观看本条获奖作品的新媒体展示。

获奖理由

作品论述篇幅大,语言简练,口语化强,音响现场感、对象感强,激发收听欲望,确保有效传播。该评论具有较强的问题意识和针对性,有助于受众对党的二十大精神加深领会,体现了评论的指导性。

"建议专家不要建议",是希望专家好好说话

作品信息

作品类型:二等奖·评论
刊播单位:工人日报客户端
原创单位:工人日报社
作　　者:林琳
编　　辑:刘文宁、吴迪
作品字数:1 338字
首发日期:2022年5月26日

作品简介

文章从多日连续登上微博热搜的《建议专家不要建议》的新闻切入,层层分析原因,总结归纳了公众反感的专家建议的类型,同时列举了一些令公众尊重和信服的专家的得体表现,表达了对专家好好说话的期待。

获奖理由

文章顺应媒体融合发展趋势,既坚守新闻评论的思想性、建设性和现实针对性,又契合移动传播的特点和规律,通俗好读又深刻厚重,充分体现了主流媒体的责任担当和专业水准。

新媒体展示

使用手机扫描下方二维码,即可观看本条获奖作品的新媒体展示。

《中国妇女报》再评唐山打人：打人狂徒,触碰底线;依法严惩,以儆效尤

作品信息

作品类型:二等奖·评论
刊播单位:中国妇女报官方微博
原创单位:中国妇女报社(全国妇联网络信息传播中心)
作　　者:孙钱斌、周志飞、杨一帆
编　　辑:周志飞、杨一帆
作品字数:238字
首发日期:2022年6月10日

作品简介

2022年6月10日下午,网友发布的视频内容显示,某烧烤店发生一起暴力殴打他人事件。中国妇女报官方微博当天数小时后即刊发评论,文图并举,以有力鲜明的发声引导舆论走向,及时参与社会治理。

新媒体展示

使用手机扫描下方二维码,即可观看本条获奖作品的新媒体展示。

获奖理由

《中国妇女报》针对热点把握时效,不缺位不失声,通过舆论引导聚共识、通过舆论斗争明是非,通过舆论监督护权益,有效参与社会治理,体现了主流媒体的责任与担当。

向着全面建成社会主义现代化强国的第二个百年奋斗目标迈进

作品信息

作品类型：二等奖·评论
刊播单位：《求是》
原创单位：求是杂志社
作　　者：宋维强、孙煜华
编　　辑：孙煜华、张淑虹
作品字数：4 577 字
刊播版面：2022 年第 19 期
首发日期：2022 年 10 月 1 日

作品简介

文章生动而深刻地展示了百年来中国共产党团结带领人民历尽千辛万苦取得的辉煌成就，特别是新时代 10 年以来，党和国家事业取得的历史性成就、发生的历史性变革。

获奖理由

这篇社论以深刻的论述、鲜明的对比、生动的故事，深刻透彻地阐明："两个确立"是新时代党和国家事业取得历史性成就、发生历史性变革的决定性因素，是党和人民应对一切不确定性的最大确定性、最大底气和最大保证。

新媒体展示

使用手机扫描下方二维码，即可观看本条获奖作品的新媒体展示。

不说大话空话，说实话管用的话

作品信息

作品类型：二等奖·评论
刊播单位：《河北日报》
原创单位：河北日报社
作　　者：冀言（董福印、周丹平）
编　　辑：吴宏爱
作品字数：922字
刊播版面：要闻3版
首发日期：2022年7月29日

作品简介

文章生动刻画了大话空话泛滥的种种表现，并直指其形式主义、官僚主义本质和对社会的严重危害，提出让"好好说话"成为领导干部的自觉行动，成为加强作风建设的一个新突破口。

新媒体展示

使用手机扫描下方二维码，即可观看本条获奖作品的新媒体展示。

获奖理由

文章言辞犀利、有的放矢，对干部队伍中存在的大话空话泛滥现象进行了无情揭露和有力批判，充分阐明了党员干部培养良好话风，对于提高能力水平、推动工作落实的重要意义，是一篇难得的评论精品力作。

同行 1 800 多公里，跟着货车司机跑长途

作品信息

作品类型：二等奖·评论
刊播单位：《人民日报》
原创单位：人民日报社
作　　者：乔栋
编　　辑：集体
作品字数：6 202 字
刊播版面：记者调查第 16 版
首发日期：2022 年 2 月 7 日

作品简介

2021 年 10 月，交通运输部等 16 个部门联合印发《关于加强货车司机权益保障工作的意见》。记者开展体验式采访，与货车司机一路同吃同住，向公众呈现该文件出台后的落地情况。

获奖理由

文章有思想高度、内容深度、情感温度、传播力度，是一篇"上连党心，下接民心"的精品力作。报道刊发后，引起相关部委和地方关注，助力加强货车司机权益保障。

新媒体展示

使用手机扫描下方二维码，即可观看本条获奖作品的新媒体展示。

多地发布建筑业清退令，超龄农民工路在何方？

作品信息

作品类型：二等奖·评论
刊播单位：《工人日报》
原创单位：工人日报社
作　　者：裴龙翔
编　　辑：程莉莉、甘皙
作品字数：2 405 字
刊播版面：《农民工周刊》5 版
首发日期：2022 年 3 月 18 日

作品简介

该作品针对多地出台限制本市建筑工地用工年龄的规定进行了采访报道。根据国家统计局当时的数据，我国农民工总量 28 560 万，其中超过 50 岁的为数众多。超龄农民工能否真正离开工地？他们会去哪里？未来的命运是什么？

新媒体展示

使用手机扫描下方二维码，即可观看本条获奖作品的新媒体展示。

获奖理由

该文采访扎实，事实准确，反映的问题客观、典型，且注意均衡性，具备建设性。由于准确切中民生痛点，此稿引发了强烈的社会反响和公众关注，影响力十分广泛，带动大量媒体持续聚焦、关爱超龄农民工群体。

一笔种粮补贴的逐级拨付之路

📧 作品信息

作品类型:二等奖·文字通讯
刊播单位:《中国纪检监察报》
报送单位:中央纪委国家监委新闻传播中心
作　　者:黄秋霞
编　　辑:苏咏鸿、聂新鑫、袁海涛、赵震
作品字数:1 517 字
刊播版面:要闻 1 版
首发日期:2022 年 6 月 12 日

💻 作品简介

党中央的粮补好政策如何高效、顺畅地逐级拨付到农民手中?作者选择山东汶上县的三户种粮户进行跟踪采访,并多方面采访主责部门的监管情况和纪检监察机关的监督履职情况,在故事中体现党心连民心和纪检好形象。

💬 获奖理由

习近平总书记强调,保障粮食和重要农产品稳定安全供给始终是建设农业强国的头等大事。本文在深入调查研究中呈现基层鲜活报道,讲好新时代治国理政实践、纪检监察履职尽责故事,彰显了党媒的责任和使命。

📶 新媒体展示

使用手机扫描下方二维码,即可观看本条获奖作品的新媒体展示。

像胡杨一样扎根边疆一辈子
——从 320 本日记走进陈茂昌

作品信息

作品类型：二等奖·文字通讯
刊播单位：《兵团日报》
报送单位：新疆生产建设兵团新闻工作者协会
作　　者：邵文杰、马军权、赵建明、李惠
编　　辑：吴忠华、孟庆新、潘若愚、潘瑞雄
作品字数：3 675 字
刊播版面：要闻 1 版
首发日期：2022 年 4 月 25 日

作品简介

记者循着"伊犁好人"陈茂昌生前工作和生活过的足迹，行程 3 000 多公里，采访相关人物 40 余人，翻阅 320 本日记，紧紧围绕陈茂昌人生中的重要节点，集中展现陈茂昌扎根边疆、奉献边疆的赤子情怀。

新媒体展示

使用手机扫描下方二维码，即可观看本条获奖作品的新媒体展示。

获奖理由

这篇报道主题深刻、标题鲜明、感情真挚，真实呈现了陈茂昌的典型事迹和优秀品质，注重矛盾冲突与细节描写，逻辑清晰，情感充沛，直抵人心。该报道传播效果好，影响力大，有效发挥了主流媒体的舆论引导作用。

雪松200亿涉众募资调查：假借灰色通道，裹挟一众伪国企，底层资产涉"空转"贸易

✉ 作品信息

作品类型：二等奖·文字通讯（新媒体）
刊播单位：证券时报微信公众号
报送单位：中国行业报协会
作　　者：卢斐（苏龙飞）、李想（罗曼）
编　　辑：叶舒筠
作品字数：11 940字
发布账号：证券时报微信公众号
首发日期：2022年2月16日

💻 作品简介

记者持续追踪注意到，在雪松控股的兜底担保之下，超过350只违规"理财产品"面向自然人发售，总规模超过200亿元。该案件涉嫌非法集资，属百亿大案，典型性强；涉及全国各地约8 000名投资人及其背后家庭，涉众风险大。

💬 获奖理由

该监督报道积极呼应党中央、国务院和监管部门有关切实防范化解金融风险、对违法违规行为零容忍的要求，积极发挥媒体舆论监督功能，起到了惩恶扬善、推动监管部门跟进立案调查、防止金融风险蔓延扩散的作用。

📶 新媒体展示

使用手机扫描下方二维码，即可观看本条获奖作品的新媒体展示。

"双喜"回家

作品信息

作品类型：二等奖·文字通讯
刊播单位：《辽宁日报》
报送单位：辽宁省新闻工作者协会
作　　者：田学礼、刘立纲、唐佳丽、刘桐、刘璐
编　　辑：唐成选、于海华、曹洋
作品字数：2 479 字
刊播版面：要闻一版
首发日期：2022 年 11 月 2 日

作品简介

看到家乡辽宁发展的喜人局面，家喻户晓的压力锅品牌"双喜"决定"回家"，并投资建设"两总部一基地"。得知这一消息后，记者马上与企业取得联系，实地采访、调研，与有关人员面对面长谈，采编团队几经修改编发后发布稿件。

新媒体展示

使用手机扫描下方二维码，即可观看本条获奖作品的新媒体展示。

获奖理由

企业从当年的愤而"东南飞"到如今的决心"东北归"，一个小故事充分地反映出辽宁振兴发展的大趋势、营商环境的大变化，以及市场对辽宁预期的看好、信心的增强，极具典型性、代表性。

为中国豆安上"耐盐芯"

作品信息

作品类型:二等奖·文字通讯
刊播单位:《大众日报》
报送单位:山东省新闻工作者协会
作　　者:赵丰、李振、贾瑞君、李明
编　　辑:蒋兴坤、王彤彤、梁旭日、姚广宽
作品字数:4 723 字
首发日期:2022 年 11 月 28 日

作品简介

得知耐盐碱大豆选育实现新突破后,大众日报社立即派出精干团队,深入黄河三角洲,采访多支育种团队,了解耐盐碱大豆选育的背景、意义、过程、难点及未来走向。稿件经数次修改完善,在报纸头版刊发。

获奖理由

面对成绩,报道冷静分析耐盐豆的选育过程,把成绩放在更长远的时段、更重大的背景之下去考量呈现。稿件叙事风格平实,给人以娓娓道来的亲近感,以平实之语清晰表达事实的同时又饱含感情。

新媒体展示

使用手机扫描下方二维码,即可观看本条获奖作品的新媒体展示。

孤勇者

作品信息

作品类型：二等奖·文字通讯
刊播单位：《中国青年报》
报送单位：中国青年报社
作　　者：堵力、李超
编　　辑：王国强
作品字数：6 095 字
刊播版面：5 版
首发日期：2022 年 5 月 27 日

作品简介

该报道在大国博弈背景下，聚焦大国科技博弈最前沿不见硝烟的战场，深度挖掘国家级实验室科研人员的群像，展现了中国自力更生、科技自主创新的一个缩影，以及青年在背后发挥的重要作用。

新媒体展示

使用手机扫描下方二维码，即可观看本条获奖作品的新媒体展示。

获奖理由

此文行文矫矫不群、字句朗朗上口，体现了专家型记者的深厚积累，经过五年等待，抓住机会将艰涩难懂的学术化为深入浅出的大众话题，以"精卫填海"之精神提炼出"珠峰之巅"的主题，直击人心。

三代人七十二载的守护

作品信息

作品类型:二等奖·文字通讯
刊播单位:《福建日报》
报送单位:福建省新闻工作者协会
作　　者:何祖谋
编　　辑:李智勇、吴光辉、陈崇龙
作品字数:2 531字
刊播版面:关注6版
首发日期:2022年4月7日

作品简介

2022年清明节前夕,记者从福建省退役军人事务厅获悉汤家三代人连续72年为秦福河烈士扫墓这一线索,即赶赴三明市将乐县采访。作者采访深入,掌握了大量翔实的新闻事实,汤家三代人守护一座烈士墓的义举跃然纸上。

获奖理由

作品紧扣热点,题材重大,立意高远。本文时间跨度长,作者采访深入,掌握了大量翔实的新闻事实,故事情节跌宕起伏,感人肺腑,令人感受到了红色信仰薪火相传、红色精神激发奋进的力量。

新媒体展示

使用手机扫描下方二维码,即可观看本条获奖作品的新媒体展示。

不能说的优秀

✉ 作品信息

作品类型：二等奖·文字通讯
刊播单位：《南京日报》
报送单位：江苏省新闻工作者协会
作　　者：谈洁、钱红艳
编　　辑：陈曦
作品字数：4 093 字
刊播版面：深度报道 A7 版
首发日期：2022 年 12 月 30 日

📎 作品简介

特需儿童进入普通校园就读、与健全学生一起学习共同成长，被业内称为"融合教育"，体现了教育公平。在近 3 个月的深入采访中，记者挖掘到南京市融合教育"优秀却不能说不愿说"的真正原因。

📶 新媒体展示

使用手机扫描下方二维码，即可观看本条获奖作品的新媒体展示。

💬 获奖理由

此稿紧扣推进更高水平教育公平、实现教育高质量发展这一重大主题，题材新颖，视角独特，采访深入细致，语言生动感人，谋篇布局讲究，感染力强，又发人深思，体现了记者的脚力、脑力、眼力、笔力。

二等奖

告官能见官
出庭又出声

作品信息

作品类型：二等奖·文字通讯
刊播单位：《海口日报》
报送单位：海南省新闻工作者协会
作　　者：高潮
编　　辑：李晶晶
作品字数：2 655 字
刊播版面：4 版自贸港·观察
首发日期：2022 年 9 月 5 日

作品简介

该报道是海南自贸港法治化营商环境的重要体现，聚焦"小切口"反映"大主题"。记者采访了与之相关的法院、司法局、开庭案件、相关业内人士，为海口推动行政机关负责人出庭应诉工作发展出谋划策。

获奖理由

《海口日报》围绕这一主题，在组织新闻报道上精心策划，打磨精品，展现海口加快建设海南自贸港核心区，打造现代化国际化新海口的责任担当。报道有点有面，采访深入，既有事实，又有分析意见建议。

新媒体展示

使用手机扫描下方二维码，即可观看本条获奖作品的新媒体展示。

罕见病"天价药"的破局之路

作品信息

作品类型：二等奖·新媒体专题
刊播单位：上海广播电视台
报送单位：上海市新闻工作者协会
作　　者：卢梅、李响、刘奕达
编　　辑：朱厚真、陈瑞霖、朱世一
作品时长：17分59秒
刊播平台：上海广播电视台看看新闻
　　　　　Knews网站
首发日期：2022年2月28日

作品简介

"天价药"入医保是第一次，作为医保改革的里程碑事件，它值得被记录。此外，解决罕见病用药"天价"的难题是一个专业而复杂的话题。摄制组从各个角度探讨破局之路究竟难在哪、有什么意义。

新媒体展示

使用手机扫描下方二维码，即可观看本条获奖作品的新媒体展示。

获奖理由

这是一篇既有温度又有深度的新闻报道，在问题探讨方面角度全面丰富，颇具深度。随着节目的播出，罕见病群体的困境得到了更多的关注，而关于罕见病用药该如何破局，也引发了各方更多的思考。

《零容忍》第一集
《不负十四亿》

作品信息

作品类型：二等奖·电视专题
刊播单位：中央广播电视总台
报送单位：中央广播电视总台
作　者：集体
编　辑：集体
作品时长：50分45秒
刊播平台：中央电视台综合频道 特辟时段
首发日期：2022年1月15日

作品简介

《零容忍》项目选取纪检监察机关近年来查处的16个典型案例，展现了以习近平同志为核心的党中央坚持党的百年奋斗历史经验，坚持自我革命，一刻不停地推进党风廉政建设和反腐败斗争的理念和成效。

获奖理由

从传播效果看，《零容忍》是2022年度传播面最广、关注度最高、观众口碑最佳的电视专题片之一；从节目质量看，《零容忍》的文案、拍摄、制作都精良严谨，做到了以生动的电视语言，讲好中国反腐故事。

新媒体展示

使用手机扫描下方二维码，即可观看本条获奖作品的新媒体展示。

Blazing a Trail
（问道）

作品信息

作品类型：二等奖·新媒体专题
刊播单位：中国日报网、中国日报客户端
报送单位：中国日报社
作　　者：集体
编　　辑：集体
作品时长：45分48秒
刊播平台：中国日报网、中国日报客户端
首发日期：2022年10月22日

作品简介

《问道》系列视频充分发挥美国共产党员伊谷然独特的"他"视角特点和优势，从基层民主治理等鲜活故事出发，"以小见大"地展现深刻内涵和世界意义，引发海内外受众的共鸣。

新媒体展示

使用手机扫描下方二维码，即可观看本条获奖作品的新媒体展示。

获奖理由

作品基于一线实地采访，并综合运用形式多样的视听语言和特效组合，是开展党的创新理论国际传播的一次成功实践，实现了重大主题的海外"破圈"传播，为党的二十大胜利召开营造了良好的国际舆论氛围。

时间的答案：
这里有一个你不知道的十年

📧 作品信息

作品类型：二等奖·新媒体专题
刊播单位：人民日报客户端
报送单位：北京大学新闻与传播学院
作　　者：张意轩、刘畅、刘镇杰、林渊、
　　　　　安然、郑薛飞腾、杨翘楚
编　　辑：集体
作品时长：15 分 18 秒
刊播平台：人民日报客户端
首发日期：2022 年 10 月 22 日

💻 作品简介

在党的二十大召开之际，人民日报新媒体推出纪实视频《时间的答案：这里有一个你不知道的十年》，通过挖掘历史细节与故事线索，以时间递进与时空交集的逻辑，用小故事串联起大时代。

💬 获奖理由

视频呈现真实生动，大量的影像资料建构起"就在身边"的真实感动，让"这十年"的叙事丰满又充满温情和张力，为十年成就留下更多历史注脚，让观众在真实动人的细节里共享时代进步的荣光。

📶 新媒体展示

使用手机扫描下方二维码，即可观看本条获奖作品的新媒体展示。

7棵柳树缘何牵动杭州一座城市的民意对话

作品信息

作品类型:二等奖·新媒体专题
刊播单位:杭州日报报业集团杭州网
报送单位:浙江省新闻工作者协会
作　　者:严勤、徐文杰、王潇雨、许佳炜、
　　　　　周文佳、高英
编　　辑:凌佳佳、徐洁、王帆
作品时长:26秒
刊播平台:杭州日报报业集团杭州网
首发日期:2022年5月13日

作品简介

杭州西湖断桥旁的7棵柳树被换成月季引发市民不满,成为全国网民关注的热点。杭州网聚焦"七棵柳"事件推出新闻专题,从群众质疑、部门解释到回应补种,从"柳暗花明"的怅惘到"兼听则明"的欣然,主题鲜明。

新媒体展示

使用手机扫描下方二维码,即可观看本条获奖作品的新媒体展示。

获奖理由

作品主题鲜明、选材典型,阐述了"换柳"到"还柳"的过程和意义,反映了杭州人对西湖的深厚感情和保护意识,体现了杭州政府对"问计于民"的尊重和"知错即改"的勇气。

矸子山下的转型路

作品信息

作品类型:二等奖·新闻专题
刊播单位:辽宁广播电视台
报送单位:辽宁省新闻工作者协会
作　　者:陈曦、刘险峰、唐佳菲、邸玉玲、闫岩、杨莹
编　　辑:赵彤湫、徐诗、谢乾
作品时长:16分44秒
刊播版面:辽宁之声 AM1089《新闻新视野》
首发日期:2022年12月30日

作品简介

记者跟踪采访了四年,记录阜新新邱在绿色发展理念指引下,引进金跃群博士团队,共同进行废弃矿坑的治理和产业开发的故事。典型的人物、丰富的音响和一个个新闻事件共同组合成一个精彩的中国资源枯竭型城市转型的故事。

获奖理由

作品引起了业内专家和企业的广泛关注,更多的企业参与到资源枯竭型城市的转型发展之中。报道音响丰富,广播特色突出,展示出阜新资源枯竭型城市转型的积极探索和实践,给同类型地区提供了可借鉴的经验。

新媒体展示

使用手机扫描下方二维码,即可观看本条获奖作品的新媒体展示。

《香江永奔流》第四集《拨乱反正》

作品信息

作品类型:二等奖·新闻专题
刊播单位:中央广播电视总台
报送单位:中央广播电视总台
作　　者:集体
编　　辑:集体
作品时长:39 分
刊播版面:综合频道《香江永奔流》
首发日期:2022 年 6 月 29 日

作品简介

《拨乱反正》以习近平总书记的重要决断为香港发展掌舵领航为叙事主线,深入剖析香港"修例风波"的本质和危害,并生动展现了香港各界站在历史新起点上融入国家发展大局、开创美好明天的精神风貌。

新媒体展示

使用手机扫描下方二维码,即可观看本条获奖作品的新媒体展示。

获奖理由

该作品以宏大的历史视角、细致入微的现实观察、创新的表达方式,以及高水准的制作品质,引发中国内地、中国香港和国际社会的强烈反响,在香港实现由乱及治、由治及兴的重要关头,发挥出强大而有力的舆论引领作用。

我是一名驻港女兵

📧 作品信息

作品类型:二等奖·新闻专题
刊播单位:东莞广播电视台
报送单位:广东省新闻工作者协会
作　　者:苏燕红、马慧敏、田飞跃、刘星、
　　　　　曾闽、阳玉明
编　　辑:田飞跃
作品时长:11分52秒
刊播版面:FM100.8《午间新闻》
首发日期:2022年7月2日

💻 作品简介

记者以黄战士的第一视角为切入点,以日记体形式自述精彩的军旅生活以及参加庆祝香港回归祖国25周年活动。报道在训练记录中穿插纪实采访,生动体现了当代驻港女兵肩负着守护祖国"东方明珠"的神圣职责。

💬 获奖理由

报道以日记体的叙述形式展开,以个体见时代、以青春抒深情,不流于说教,用真实存在于广大青年生活之中的榜样,激励了新时代青年挑战自我、矢志奋斗、勇敢前行,是讲好当代青年故事、叙述好新时代的强军故事的典型。

📶 新媒体展示

使用手机扫描下方二维码,即可观看本条获奖作品的新媒体展示。

中国桥,从长江走向世界

作品信息

作品类型:二等奖·新闻专题
刊播单位:湖北广播电视台
报送单位:湖北省新闻工作者协会
作　者:刘爽、刘征、柳芳、李慧
编　辑:洪燕、梁延
作品时长:18 分 58 秒
刊播版面:湖北之声特别节目
首发日期:2022 年 10 月 15 日

作品简介

湖北之声遍访中国桥梁界的代表人物,一窥"中国制造"在当代国际语境下的发展路径,并从国际网络视域探讨"中国建桥技术的国际水平",勾勒出中国建桥从建成学会到不断超越,再到突破"卡脖子"难题的发展过程。

新媒体展示

使用手机扫描下方二维码,即可观看本条获奖作品的新媒体展示。

获奖理由

该作品聚焦"中国制造"的创新发展、自立自强,题材重大,且从全球舆论场切入,视角独特,视野宽广。作品报道调查研究扎实,多方采访,权威发声。同时,作品写作精良,声音元素运用精彩准确。

沪明往事

作品信息

作品类型：二等奖·新闻纪录片
刊播单位：福建省广播影视集团、三明市融
　　　　　媒体中心
报送单位：自荐他荐
作　　者：邓金木、黄敏、胡晓蓓、游丁琳、
　　　　　廖传良、董博涵、陈华安
编　　辑：陈列平、郑建武、林菲
作品时长：30分
刊播版面：福建电视台乡村振兴·公共频道
首发日期：2022年12月31日

作品简介

该片讲述了在"小三线"建设背景下，一群热血澎湃、理想高远、忠诚坚定的年轻人，从繁华都市到边远山区挥洒青春的感人故事，以个体窥见时代，以往事观照当下，勾勒出奋斗者与时代同呼吸共命运的担当精神。

获奖理由

整部纪录片诠释了在中国式现代化进程中听党指挥跟党走，与党和国家、民族和人民同呼吸共命运的历史逻辑、实践逻辑，对进一步深化和推动新时代沪明合作产生了积极的影响，具有深刻的历史意义和社会价值。

新媒体展示

使用手机扫描下方二维码，即可观看本条获奖作品的新媒体展示。

我的回家故事

作品信息

作品类型：二等奖·新闻纪录片
刊播单位：常州市广播电视台
报送单位：重庆大学新闻学院
作　　者：黄江、马凌云、王晶、伊宏辉、
　　　　　姜赟、史春梅
编　　辑：潘建炜、唐薇薇
作品时长：25 分 20 秒
刊播版面：常州广播电视台新闻综合频道
　　　　　特别节目
首发日期：2022 年 12 月 13 日

作品简介

作品以第一视角，用第一人称讲述的方式展开，真实记录了台湾"外省二代"段有慧的回乡旅程和心路历程；以诗人余光中的《乡愁》作为结尾，升华人物情感与思想内涵。作品以细节动人、用镜头说话。

新媒体展示

使用手机扫描下方二维码，即可观看本条获奖作品的新媒体展示。

获奖理由

节目内容深刻，表达自然，主人公的情感变化逐步递进、层次分明，平静叙述中显力量。中华民族慎终追远的传统及受访者真切的个人感受，让报道更有说服力，更有动人的力量，也有更强烈的社会传播效果。

江豚归来

作品信息

作品类型:二等奖·新闻纪录片
刊播单位:南昌市广播电视台
报送单位:江西省新闻工作者协会
作　　者:集体
编　　辑:集体
作品时长:34分41秒
刊播版面:新闻综合频道
首发日期:2022年12月25日

作品简介

纪录片《江豚归来》通过讲述长江生态保护中人类与长江江豚从对立到共生、从争斗到保护的故事,向全球展现了30年来特别是近10年来,长江江豚迁地保护的"中国模式""中国经验",构建了可信、可爱、可敬的中国形象。

获奖理由

该纪录片以三重价值抒写新时代的生态文明故事,是习近平生态文明思想的生动读本,是地方媒体参与国家战略宣传的典型案例。该纪录片展现了可贵的思想价值、丰厚的学术价值与独到的影像价值。

新媒体展示

使用手机扫描下方二维码,即可观看本条获奖作品的新媒体展示。

"中国式现代化深度探析"热点问题调研报告

作品信息

作品类型：二等奖·系列报道
刊播单位：《经济日报》
报送单位：经济日报社
作　　者：集体
编　　辑：郭存举、包元凯
作品字数：15 641 字
刊播版面：经济日报 1 版、2 版
首发日期：2022 年 10 月 8 日

作品简介

系列调研报告深度探析中国式现代化的深厚基础、道路方向、根本动力、总体任务，将中国式现代化的鲜明特征统一于习近平新时代中国特色社会主义思想，理性阐释、实践例证，帮助人们准确地把握中国式现代化的精神内核。

新媒体展示

使用手机扫描下方二维码，即可观看本条获奖作品的新媒体展示。

获奖理由

该系列报道政治站位高、理论特色强，观点鲜明，文字流畅，论证充分，形式新颖，有助于广大干部群众进一步深刻领悟"两个确立"的决定性意义，产生了强烈的社会反响，体现了中央党报的责任担当。

解码十年

作品信息

作品类型：二等奖·系列报道
刊播单位：中央广播电视总台
报送单位：中央广播电视总台
作　　者：集体
编　　辑：集体
作品时长：13 分 24 秒
刊播版面：新闻频道《新闻联播》
首发日期：2022 年 8 月 9 日

作品简介

《解码十年》用"卫星视角＋大数据调查＋新闻故事"的方式，将新技术、新应用、新方法融合运用，生动呈现了十年巨变，造就了极富冲击力的"扶摇天地一镜开，山河巨变入画来"的诗画美景，实现了新闻性与艺术性有机统一。

获奖理由

《解码十年》以朴实简约的报道风格、饱含热情的创作编排、耳目一新的视听手段、权威独家的数据发现以及富于温度的人和故事，与全国人民共同深情回望非凡十年，集体礼赞新时代的中国。

新媒体展示

使用手机扫描下方二维码，即可观看本条获奖作品的新媒体展示。

乡村振兴·
江苏百村调研

作品信息

作品类型：二等奖·系列报道
刊播单位：《新华日报》
报送单位：江苏省新闻工作者协会
作　　者：顾雷鸣、杭春燕、吴琼、王梦然、
　　　　　王建朋、颜颖
编　　辑：杭春燕
作品字数：11 377 字
刊播版面：新华日报头版、要闻二版等
首发日期：2022 年 7 月 12 日

作品简介

该作品用"脚力"丈量江苏 76 个涉农县（市、区）的 100 个乡村，访谈广大干部群众，用群众听得懂的语言讲述乡村变迁，配以专家点评，为新时代乡村振兴寻策探路，以雄健笔力全面系统地展示了 5 年来江苏乡村振兴的生动图景。

新媒体展示

使用手机扫描下方二维码，即可观看本条获奖作品的新媒体展示。

获奖理由

这组系列报道融主题高度、调查深度、对话温度和思考锐度于一体，用大江南北一个个具有代表性的乡村的变化，彰显了习近平总书记关于"三农"工作和乡村振兴系列重要论述的真理力量和实践伟力，具有极高的资政价值。

今年我 10 岁

📧 作品信息

作品类型:二等奖·系列报道
刊播单位:湖南日报社
报送单位:湖南省新闻工作者协会
作　　者:颜斌、刘建光、陈永刚、赵雨杉、
　　　　　曹舒琴、朱加宁、徐果婧、李征
编　　辑:集体
作品时长:15 分 48 秒
刊播版面:湖南日报社新湖南客户端:
　　　　　新湖南·今日视点
首发日期:2022 年 9 月 29 日

💻 作品简介

《今年我 10 岁》系列短视频讲述了 10 名在 2012 年党的十八大召开之年出生的孩子的成长故事,以"10 年·10 人·10 岁"的时代概念作引领,通过一群 10 岁孩子澄澈的双眼向受众展现了这 10 年朝气蓬勃、硕果累累的新时代宏伟画卷。

💬 获奖理由

这组报道用小切口表现大主题,实现了价值引领与作品魅力同频共振、内容提质与表达创新相得益彰。一系列鲜活接地气、昂扬有朝气的少年形象,让中国梦的实践生动精彩、可亲可鉴,让主旋律在最有活力的领域大放异彩。

📶 新媒体展示

使用手机扫描下方二维码,即可观看本条获奖作品的新媒体展示。

重度烧伤女孩"重生之路"

作品信息

作品类型：二等奖·系列报道
刊播单位：三亚广播电视台
报送单位：海南省新闻工作者协会
作　　者：杨悦、孙聪
编　　辑：纪华
作品时长：45分26秒
刊播版面：三亚广电天涯之声《加油！宝贝》栏目
首发日期：2021年1月2日

作品简介

本报道中家住万宁的11岁农村女孩因重度烧伤命悬一线，被医院收治后受到爱心人士的帮助，历时14个月终于与家人团聚，创造了生命的奇迹。整个新闻采编过程大量录制现场同期声，并运用到了录音报道及现场直播的叙述过程中。

新媒体展示

使用手机扫描下方二维码，即可观看本条获奖作品的新媒体展示。

获奖理由

该作品充分运用音频、视频、同期声等融媒体手段，通过FM104.6、蜻蜓FM创新了传统媒体传播理念和形式，展现了三亚在中国式现代化建设的征途里，时刻注重经济发展与人文关怀的共同交融。

擦亮劳务品牌
助推乡村振兴系列观察

作品信息

作品类型：二等奖·系列报道
刊播单位：《中国组织人事报》
报送单位：中国行业报协会
作　　者：孙忠法、魏杰
编　　辑：集体
作品字数：8 087 字
刊播版面：一版转四版
首发日期：2022 年 12 月 20 日

中国组织人事报

作品简介

历时一个半月，记者先后采访了全国多地劳务品牌从业者、有关部门负责人、用人单位以及专家数十人，掌握了大量的一手材料，从促进就业、赋能产业、催化人才三个角度，对擦亮劳务品牌助推乡村振兴进行了全方位的观察透视。

获奖理由

报道聚焦乡村振兴和就业的重大主题，主动服务大局，用调查的形式反映劳务品牌发展经验，直面发展中存在的问题，提出对策和建议，具有较强的新闻价值和政策参考价值，彰显了专业报纸的政治担当与舆论"四力"水平。

新媒体展示

使用手机扫描下方二维码，即可观看本条获奖作品的新媒体展示。

我们的乡村

作品信息

作品类型：二等奖·系列报道
刊播单位：海北藏族自治州广播电视台
报送单位：青海省新闻工作者协会
作　　者：刘龙、华旦才让、褚斌、才项太、
　　　　　朱久斌、王利、杨宗斌
编　　辑：才项太、褚斌
作品时长：43分6秒
刊播版面：海北州广播电视台微信视频号
首发日期：2022年9月8日

作品简介

作品选取青海省海北藏族自治州具有代表性的乡村，对每村一景、每村一条发展之路进行深入采访，生动展现了党的十八大以来在以习近平同志为核心的党中央的正确领导下，各项惠民政策实施落地、海北州全面发展的光辉历程。

新媒体展示

使用手机扫描下方二维码，即可观看本条获奖作品的新媒体展示。

获奖理由

作品深刻展现了青海乡村振兴工作的成功做法，是一篇"沾泥土、带露珠、冒热气""面对面、实打实、心连心"的优秀作品，得到了当地党委政府和干部群众的高度肯定和评价，产生了良好的社会效果。

唯有登攀

作品信息

作品类型：二等奖·电视系列
刊播单位：湖南广播电视台
报送单位：湖南省新闻工作者协会
作　　者：集体
编　　辑：集体
作品时长：34 分 28 秒
刊播版面：湖南卫视《湖南新闻联播》
首发日期：2022 年 7 月 29 日

作品简介

该系列报道讲述了一批优秀的企业家在市场大潮中不断成长，将企业发展与国家繁荣、民族兴盛、人民幸福紧密结合，用攀登精神创造新历史伟业的故事，鼓舞着无数追梦者、创业者的奋进斗志。

获奖理由

该系列报道立意高远、气势磅礴、细节丰盈、情感充沛、制作精良，见功力、见匠心、见精神，是聚焦高质量发展这个中国式现代化的首要任务，弘扬时代精神、企业家精神的精品力作。

新媒体展示

使用手机扫描下方二维码，即可观看本条获奖作品的新媒体展示。

种子诞生记

作品信息

作品类型:二等奖·文字系列
刊播单位:《河北日报》
报送单位:河北省新闻工作者协会
作　　者:郝东伟、贾楠、宋平、马朝丽、
　　　　　方素菊、贡宪云
编　　辑:吴艳荣、李巍
作品字数:8 157 字
刊播版面:头版、2 版、3 版
首发日期:2022 年 5 月 14 日

作品简介

该系列报道展现了河北在种子研发技术上的突破与贡献,采访深入挖掘真实鲜活的第一手材料,精心撰写,同时制作了《育种人》系列微视频,全媒体报道点击量超过 700 万,网友的评论中表达了自豪感和对科技自强的赞扬。

新媒体展示

使用手机扫描下方二维码,即可观看本条获奖作品的新媒体展示。

获奖理由

种子是农业的"芯片",连着"国之大者"。《种子诞生记》系列报道用一粒粒种子的鲜活故事,生动展现了河北育种人"用中国种子保障中国粮食安全"的奋斗和坚持,主题重大,意义深远。

我们的新时代

作品信息

作品类型:二等奖·系列报道
刊播单位:新华社
报送单位:新华通讯社
作　　者:集体
编　　辑:集体
作品时长:1小时
刊播平台:新华社客户端
首发日期:2022年9月26日

作品简介

《我们的新时代》五集政论片综述了党的十八大以来的伟大成就和历史性变革,以"五位一体"为纲展现中国的新时代,通过影像叙事和个体故事展现时代伟力,匠心打造实现了内容和技术的有机统一。

获奖理由

五集政论片将总书记思想融入案例和论述,展现奋发向上的精神。影片实现了多元视听语言、多种剪辑风格和拍摄手法创新,实现了内容与技术的有机统一。节目在二十大前夕播发,连续五天置顶传播,具有广泛的传播力和影响力。

新媒体展示

使用手机扫描下方二维码,即可观看本条获奖作品的新媒体展示。

重庆山火救援实录 热血"长城"凡人大义

作品信息

作品类型：二等奖·新闻摄影
刊播单位：《新京报》
报送单位：中国新闻摄影学会
作　　者：郑新洽、徐秋颖
编　　辑：刘晶、赵亢
作品幅数：8幅
刊播版面：A08—A09深读、A10—A11深读
首发日期：2022年8月31日

作品简介

摄影记者在山火中克服困难，用镜头记录下志愿者和消防员的英勇救援过程，展现了中国人的英雄气和拼搏精神。报道受到了广泛关注和赞誉，体现了摄影记者的职业素养和技术水平，同时也凸显了视觉逻辑和精神内涵的重要性。

新媒体展示

使用手机扫描下方二维码，即可观看本条获奖作品的新媒体展示。

获奖理由

重庆山火中，摩托骑士们背着背篓、骑着摩托，勇敢逆行，筑起了防火长城。记者通过写实的镜头记录了他们的勇气和担当，展现了山城民众朴素的家国情怀和城市凡人大义的团结和不屈。这一场中国式救援震撼了世界。

冰雪之上
我们记录下这些中国突破

作品信息

作品类型:二等奖·新闻摄影
刊播单位:新华社
报送单位:中国新闻摄影学会
作　　者:集体
编　　辑:集体
作品幅数:8 幅
发布平台:新华社客户端
首发日期:2022 年 2 月 20 日

作品简介

中国冰雪健儿在冬奥会上奋勇拼搏,获得多枚金牌,中国采编团队准备充分,捕捉到了关键性瞬间。通过新技术和传统拍摄方式相结合,记者丰富了拍摄角度和质量,记录下历史性突破瞬间。

获奖理由

中国健儿奋勇拼搏,取得多块金牌,实现历史突破。他们在场上惊心动魄、振奋人心的精彩瞬间,被记录在照片中,展示了比赛项目的多样性,同时也表现了国家通讯社、东道主通讯社、国际奥林匹克摄影队的精彩协作。

新媒体展示

使用手机扫描下方二维码,即可观看本条获奖作品的新媒体展示。

防洪墙：
一块玻璃的稳固与温情

作品信息

作品类型：二等奖·新闻摄影
刊播单位：中国宁波网
报送单位：中国新闻摄影学会
作　　者：戚颢、王鹏
编　　辑：樊卓婧、严龙
作品幅数：8幅
发布平台：中国宁波网
首发日期：2022年12月26日

作品简介

宁波姚江边的一道长约1.6公里的防洪墙用玻璃制成，成为网红打卡地。这道防洪墙是政府集民智解民忧的创新之举，体现了人与自然和谐相处的科学尝试。作品发表后引起了很多读者的共鸣与思考。

新媒体展示

使用手机扫描下方二维码，即可观看本条获奖作品的新媒体展示。

获奖理由

2022年12月，台风"梅花"过后的浙江余姚市丈亭老街，一道玻璃墙变身"生态鱼缸"，成为网红打卡地。这道墙既能防洪又能美化风景，展现了人与自然和谐相处的理念。摄影组图从独特的视角捕捉这一景象，表现出摄影记者的敏锐观察力和创造力。

极枯鄱湖
生态大考

作品信息

作品类型:二等奖·新闻摄影
刊播单位:《江西日报》
报送单位:中国新闻摄影学会
作　　者:集体
编　　辑:集体
作品幅数:8幅
刊播版面:映像,12版
首发日期:2022年9月30日

作品简介

2022年,江西鄱阳湖面临极枯考验,水域面积急剧减小。记者深入鄱阳湖干旱地区调研拍摄,记录了江西各方应对极枯考验的震撼画面。该组图片主题重大,立意深远,角度巧妙,拍摄精当,画面震撼。

获奖理由

2022年,鄱阳湖水位创下历史新低,进入极枯水期。这对生态和生物多样性产生了重大影响,引起社会高度关注。作者通过无人机和地面拍摄相结合,展现出旱情的严重性,画面震撼,具有较高的新闻价值和深远的社会意义。

新媒体展示

使用手机扫描下方二维码,即可观看本条获奖作品的新媒体展示。

《敦煌壁画里走出的中国年,走它一个虎虎生风!》等系列融合创意长图组稿

作品信息

作品类型:二等奖·新闻漫画
刊播单位:新华社
报送单位:兰州大学新闻与传播学院
作　　者:集体
编　　辑:集体
作品幅数:45幅
发布平台:新华社客户端、新华社微信
　　　　　公众号
首发日期:2022年1月29日

作品简介

该系列作品挖掘壁画中的节日文化内涵,采用融媒体手段呈现中国传统节日的文化底蕴和魅力,实现"小切口、大主题",让优秀传统文化在受众心中发出新芽,体现生活美学,为受众了解、亲近传统中国节日提供了新机会。

新媒体展示

使用手机扫描下方二维码,即可观看本条获奖作品的新媒体展示。

获奖理由

该系列作品以推动中华优秀传统文化的创造性转化、创新性发展为目标,挑选中国节话题,用漫画方式阐释节日文化内涵,促进传统文化与现实生活融合,取得良好传播效果,累计浏览量上亿,受众对厚重文化产生了浓厚兴趣。

学习贯彻党的二十大精神 共绘"新时代富春山居图"

📧 作品信息

作品类型：二等奖·新闻漫画
刊播单位：《浙江日报》
报送单位：中国新闻漫画研究会
作　　者：集体
编　　辑：集体
作品幅数：1 幅
发布平台：浙江新闻客户端
首发日期：2022 年 12 月 30 日

📖 作品简介

浙江省委做出全面学习贯彻党的二十大精神的决定，凝心聚力打造"重要窗口"。主创团队推出以青绿色为主色调的漫画长卷组图，生动描绘浙江各地贯彻落实党的二十大精神的生机勃勃画卷，呈现"新时代富春山居图"。

💬 获奖理由

漫画长卷组图借鉴名画，结合浙江省内地标、发展成果等，生动描绘各地贯彻落实二十大精神的画卷，被誉为"新时代富春山居图"。该组图风格精美、内容翔实、构思巧妙，通过漫画长卷创新表现重点工作，让人印象深刻。

📶 新媒体展示

使用手机扫描下方二维码，即可观看本条获奖作品的新媒体展示。

小篮球碰撞大时代

作品信息

作品类型:二等奖·文字副刊
刊播单位:《贵州日报》
报送单位:中国报纸副刊研究会
作　　者:曹雯
编　　辑:李卫红、黄蔚、邱奕
作品字数:8 320 字
刊播版面:文化周刊 8 版
首发日期:2022 年 12 月 30 日

作品简介

2022 年夏,贵州台盘村的乡村篮球赛"村 BA"爆红,传播量超 15 亿人次。记者通过采访新老组织者、传承者、村民、村干部等,用报告文学全景展现了作为一种文化现象的"村 BA":既是民族盛会,又是文化盛会和体育盛会。

新媒体展示

使用手机扫描下方二维码,即可观看本条获奖作品的新媒体展示。

获奖理由

乡村振兴背景下,《贵州日报》报道了"村 BA"热点,通过采访组织者、传承者等,展现了这一融合国情、当地特色的乡村文化现象,充分体现了物质文明与精神文明协调发展的中国式现代化要求,并描绘了乡村文化振兴图景。

邮政"天路"上的信使

✉ 作品信息

作品类型:二等奖·文字副刊
刊播单位:《人民日报》
报送单位:中国报纸副刊研究会
作　　者:姜峰、刘雨瑞
编　　辑:袁新文、董宏君、张健
作品字数:5 704字
刊播版面:第20版
首发日期:2022年8月24日

💻 作品简介

青藏公路通车后,中国邮政开通了格尔木至唐古拉山的投递邮路,海拔高、条件艰苦,但邮政投递员葛军已工作十多年。记者跟随葛军进藏采访,见证了他与官兵、群众、科研工作者的深厚情谊,作品展现了"两路"精神。

💬 获奖理由

文章通过实地采访,描绘了"天路"邮政传递员的感人形象和"邮政世家"的精神传承,展现了中国人民的奋斗精神和积极向上。文笔细腻,感情丰富,是新闻、思想、文学性统一的佳作,体现了记者的专业素养和才华。

📶 新媒体展示

使用手机扫描下方二维码,即可观看本条获奖作品的新媒体展示。

"一米高度"看南京,我与城市共成长

作品信息

作品类型:二等奖·广播访谈
刊播单位:南京广播电视台
报送单位:中国广播电视社会组织联合会
作　　者:邓超
编　　辑:余多志、陈功、任晓润
作品时长:31 分 52 秒
刊播版面:FM98.1 南京经济广播
首发日期:2022 年 12 月 29 日

作品简介

该节目跟踪访谈"小小民生观察员"活动,展现南京儿童友好城市建设和科教兴国理念实践,选取三个小朋友建议案,彰显童心、家长期望和社会支持,节目结尾由孩子概括活动意义,自然明了且富有深意。

新媒体展示

使用手机扫描下方二维码,即可观看本条获奖作品的新媒体展示。

获奖理由

该节目跟踪访谈"小小民生观察员"活动,以孩子的视角展现社会实践动能,主题鲜明、结构清晰、制作精良。通过三个提案的落实,展现南京发展人民民主、建设儿童友好城市的创新实践。

最强 AI 诞生？
"ChatGPT 热"背后的冷思考

📧 作品信息

作品类型：二等奖·广播访谈
刊播单位：上海广播电视台
报送单位：中国广播电视社会组织联合会
作　　者：傅昇崟、叶欣辰、龙敏、乐祺、
　　　　　郑子凌
编　　辑：袁林辉、李军、张明霞
作品时长：44 分 19 秒
刊播版面：FM93.4 上海人民广播电台新闻
　　　　　广播《FM 十万个为什么》
首发日期：2022 年 12 月 8 日

💻 作品简介

ChatGPT 引发热议后，节目组预判其可能发生的变革，进行直播访谈并邀请专家参与，利用语音合成技术展示 AI 对话实况。节目探讨 AI 挑战与人类优势，以及安全风险和伦理问题，展望人机共生未来趋势。

💬 获奖理由

这期访谈以大版面、多角度、深思考的形式，为受众提供全方位、客观理解该技术的参考，内容完整、论据扎实、观点全面且具有前瞻性，引发公众对规范引导 AI 发展的"冷思考"，展现了科技类新闻节目团队的专业素养。

📶 新媒体展示

使用手机扫描下方二维码，即可观看本条获奖作品的新媒体展示。

向前一步
——叩开通往广仁街的"心门"

作品信息

作品类型：二等奖·电视访谈
刊播单位：北京广播电视台
报送单位：中国广播电视社会组织联合会
作　　者：徐滔、邵晶、李潇、刘虓、刘影慧、孔令淼、王沛东、张杰
编　　辑：邵晶、李潇、张育文
作品时长：44分18秒
刊播版面：北京卫视《向前一步》
首发日期：2022年9月25日

作品简介

该报道以问题为导向，深入调研，解决了长期困扰居民出行的违建问题。记者实地走访，与当事人沟通50余次，成功推动了解决方案的实施，实现了媒体深度参与社会治理。

新媒体展示

使用手机扫描下方二维码，即可观看本条获奖作品的新媒体展示。

获奖理由

该作品创新表达方式，在问题导向下有效解决社会矛盾、帮助人民群众，探索出媒体参与社会治理的新路径。节目在违建现场搭建录制平台，实现各方平等对话和民主沟通，是媒体记者践行"四力"的典范之作。

郑永年：
解码中国式现代化

作品信息

作品类型：二等奖·新闻访谈
刊播单位：深圳广播电影电视集团
报送单位：中国广播电视社会组织联合会
作　　者：王云霞、罗施安、何嘉琪、林惠珊、
　　　　　赵筱尘、杨静媛、王瑜、李汶思
编　　辑：巫邓炎、陈宇航、吕瑞瑞
作品时长：48分
刊播版面：深圳卫视《大湾区会客厅》
首发日期：2022年10月20日

作品简介

该访谈，通过中外比较视野解读，强调非西方现代化，受到广泛好评。栏目组提前策划，邀请权威学者郑永年，设置高质量议题，通俗表达，吸引受众。全国收视领先，传播广泛，为党的理论创新和中华民族伟大复兴凝聚人心。

获奖理由

该作品通过中外比较视野和历史维度，深刻解读"中国式现代化"与西方式现代化的异同，强调现代化非西方化，将为人类文明带来新样态。作品表达精准，议题丰富，深入浅出，使普通老百姓更容易理解中国式现代化的核心要义。

新媒体展示

使用手机扫描下方二维码，即可观看本条获奖作品的新媒体展示。

《最早的中国·文明探源看东方》融媒大"连麦"

📧 作品信息

作品类型:二等奖·新闻直播
刊播单位:上海广播电视台
报送单位:中国广播电视社会组织联合会
作　　者:集体
编　　辑:集体
作品时长:2 时 29 分 59 秒
发布平台:上海广播电视台看看新闻客户端
首发日期:2022 年 9 月 28 日

💻 作品简介

该直播报道追溯中华文明源头,以上海博物馆《何以中国》展为契机,以夏商周、中原和江南文化为线索,实地探访重要遗址,解读南北交融对中华文明起源的作用,体现"多元一体、兼容并蓄、绵延不断"的中华文明发展脉络。

📶 新媒体展示

使用手机扫描下方二维码,即可观看本条获奖作品的新媒体展示。

💬 获奖理由

该作品聚焦夏商周、中原文化和江南文化,深入讨论中华民族文明起源,强调"多元一体、兼容并蓄"的发展脉络;首次在国内新媒体运用 AR 技术呈现考古成果,创新语态吸引年轻受众,多渠道同步直播,传播效果良好。

水自汉江来
——引汉济渭秦岭输水隧洞全线贯通

作品信息

作品类型：二等奖·新闻直播
刊播单位：陕西广电融媒体集团（台）
报送单位：中国广播电视社会组织联合会
作 者：集体
编 辑：集体
作品时长：1时28分50秒
发布平台：陕西卫视新浪微博官方账号
首发日期：2022年2月22日

作品简介

"引汉济渭工程"秦岭输水隧洞全线贯通，历史性地从底部穿越秦岭，为西安市提供关键水源。陕西卫视团队通过6个直播点位和TVU多机位系统，成功完成了《大国工程》至《贯通时刻》的新闻直播，呈现了这一历史性事件。

获奖理由

"引汉济渭工程"是国家水利工程，作品紧扣习近平总书记水利方针，策划五大篇章，直播秦岭输水隧洞全贯通，设6个直播点呈现首次洞穿秦岭的历史时刻。其政治导向正确，具有强烈新闻性，传播效果佳，受到广泛好评。

新媒体展示

使用手机扫描下方二维码，即可观看本条获奖作品的新媒体展示。

盐碱地上 大豆金黄

作品信息

作品类型：二等奖·新闻直播
刊播单位：山东广播电视台
报送单位：中国广播电视社会组织联合会
作　　者：李伟、胡蒙、崔潇、卢怡婷、李兴苗、
　　　　　刘琰、孔毅、方锡铭
编　　辑：翁平亚
作品时长：1时10分42秒
刊播版面：综合广播特别节目
首发日期：2022年10月14日

作品简介

本直播聚焦盐碱地大豆"齐黄34"在黄河三角洲的种植，深入黄河三角洲，实地展示"齐黄34"收成，同时穿插直播全国盐碱地情况，见证其创造新高产。整场直播充分展示了盐碱地大豆亩产新高的重要时刻。

新媒体展示

使用手机扫描下方二维码，即可观看本条获奖作品的新媒体展示。

获奖理由

该直播选择盐碱地大豆亩产新高为主题，生动展示我国耐盐碱作物研发取得的佳绩，对保障国家粮食安全至关重要。整场直播以演播室为总调度，实现六省七地连线，环节设计合理，现场采访深入生动，充分体现了现场直播特点。

2022年10月16日
《中国日报》二十大特别报道1-4版

作品信息

作品类型：二等奖·新闻编排
刊播单位：中国日报社
报送单位：中国新闻漫画研究会
作　　者：杨柳、田驰、朱喆
编　　辑：集体
刊播版面：二十大特别报道1-4版
首发日期：2022年10月16日

作品简介

该版面以极具冲击力的设计，生动展示了党中央推动的历史性成就。版面以十年发展数据，配以引人注目的标题。文字提炼自《关于百年奋斗重大成就的决议》，展示党的发展历程和二十大代表结构，发布权威数据，生动地宣介党知识。

获奖理由

这一版面是在党的二十大开幕当天推出的，作为"向党的二十大献礼"的联版，版面的主题重大新闻性强。版面浓墨重彩，注重美学视觉的呈现，具有感染力。版面将手绘的插画与图表相结合，将文字和数据结合，具有艺术性。

新媒体展示

使用手机扫描下方二维码，即可观看本条获奖作品的新媒体展示。

2022年3月8日《黑龙江日报》6版、7版

✉ 作品信息

作品类型：二等奖·新闻编排
刊播单位：黑龙江日报报业集团
报送单位：中国新闻漫画研究会
作　　者：兰继业
编　　辑：陈德亮、于海军
刊播版面：要闻6版、7版
首发日期：2022年3月8日

💻 作品简介

该作品采用通版方式，以地球和生物矢量素材为背景，以六省代表动植物为视觉中心，形成"见图知省"的效果。版式灵动，色调明快，通过视觉化处理，生动展示出中国在生物多样性保护方面的努力与成就。

📶 新媒体展示

使用手机扫描下方二维码，即可观看本条获奖作品的新媒体展示。

💬 获奖理由

跨版设计以地球、动植物为背景，以黑、川、滇、陕、皖、青各省代表生物为素材，呈现"见一图知一省"效果。版式灵动、明快，浅绿色调形成生物多样性保护的"绿色名片"，符合构建地球生命共同体主题。

2022年10月27日《江西日报》5-8版

✉ 作品信息

作品类型:二等奖·新闻编排
刊播单位:江西日报社
报送单位:中国新闻漫画研究会
作　　者:集体
编　　辑:集体
刊播版面:纪念井冈山革命根据地创建
　　　　　95周年5—8版
首发日期:2022年10月27日

💻 作品简介

井冈山革命根据地创建95周年纪念日,江西日报社策划推出连版,以星星之火可以燎原的火炬为主打照片,通过井冈山历史事件将火炬与新时代的井冈山精神串联,展现了井冈山在中国革命的光辉地位和红色基因的传承。

💬 获奖理由

该版面主题突出,要素完整,符合新闻版面规范。原创绘图将火炬、红军旗帜、党徽等元素融合,与井冈山背景相呼应,体现"星星之火可以燎原"的主题;以井冈山历史事件为节点,融入传承红色基因和井冈山精神的时代意义。

📶 新媒体展示

使用手机扫描下方二维码,即可观看本条获奖作品的新媒体展示。

2022年12月31日《全省新闻联播》

作品信息

作品类型:二等奖·新闻编排
刊播单位:河北广播电视台
报送单位:中国广播电视社会组织联合会
作　　者:集体
编　　辑:牛作交、谷林曼
作品时长:29分35秒
刊播版面:新闻频率《全省新闻联播》
首发日期:2022年12月31日

作品简介

该节目充分利用广播的传播优势,通过现场连线展现河北各地的经济发展和民生景象。节目内容丰富多元、编排得当,展示了疫情后经济活力释放的火热局面。多种新闻素材转换自然,结尾汇聚民众对新一年的祝福,温情感人。

新媒体展示

使用手机扫描下方二维码,即可观看本条获奖作品的新媒体展示。

获奖理由

本期节目以升腾而起的"烟火气"彰显经济社会在疫情之后涌现出的活力,成为整体编排的创意基点,反映了我国统筹疫情防控和经济社会发展的新成效,充分发挥出了广播的传播特色,实现了很好的传播效果和社会影响力。

辩证处理媒体深度融合中的五对关系

📧 作品信息

作品类型：二等奖·新闻业务研究
刊播单位：《传媒》
作　　者：夏似飞
编　　辑：陈琦
作品字数：4 479 字
年度刊期："特别策划"（17—19页）
首发日期：2022年4月25日

💻 作品简介

本文围绕推动媒体改革发展"快功"与"慢活"、"流量"与"质量"、"内容"与"渠道"、"专家"与"全能"、"迎合"与"引导"五对关系，进行详细论述，对媒体不断提高"四力"具有重大现实意义。

💬 获奖理由

该作品对媒体深度融合发展改革实践中的五个关键问题和关键关系进行了分析论证，选题具有重要的理论和现实意义。文章逻辑清晰，论证严谨有力，对实践具有较强的理论指导意义。

📶 新媒体展示

使用手机扫描下方二维码，即可观看本条获奖作品的新媒体展示。

"正能量"与"大流量":全媒体时代重大主题报道的突破之道

作品信息

作品类型:二等奖·新闻业务研究
刊播单位:《中国记者》
报送单位:山东省新闻工作者协会
作　　者:赵念民
编　　辑:陈国权
作品字数:5 100字
年度刊期:2022年第10期
首发日期:2022年10月15日

作品简介

该作品提出全媒体时代重大主题报道创新突破的路径方法:一是聚焦正能量之核之要,二是让正能量实现大流量,三是让大流量"澎湃"正能量。文章提出和阐释的规律性思路和办法,既具有鲜明的"大众特色",又具有复制借鉴的价值。

新媒体展示

使用手机扫描下方二维码,即可观看本条获奖作品的新媒体展示。

获奖理由

该文章针对全媒体时代重大主题报道的质量和水平展开分析论述,具有针对性和创新性。文章兼顾理论和实践,在时代逻辑、政治逻辑与融合传播规律的结合点、切入点、着力点上下功夫,观点鲜明、理路清晰、论证有力。

城市传播：
城市电视台转型的新基点

作品信息

作品类型：二等奖·新闻业务研究
刊播单位：《中国广播电视学刊》
报送单位：中国广播电视社会组织联合会
作　　者：李岭涛、尹素伟
编　　辑：陈富清
作品字数：8 019字
年度刊期：征文（第六届扬州广电杯"城市
　　　　　广播电视改革发展"）
首发日期：2022年11月1日

作品简介

城市电视台面临竞争压力，李岭涛提出转型建议：以城市传播为基点，从受众需求、城市魅力、传播能力等多方面转型，提高城市传播能力和档次，走出全新发展之路。作品被多个网络平台转载，引发广泛关注和讨论。

获奖理由

该作品是一篇难得的、具有强烈问题导向的简约版调研报告。从城市电视台转型和城市传播发展迫切需要解决的问题出发，从体制、机制、内容生产等多个方面分析问题，提出的建议一语中的，非常深刻、科学。

新媒体展示

使用手机扫描下方二维码，即可观看本条获奖作品的新媒体展示。

以"六个统一"
提升重大主题报道水平

作品信息

作品类型:二等奖·新闻业务研究
刊播单位:《传媒论坛》
报送单位:江西省新闻工作者协会
作　　者:黄燕
编　　辑:顾强、杜佳琦、曾文斌
作品字数:6 407字
年度刊期:2022年第24期
首发日期:2022年12月9日

作品简介

文章以"六个统一"为切入点,通过对新形势下报道特征及问题的分析,结合中国新闻奖成功案例,呼吁老话题与新视角统一,以提升叙事能力、构建主流意识形态传播。

新媒体展示

使用手机扫描下方二维码,即可观看本条获奖作品的新媒体展示。

获奖理由

该文站位高、聚焦"时度效"最优解,解构新时代主题报道方式,关注热点与前沿问题,彰显新闻使命。文章结构清晰,涵盖的报道案例丰富,展示开阔的学术视野;朴实生动的文风具有说服力,充分论证了新闻业务研究的价值。

地方主流媒体智库建设路径优化研究

作品信息

作品类型：二等奖·新闻业务研究
刊播单位：《中国广播电视学刊》
报送单位：黑龙江省新闻工作者协会
作　　者：赵刚、王春宇、王青沙
编　　辑：樊丽萍
作品字数：4 477 字
年度刊期：《中国广播电视学刊》2022 年第 11 期
首发日期：2022 年 11 月 1 日

作品简介

该作品基于地方主流媒体智库的发展现状，从战略规划、成果转化、内容生产和数据驱动等方面分析地方主流媒体智库建设所面临的现实困境，立足地方主流媒体新闻资源优势，提出相应的路径优化策略。

获奖理由

作品深入分析地方主流媒体智库建设的现状及所面临的现实困境，所提出的地方主流媒体智库建设路径优化策略紧密联系新闻工作实际，能够准确地把握地方主流媒体在智库建设中的堵点与痛点，具有较强的现实针对性。

新媒体展示

使用手机扫描下方二维码，即可观看本条获奖作品的新媒体展示。

"一线"领跑"世界高铁"

作品信息

作品类型:二等奖·重大主题报道
刊播单位:天津海河传媒中心
报送单位:天津市新闻工作者协会
作　　者:范静
编　　辑:景知诚、赵磊
作品时长:17分53秒
刊播版面:FM91.1天津生活广播《百姓故事》节目
首发日期:2022年12月29日

作品简介

中铁六院首席专家王立天率团队历时三年,成功自主研发高强高导铬锆铜导线,结束了高铁接触网导线依赖进口的历史,获国家科技进步二等奖,揭示了他们在面对国外技术封锁、克服困难的过程中取得研发成功的感人事迹。

新媒体展示

使用手机扫描下方二维码,即可观看本条获奖作品的新媒体展示。

获奖理由

记者采访深入,撰稿精细,既保持了新闻的严谨性、真实性,又具有可听性。将复杂专业的科研过程转化为受众听得懂、看得明白的精彩故事,可见采写之用心。

峒山村这十年

作品信息

作品类型:二等奖·电视专题
刊播单位:湖北广播电视台
作　　者:李鹏、胡芳、廖寿喜、屈晓平、张希、赵桂新、郝晋辉
编　　辑:集体
作品时长:15 分
刊播版面:电视经济频道《垄天》
首发日期:2022 年 12 月 31 日

作品简介

本作品主创人员在习近平总书记调研峒山村后的十年间,持续关注峒山村,用镜头真实地记录了峒山村的点滴变化,讲述了峒山村十年间实现了总书记的嘱托,建成了农民幸福生活的美好家园的故事。

获奖理由

作品记录了习近平总书记视察湖北省鄂州市长港镇峒山村后的十年间,小山村的产业不断迈上新台阶,实现了可持续发展的良好局面,生动刻画了峒山村原党委书、村主任和数位乡贤等人物形象,展现了中国特色乡村振兴的成果。

新媒体展示

使用手机扫描下方二维码,即可观看本条获奖作品的新媒体展示。

红红的苹果，深深的爱

作品信息

作品类型：二等奖·文字通讯
刊播单位：《延安日报》
报送单位：陕西省新闻工作者协会
作　　者：侯忠义、刘彦、干雄焱
编　　辑：康龙、王强
作品字数：1 447 字
刊播版面：1 版转 2 版
首发日期：2022 年 11 月 9 日

作品简介

报道以习近平总书记 2022 年 10 月 26 日在延安市安塞区南沟村果园里采摘一个"红红的大苹果"切入，回溯到总书记 2015 年 2 月 13 日到梁家河村木军塬山上看苹果园。报道兼具可读性和思想性，极具感染力和冲击力。

新媒体展示

使用手机扫描下方二维码，即可观看本条获奖作品的新媒体展示。

获奖理由

报道以"红红的苹果"为主线，充分表现了习近平总书记"心里就想着怎么样让大家生活好起来"的深厚人民情怀，新闻性、故事性、思想性强，感情充沛，文笔精炼，语言朴实，亲切自然，引人入胜。

《从党的奋斗历程中汲取智慧和力量》等系列阐释解读文章

作品信息

作品类型:二等奖·文字系列
刊播单位:《求是》
报送单位:求是杂志社
作　　者:宋维强、孙煜华、尹霞、狄英娜、
　　　　　吴晓迪、李民圣
编　　辑:集体
作品字数:30 069字
刊播版面:2022年第1—20期、22—24期
首发日期:2022年1月1日

作品简介

《求是》杂志编辑部系列阐释解读文章,为广大党员干部全面准确地学习领会、贯彻落实习近平总书记重要文章精神提供了重要辅导材料,有力推动了全党更好地用习近平新时代中国特色社会主义思想武装头脑、指导实践、推动工作。

获奖理由

《求是》杂志编辑部系列文章,紧贴习近平总书记重要文章的原文原意,充分体现了党中央机关刊把宣传阐释好习近平新时代中国特色社会主义思想作为第一职责,不断推进党的创新理论通俗化、大众化的探索与实践。

新媒体展示

使用手机扫描下方二维码,即可观看本条获奖作品的新媒体展示。

总书记的回信

作品信息

作品类型:二等奖·电视系列
刊播单位:河南广播电视台
报送单位:河南省新闻工作者协会
作　　者:集体
编　　辑:张斌、刘志峰、杨亮
作品时长:36分6秒
刊播版面:河南广播电视台都市频道《都市报道》栏目
首发日期:2022年10月16日

作品简介

《总书记的回信》,以2013年到2022年总书记给不同领域人民群众回信为线索,用群众第一视角讲述领袖与人民的故事。这些回信是中国复兴路上的珍贵坐标,展现了以总书记为代表的中国共产党对人民的关怀无微不至、无处不在。

新媒体展示

使用手机扫描下方二维码,即可观看本条获奖作品的新媒体展示。

获奖理由

重大主题报道创新难,领袖宣传创新表达更不易,《总书记的回信》系列作为一档讲述领袖故事的重大题材作品,以硬核故事设置内容,以情感逻辑串联结构,以轻快剪辑赋能传播,为重大主题报道创新做出了有益的探索。

拼出我们的现代化

作品信息

作品类型:二等奖·新媒体类
刊播单位:新华报业传媒集团新华报业网
报送单位:江苏省新闻工作者协会
作　　者:集体
编　　辑:潘青松、田梅、杜雪艳
作品字数:35 943字
发布平台:新华报业网
首发日期:2022年12月31日

作品简介

新华报业传媒集团率业界之先,在2022年年底首家推出了中国式现代化大型网络专题,展现了江苏牢记总书记嘱托、探路中国式现代化的生动实践,具有显著的样本价值与社会意义。

获奖理由

本专题聚焦"中国式现代化"这一重大主题。记者积极践行"四力",深入基层大调研,认真策划、精心制作,多元融媒呈现,推出了全国首个中国式现代化大型网络专题,具有非常显著的社会意义与样本价值。

新媒体展示

使用手机扫描下方二维码,即可观看本条获奖作品的新媒体展示。

老区"潮"起

作品信息

作品类型：二等奖·电视系列
刊播单位：江西广播电视台
作　　者：袁进涛、田凌凌、余超、许文兵、周东、
　　　　　刘志刚、叶定豪
编　　辑：王艳、熊希颖、李彬
作品时长：43分
刊播版面：都市频道特辟时段
首发日期：2022年12月28日

作品简介

系列新闻纪录片《老区"潮"起》作为献礼"赣南等原中央苏区振兴发展战略实施十周年"的精品力作，紧扣"奋进新征程、建功新时代"重大主题，以"潮"作为整个节目的灵魂，以独特视角全景式展现了老区人民的新奋斗。

新媒体展示

使用手机扫描下方二维码，即可观看本条获奖作品的新媒体展示。

获奖理由

作品以独特的视角、故事化的表达，全景式展现了老区人民的新奋斗，充分展示了老区不"老"、风华正茂的青春活力，生动阐释了习近平新时代中国特色社会主义思想在红土圣地上彰显出的真理伟力。

《强军足迹》系列报道

作品信息

作品类型：二等奖·文字系列
刊播单位：《解放军报》
报送单位：解放军新闻传播中心
作　　者：集体
编　　辑：集体
作品字数：8 855 字
刊播版面：一版
首发日期：2022 年 5 月 24 日

作品简介

作品回访习近平主席视察过的部分基层单位、一线战位和回信勉励过的部队官兵，开展回顾式采访报道，推出这组《强军足迹》系列报道。作品分为三组："习主席来过我们连""习主席给我们回过信""习主席走进我们战位"，共计 19 篇稿件。

获奖理由

作品以宣传习近平强军思想为出发点，政治性强，站位高。作品以点带面地反映了人民军队奋进新征程、建功新时代的崭新面貌，充分彰显了军队媒体的宣传主阵地作用，引发网友强烈共鸣。

新媒体展示

使用手机扫描下方二维码，即可观看本条获奖作品的新媒体展示。

中共二十大将如何标注历史新坐标?

作品信息

作品类型:二等奖·文字通讯
刊播单位:中国新闻社
报送单位:中国新闻社
作　　者:张量
编　　辑:集体
作品字数:1 919 字
刊播版面:电讯通稿
首发日期:2022 年 10 月 13 日

作品简介

作品注重从历史、现实、世界等多个维度建构观察视角,通过极具说服力的事实和逻辑论述驾驭宏大叙事,准确把握了二十大对于中共自身、中国发展,以及整个世界的重大意义。

新媒体展示

使用手机扫描下方二维码,即可观看本条获奖作品的新媒体展示。

获奖理由

在二十大召开之际,该作品先声夺人,第一时间占据海内外舆论场,对二十大的重大意义进行具有高度、令人信服的新闻阐释,是二十大报道中令人印象深刻的重磅言论文章。

把青春华章写在祖国大地上

作品信息

作品类型:二等奖·新媒体类
刊播单位:人民网、"人民网+"客户端
报送单位:厦门大学新闻传播学院
作　　者:集体
编　　辑:集体
作品时长:1时3分34秒
发布平台:人民网、"人民网+"客户端
首发日期:2022年11月25日

作品简介

作品以传播技术赋能思政教育,与广大青少年同上网上网下大思政课,激发了广大青少年网民的情感共振、思想共鸣,增强了思政课的吸引力与感召力,引导广大青少年坚定不移听党话、跟党走,让青春在奋斗中绽放绚丽之花。

获奖理由

作品围绕"二十大精神进校园"的主题,党的二十大代表、航天英雄、科研专家、优秀台湾青年等,以故事讲述、情景教学、太空连线、音乐剧等生动鲜活的形式,与广大青少年同上一堂别开生面的大思政课。

新媒体展示

使用手机扫描下方二维码,即可观看本条获奖作品的新媒体展示。

广纳万川入海 画好同心大圆
——习近平同志在福建工作期间关于统战工作的探索与实践

作品信息

作品类型：二等奖·文字通讯
刊播单位：《福建日报》
报送单位：福建省新闻工作者协会
作　　者：兰锋、林蔚、郑昭
编　　辑：黄培坤、陈亮、汪洁
作品字数：34 079 字
刊播版面：要闻 1 版转 4 版
首发日期：2022 年 7 月 26 日

作品简介

文章功底扎实、逻辑严谨，是地方党媒对习近平新时代中国特色社会主义思想学习研究宣传的一次重要探索和新闻实践，既凸显福建特点，又站位全国大局，对于地方党媒做好习近平新时代中国特色社会主义思想学习宣传具有示范意义。

新媒体展示

使用手机扫描下方二维码，即可观看本条获奖作品的新媒体展示。

获奖理由

文章全面梳理了习近平总书记对统战工作的指导和推动，生动再现了他关于统战工作极富远见的思考、站位全局的视野、开拓创新的探索实践，饱含了统战人士对习近平总书记的深挚爱戴和由衷钦佩。

长卷里飞出黄河赞歌

✉ 作品信息

作品类型:二等奖·新媒体类
刊播单位:济南广播电视台济南网
报送单位:山东新闻工作者协会
作　　者:延磊、王洪靓、马进、姜琳、李小东
编　　辑:姜琳、李小东
作品字数:6 051 字
刊播平台:济南网
首发日期:2022 年 10 月 26 日

💻 作品简介

文章从百年历程的历史主脉切入,回望我们党百年苦难辉煌、百年风雨兼程的执着前行,宣示我们党在新起点上继往开来、继续前进的坚定决心,展现了中国共产党的大历史观、大时代观、大世界观。

💬 获奖理由

作品认真贯彻习近平总书记关于深入推动黄河流域生态保护和高质量发展重要指示精神,以著名油画家王克举绘制百米油画长卷《黄河》为切入点,综合运用短视频、H5 互动等新媒体方式呈现沿黄九省在黄河战略下的生态保护与高质量发展的成果,展现黄河的新时代蝶变。

📶 新媒体展示

使用手机扫描下方二维码,即可观看本条获奖作品的新媒体展示。

A mega project to benefit everyday life
(同时照 12 000 面镜子是什么感觉?)

作品信息

作品类型:二等奖·新媒体类
刊播单位:中国日报网
报送单位:中国记协新媒体专业委员会
作　　者:王浩、刘伟玲、柯荣谊、张少伟、
　　　　　栗思月、孔闻峥、罗京湘子、史雪凡
编　　辑:何娜、马静娜、沈一鸣
作品时长:6 分
发布平台:中国日报网
首发日期:2022 年 10 月 15 日

作品简介

作品融合动画、XR(扩展现实)、虚拟制片等新技术,从科学实验的角度切入,让观众在科普中走近被称为"超级镜子"的敦煌 100 兆瓦熔盐塔式光热电站,从细节中感知非凡十年中国环保成就蕴含的深刻意义。

新媒体展示

使用手机扫描下方二维码,即可观看本条获奖作品的新媒体展示。

获奖理由

作品以"照镜子"这样的身边小事作类比,向国际受众报道中国清洁能源产业的发展成就,展现了中国为世界环保事业所做的巨大努力,是向全球观众讲述中国贡献的一次成功尝试。

永不放弃
——藤县空难搜救工作

作品信息

作品类型：二等奖·新闻摄影
刊播单位：新华社
报送单位：中国新闻摄影学会
作　　者：集体
编　　辑：集体
作品字数：6 134 字
发布平台：英文对外专线、海外社交媒体平台
首发日期：2022 年 3 月 22 日

作品简介

本组作品是新华社记者连续一周深入事故核心现场近距离拍摄的超过万张照片中精选的一部分，内容丰富，客观真实，多侧面、多角度、全方位地展现了事故的真实场景和救援的实时进展，直抵事故最核心现场、直抵关心事故的每一个人的内心。

获奖理由

这组藤县空难搜救工作组照，在条件极为艰难和特殊的情况下，为读者提供了大量的第一视点和现场直击，及时回答了受众对于重大突发事件的现场画面需求，适时回应了人们对于搜救工作不同阶段、不同节点的关注需求。

新媒体展示

使用手机扫描下方二维码，即可观看本条获奖作品的新媒体展示。

预见中国：
从大湾区看未来

作品信息

作品类型：二等奖·国际传播
刊播单位：大湾区卫视、美国探索传媒集团
报送单位：广东省新闻工作者
作　　者：谢冰、刘帅、潘晨虹、林庆坚、
　　　　　雷锋学、王东辉、邓井娣
编　　辑：李子俊、池东橼、欧彦
作品时长：45分
刊播版面：Discovery东南亚频道
首发日期：2022年12月5日

作品简介

纪录片《预见中国：从大湾区看未来》向全球观众解构粤港澳大湾区的发展动力，尝试从大湾区的发展预见中国乃至世界的未来！透过节目，观众可以看到中国当下最具活力的新生代们，正用自己的方式重新定义何为"追梦与成功"。

新媒体展示

使用手机扫描下方二维码，即可观看本条获奖作品的新媒体展示。

获奖理由

节目通过Discovery电视频道及其新媒体平台在美、英、法、德、意及东南亚等多国落地，国内《人民日报》《文汇报》《南方日报》等主流媒体对节目给予高度评价，CNN等国际主流媒体，也对该片进行了一系列推介报道，实现了"中国故事"在海外的有效传播。

PLA(中国军队)

作品信息

作品类型:二等奖·新媒体类
刊播单位:中国军网
报送单位:解放军新闻传播中心
作　　者:集体
编　　辑:赵燕飞
作品时长:4分17秒
发布平台:中国军网
首发日期:2022年9月3日

作品简介

作品的核心创意是用习主席的金句贯穿全片,向世界巧妙传播中国价值观,以国内外受众熟知的"PLA"作为片名,以"Peace Loving Army"对"PLA"的内涵进行全新的拓展诠释。

获奖理由

作品以和平为共情纽带,从精神层面与观众沟通,有效消解了外国民众对我价值传播的戒备心理,实现了我军理念、形象的软传播、巧塑造。

新媒体展示

使用手机扫描下方二维码,即可观看本条获奖作品的新媒体展示。

问答二十大

作品信息

作品类型:二等奖·国际传播
刊播单位:中国新闻网
报送单位:中国新闻社
作　　者:集体
编　　辑:集体
作品字数:2 873 字
作品时长:28 秒
刊播平台:中国新闻网
首发日期:2022 年 9 月 12 日

作品简介

系列短视频聚焦海外关注,运用融合形式,依托全球渠道,实现有效国际传播,以联通中外为定位,立足海外提问,内容严谨、权威,通过发挥短视频的特点,满足海外受众好奇心,助其更好地读懂中国共产党和当代中国。

新媒体展示

使用手机扫描下方二维码,即可观看本条获奖作品的新媒体展示。

获奖理由

系列短视频在重大、严肃题材的国际传播方面做出了积极尝试,以海外视角、全程融合、切口精巧、叙事扎实为特点,凭借兼具新闻性、知识性和贴近性的问题设置,有效促成了海内外舆论场的有效互动,取得了良好的传播效果。

美国是世界经济动荡之源

📧 作品信息

作品类型：二等奖·国际传播
刊播单位：《经济日报》
报送单位：经济日报社
作　　者：集体
编　　辑：连俊、仇莉娜、杨啸林
作品字数：5 200字
刊播版面：《经济日报》1版
首发日期：2022年6月27日

💻 作品简介

美国对内治理失策，对外漠视国际责任，成为世界经济动荡的源头。文章全面理性地剖析了美国对世界经济造成的危害，并警示全球应警惕其带来的风险。此文见报时，其对美国经济外溢效应的分析及警示，受到广泛关注。

💬 获奖理由

此文分析深刻、理性客观，全面系统地梳理美国经济发展脉络和动机，发表的时机恰逢美国总统拜登开启欧洲之行之际，为认清美西方真面目提供了有力支撑，发挥了党报评论的关键舆论引导作用，新闻性、针对性强，时度效俱佳。

📶 新媒体展示

使用手机扫描下方二维码，即可观看本条获奖作品的新媒体展示。

Why won't the Arab world buy U.S. lies about Xinjiang?
(阿拉伯世界为何不相信美国涉疆谎言?)

📧 作品信息

作品类型:二等奖·国际传播
刊播单位:新华社
报送单位:新华通讯社
作　　者:倪四义、陆佳飞、姚兵、董亚雷、
　　　　　凡帅帅、吴天雨、汪健、邓仙来
编　　辑:辛俭强、蔺妍、金悦磊
作品字数:1 957 字
作品时长:4 分 20 秒
刊播平台:新华通讯社
首发日期:2022 年 12 月 14 日

💻 作品简介

该报道通过"借嘴说话"的方式,把美国涉疆谎言"为什么"不可信这一点讲深、讲透,一方面反映国际社会广泛支持中国的新疆政策、站在正义的一边;另一方面保持对美舆论压力,有效反驳了美西方对我涉疆政策的污蔑。

📶 新媒体展示

使用手机扫描下方二维码,即可观看本条获奖作品的新媒体展示。

💬 获奖理由

报道充分体现了新华社"点多面广"的优势,国内外联动,采集一手鲜活素材,报道了国际社会于我有利的正义声音,有利于形成国际反美霸权的统一战线,视频画面中的视觉反差,更加让世人认清美国谎言背后别有用心。

Global Thinkers Special: What does China really want?
(对话思想者电视论坛:中国特色大国外交与全球新格局)

作品信息

作品类型:二等奖·国际传播
刊播单位:中央广播电视总台
报送单位:中国广播电视社会组织联合会
作　　者:麻静、葛璟、刘欣、任岩、沈潇迪、
　　　　　朱碧玉、张桢昊、袁艺娇
编　　辑:张楠、项师曲、张瑞鑫
作品时长:43分43秒
刊播版面:CGTN《视点》栏目
首发日期:2022年9月14日

作品简介

节目用辩论和对话的形式呈现观点,解读新时代习近平总书记中国特色外交思想,深入阐释中国推动构建人类命运共同体、推动建设新型国际关系、积极参与全球治理体系变革和建设的实践与意义。

获奖理由

该作品聚焦新时代中国特色大国外交主题,以高端访谈为定位,细化议题设置,邀请外国政要、知名学者进行对谈交流,策划精细,观点性强、权威度高,海外传播效果好,在国际舆论场产生积极反响。

新媒体展示

使用手机扫描下方二维码,即可观看本条获奖作品的新媒体展示。

Comicomment:Abysmal deviation from the right course
(新漫评:偏离"一个中国",必将坠入深渊!)

作品信息

作品类型:二等奖·国际传播
刊播单位:中国新闻网
报送单位:中国新闻漫画研究会
作　　者:陈善坤
编　　辑:宋方灿、李雨昕、谷丽萍
作品字数:120字
刊播平台:中国新闻网
首发日期:2022年8月8日

作品简介

此则漫评用闭眼的"疯婆子"和濒临悬崖的车辆,形象化地传达出偏离一个中国原则是危险行为,暗示其若继续一意孤行,必将跌入深渊。

新媒体展示

使用手机扫描下方二维码,即可观看本条获奖作品的新媒体展示。

获奖理由

该作品构思巧妙,绘制精美,让关心海峡局势、中美关系的各国人士能够毫无语言障碍地"秒懂"坚持一个中国原则的重要意义。

新闻特写：
当咖啡花遇上茉莉花

作品信息

作品类型：二等奖·国际传播
刊播单位：福建省广播影视集团
报送单位：福建省新闻工作者协会
作　　者：郑建武、陈蕾、林传喻、游宁剑、倪政兴
编　　辑：邓金木、曹俭、邱燕
作品时长：3分51秒
刊播版面：东南卫视《东南晚报》
首发日期：2022年7月26日

作品简介

记者将时隔九年的两个事件有机结合，传递了习近平外交思想的核心理念——构建人类命运共同体，"隔空"采访萨莫拉一家，同时寻求到央视当年播发习主席访问萨莫拉一家的画面，创作团队还认真采编了"两朵小花"等相关影像。

获奖理由

2023年正值共建"一带一路"倡议提出十周年，作品从两朵小花切入，以茶为媒，以花为信，视角精巧独到，形象表达真实生动，能引起共情共鸣，是一个传得开、留得住的国际传播案例。

新媒体展示

使用手机扫描下方二维码，即可观看本条获奖作品的新媒体展示。

铭记(国际版)

作品信息

作品类型：二等奖·国际传播
刊播单位：江苏省广播电视总台
报送单位：南京大学新闻传播学院
作　　者：集体
编　　辑：葛莱、陈辉、何可一
作品时长：49分30秒
刊播版面：江苏省广播电视总台国际频道
首发日期：2022年12月30日

作品简介

纪录片以侵华日军南京大屠杀遇难同胞纪念馆为核心叙事载体，通过探究纪念馆的一个个"记忆空间"，为观众推开一扇中国近代史上沉痛的"铭记之门"，宣示中国人民"牢记历史、不忘过去、珍爱和平、开创未来"的坚定立场。

新媒体展示

使用手机扫描下方二维码，即可观看本条获奖作品的新媒体展示。

获奖理由

《铭记》以纪念场馆为切入点，使南京大屠杀这一传统题材又有了新的视角和拓展空间，作品制作精良，信息源丰富，主题、内容、制作水准和风格都适合国际传播，具有突出的历史价值和现实意义。

田野上最亮的星

作品信息

作品类型:二等奖·典型报道
刊播单位:湖南广播电视台
报送单位:湖南省新闻工作者协会
作　　者:集体
编　　辑:梁穗、陈恬、陈慧
作品时长:24分26秒
刊播版面:湖南卫视《午间新闻》
首发日期:2022年6月23日

作品简介

报道讲述湖南农业领域八名院士的科研故事和重要贡献,致敬农业科学家。节目系统梳理了院士们的科研脉络,以人物传记式的笔法,详解院士专家的成长之路,展现了他们不断求索的科学家精神与"俯首为牛"的为民情怀。

获奖理由

节目坚持人民立场,展现了农业院士的百姓情怀。聚焦国之大者,服务省之大计,助推湖南农业高质量发展,彰显媒体担当。

新媒体展示

使用手机扫描下方二维码,即可观看本条获奖作品的新媒体展示。

阿伟书记的承诺

作品信息

作品类型:二等奖·典型报道
刊播单位:浙江广播电视集团
报送单位:浙江省新闻工作者协会
作　　者:杨川源、孙汉辰、许勤、董孝烽、
　　　　　张洁云
编　　辑:程波、邵一平、王西
作品时长:12分32秒
刊播单位:浙江广播电视集团
首发日期:2022年12月28日

作品简介

报道以"白叶一号"丰产期前的最后一个冬季茶叶养护期为切入点,记录了盛阿伟第63次深入贵州山村,建立乡村振兴党建联盟,加强基层党组织的堡垒作用,从种茶叶,到种理念、种梦想,鼓励群众"把饭碗捧在自己手上"的故事。

新媒体展示

使用手机扫描下方二维码,即可观看本条获奖作品的新媒体展示。

获奖理由

主题重大,回答时代之问;立足现实,引发时代共鸣;问题导向,塑造时代典型。该报道直面问题,探究方法,是一篇极具时代价值的典型报道。

金色山川赤诚的红
——追记阿坝州金川县交通运输局党组书记、局长罗从兵

作品信息

作品类型：二等奖·典型报道
刊播单位：《四川日报》
报送单位：四川省新闻工作者协会
作　　者：集体
编　　辑：集体
作品字数：6 930 字
刊播版面：《四川日报》1 版、3 版
首发日期：2022 年 7 月 11 日

作品简介

作者深入罗从兵生前工作的三个乡镇和交通运输局，挖掘他扎根高原藏乡、带领乡亲们走过脱贫路、走上小康路的感人事迹。精心打磨的全媒体产品，以及率先发声、深入报道，有力揭示和宣传了罗从兵同志的榜样力量。

获奖理由

该作品以翔实的事例、感人的情节，多维度呈现了这位"可学可做、可追可及"的优秀共产党员的先进事迹。作品坚持客观叙事，同时辅以融媒体手段，富有感染力、震撼力，展现了新时代新闻人的使命担当。

新媒体展示

使用手机扫描下方二维码，即可观看本条获奖作品的新媒体展示。

缙云山壮歌

作品信息

作品类型:二等奖·典型报道
刊播单位:《当代党员》
报送单位:中国期刊协会
作　　者:集体
编　　辑:集体
作品字数:6 895字
年度刊期:《当代党员》2022年第17期
首发日期:2022年9月1日

作品简介

通过亲身参与志愿救援和深入采访,采访团队挖掘到大量感人的人物和故事。灭火取得胜利后,团队创作的此篇报道展现了重庆人民面对灾害迎难而上的英雄气,诠释了新时代中华儿女在灾难面前敢于斗争、勇于胜利的精气神!

新媒体展示

使用手机扫描下方二维码,即可观看本条获奖作品的新媒体展示。

获奖理由

报道视角独特,选择普通的志愿者作为报道对象,展现了在突如其来的自然灾害面前挺身而出的"平凡英雄"的精气神。难能可贵的是,记者亲身参与了志愿救援,所有素材均来自现场采访,报道传播效果良好。

保护之举何以结涩果
——梁子湖"鱼草较量"启示录

✉ 作品信息

作品类型:二等奖·舆论监督报道
刊播单位:《湖北日报》
报送单位:湖南大学新闻与传播学院
作　　者:胡汉昌、廖志慧、胡弦
编　　辑:韩炜林、李琼、别鸣
作品字数:4 797字
刊播版面:1版(7版转版)
首发日期:2022年8月10日

💻 作品简介

稿件在坚持"十年禁渔"政策的前提下,以梁子湖"鱼草较量"为小切口,反映生态保护需要长远眼光和全局思维的大主题。团队还赴省梁子湖管理局采访,了解禁捕后开展增殖放流的缘由,使得报道更为中立客观。

💬 获奖理由

作品抓住了生态文明建设中具有普遍意义的大问题,探寻问题背后的本质,并提出建设性意见,为高层决策提供了依据,有力有效地推动了问题的解决。这既是一篇有力度的舆论监督之作,也是一篇高质量的调查研究报道。

📶 新媒体展示

使用手机扫描下方二维码,即可观看本条获奖作品的新媒体展示。

"丰县生育八孩女子"事件调查

作品信息

作品类型：二等奖·舆论监督报道
刊播单位：中央广播电视总台
报送单位：中央广播电视总台
作　者：集体
编　辑：集体
作品时长：19分39秒
刊播版面：新闻频道《共同关注》
首发日期：2022年2月23日

作品简介

节目密切关注公众质疑，以"五问"为思路，针对"丰县生育八孩女子"事件脉络和此前徐州市的调查结论，探究实情、追问原因，展现了媒体视角下的调查过程，并促成在最终版调查报告中增补关于计生工作漏洞的内容。

新媒体展示

使用手机扫描下方二维码，即可观看本条获奖作品的新媒体展示。

获奖理由

本专题片是一件优秀的突发事件调查作品。节目调查扎实、讲述生动、报道独家，在重大、敏感的公共事件中起到了一锤定音的效果，彰显了主流媒体的责任与担当。

"关注城市行道树"

作品信息

作品类型：二等奖·舆论监督报道
刊播单位：《人民日报》
报送单位：人民日报社
作　　者：彭波、孙立极、黄超、史一棋、
　　　　　沈童睿、向子丰、姚雪青
编　　辑：张毅、廖文根、冯春梅
作品字数：7 286字
刊播版面：读者来信7版、10版
首发日期：2022年9月5日

作品简介

读者来信版开展城市行道树相关话题征集活动，针对存在的问题，深入基层开展调研，注重细分议题、细化选题，真实反映影响群众生活痛点问题的同时，注重挖掘背后的决策不民主和不科学、政策措施缺少历史人文关怀等问题。

获奖理由

系列报道以小切口反映大主题，充分发挥舆论监督建设性作用，总结地方探索新经验，推动新发展理念在城市建设中得到贯彻落实，强调城市建设要始终贯彻以人民为中心的发展思想，使整组舆论监督报道更具思想性和指导意义。

新媒体展示

使用手机扫描下方二维码，即可观看本条获奖作品的新媒体展示。

危险的"伪翻新胎"

作品信息

作品类型：二等奖·舆论监督报道
刊播单位：浙江卫视
报送单位：厦门大学新闻传播学院
作　　者：夏明瑞、陈丰、陈捷
编　　辑：孟文林、柳晓黎
作品时长：25分
刊播版面：《今日聚焦》
首发日期：2022年9月19日

作品简介

第一篇报道曝光了"伪翻新胎"被多种车辆普遍使用的乱象；第二篇对"伪翻新胎"的销售网络进行调查；第三篇直击"伪翻新胎"制造过程；第四篇从制度层面探讨了乱象背后的监管缺位；第五篇是报道反馈，反映浙江各地的查处情况。

新媒体展示

使用手机扫描下方二维码，即可观看本条获奖作品的新媒体展示。

获奖理由

报道内容扎实透彻，现场画面生动精彩，社会意义巨大，用鲜活的事实揭示乱象，消除隐藏的安全隐患。报道层层递进，剖析了乱象背后存在的标准、准入门槛缺位的问题，从可看性、专业性、传播性等各角度都称得上是一篇佳作。

H5 | 种草记
——"幸福草"从西海固走向世界的故事

作品信息

作品类型：二等奖·融合报道
刊播单位：宁夏日报客户端
报送单位：中国记协新媒体专业委员会
作　　者：集体
编　　辑：董静怡、马文伟
作品字数：341 字
发布平台：宁夏日报客户端
首发日期：2022 年 10 月 22 日

作品简介

林占熺是习近平总书记推动闽宁对口扶贫协作工作的践行者。党的二十大，林占熺在首场代表通道上介绍他发明的菌草并分享脱贫战场上的感人故事。《种草记》适时推出，融合 H5、漫画、视频等多种手段，引起广泛关注。

获奖理由

《种草记》聚焦党的二十大代表——闽宁协作典型人物国家菌草工程技术研究中心首席科学家林占熺，综合运用各种手段，形成了一个集多种形式于一体的融合报道，主题鲜明、情感真挚，广受好评。

新媒体展示

使用手机扫描下方二维码，即可观看本条获奖作品的新媒体展示。

超震撼航拍
——看，星光战胜火光！

作品信息

作品类型：二等奖·融合报道
刊播单位：重庆日报报业集团上游新闻客户端
报送单位：中国记协新媒体专业委员会
作　　者：江波、阮鹏程、周瑄、黄灵
编　　辑：陈旭、冯飞、周本帅
作品字数：157字
作品时长：1分
发布平台：上游新闻客户端
首发日期：2022年8月26日

作品简介

2022年8月，重庆缙云山发生山火。夜幕来临，从天上俯瞰，左边是熊熊山火形成的"巨大火龙"，右边是人们头顶的探灯汇聚成的"星光长城"。山火被成功扑灭后，该报道通过上游新闻客户端以及第三方传播平台发布，引发强烈反响。

新媒体展示

使用手机扫描下方二维码，即可观看本条获奖作品的新媒体展示。

获奖理由

上游新闻报道组扎根灾情现场，通过航拍记录历史性画面。作品充分展现和传递了中国人民凝聚一心，不怕困难、勇于担当，战胜一切艰难险阻的伟大民族精神。作品无论从立意，还是拍摄制作、传播效果，都是新闻报道的经典案例。

潮起东方
寻找百强"共富"密码

作品信息

作品类型:二等奖·融合报道
刊播单位:江苏省广播电视总台我苏客户端
报送单位:中国记协新媒体专业委员会
作　　者:集体
编　　辑:顾敏霞、刘浩邦
作品字数:11 679 字
发布平台:我苏客户端
首发日期:2022 年 12 月 31 日

作品简介

在党的二十大召开前夕,我苏网携手全国百强县县级融媒体中心,策划推出《潮起东方 寻找百强"共富"密码》大型融媒体新闻行动,联动全国县融,全景展现了县域特色共富路。作品创新制作方式,1+N 模式带来一线鲜活报道。

获奖理由

该作品突破省域,由省级媒体牵头跨省联动基层一线媒体共同完成,不仅为基层媒体提供讲好当地故事的平台,也是全国基层媒体采制水准的一次协同展示。作品主题宏大,立意深远,且角度独特,设计精美,体验极佳。

新媒体展示

使用手机扫描下方二维码,即可观看本条获奖作品的新媒体展示。

互动视频|太空看福建：用奋斗谱写新篇章

作品信息

作品类型：二等奖·融合报道
刊播单位：福建省广播影视集团海博 TV 客户端
报送单位：中国记协新媒体专业委员会
作　　者：集体
编　　辑：赖晗、唐征宇、陈烁
作品字数：5160 字
作品时长：30 分
发布平台：海博 TV 客户端
首发日期：2022 年 10 月 17 日

作品简介

党的二十大开幕之际，福建省广播影视集团推出《太空看福建：用奋斗谱写新篇章》报道。主创团队引入国土空间基础信息平台"天地图"的卫星遥感数据，精选福建九市一区代表性地点，是各类党的二十大专题报道中别样的"时空回眸"。

新媒体展示

使用手机扫描下方二维码，即可观看本条获奖作品的新媒体展示。

获奖理由

作品独树一帜，创新采用了卫星遥感影像视角，以单一标志性地点的十年发展为时间轴，从太空高度直观鲜明又宏阔大气地展现福建九市一区的十年辉煌巨变。该作品推出大屏、小屏、微信图文互动等多个版本，交互性更强，值得点赞。

数读中国创新
——从海底15 250米到高空3.6万公里

作品信息

作品类型：二等奖·融合报道
刊播单位：中国科技网
报送单位：中国记协新媒体专业委员会
作　　者：岳靓、张爽、朱丽、侯萌、王婷婷
编　　辑：刘义阳、沈唯、冷媚
作品时长：1分40秒
发布平台：中国科技网
首发日期：2022年10月14日

作品简介

《数读中国创新——从海底15 250米到高空3.6万公里》，视频采用三维CG动画形式，从高度出发，以数字为线索，从深海到深空，盘点了一系列我国科技创新发展的巨大成果。产品整体突出纵深感、富有感染力。

获奖理由

该作品以创新的表现形式和独到的构思设计，浓墨重彩地展示新时代十年科技事业取得的历史性成就，盘点了"深地一号"、天宫空间站等一系列我国科技创新发展的巨大成果，在发挥传统媒体内容优势、推动媒体深度融合方面做出了积极探索。

新媒体展示

使用手机扫描下方二维码，即可观看本条获奖作品的新媒体展示。

为让我们吃好，他们有多拼？

作品信息

作品类型：二等奖·融合报道
刊播单位：人民网微信公众号
报送单位：中国记协新媒体专业委员会
作　　者：集体
编　　辑：集体
作品时长：3分
发布平台：人民网微信公众号
首发日期：2022年9月21日

作品简介

在第五个"中国农民丰收节"到来之际，《人民日报》、人民网推出"中国种子"特别报道，讲述老一辈育种人为攥紧中国种子、端稳中国饭碗而奋斗的故事，致敬科学家们的爱国情、报国志。

新媒体展示

使用手机扫描下方二维码，即可观看本条获奖作品的新媒体展示。

获奖理由

该作品聚焦重大主题，时机把握得当，彰显媒体担当。该作品讲述了老一辈育种人为攥紧中国种子、端稳中国饭碗而奋斗的故事，五位白发苍苍的"农民"科学家可亲可敬，既有精神感召力，又有情感贴近性，有一定社会影响力。

大象新闻客户端"大象帮"平台

作品信息

作品类型:二等奖·应用创新
刊播单位:河南广播电视台大象新闻客户端
报送单位:中国记协新媒体专业委员会
作　　者:集体
编　　辑:集体
作品字数:3 601字
发布平台:大象新闻客户端
首发日期:2022年9月1日

作品简介

"大象帮"平台是河南广播电视台依托大象新闻客户端搭建的"我为群众办实事"新型移动互动平台。该平台实现了群众和媒体、政府之间的互联互通、实时互动,为各级党政部门协调力量抢险救援、精准帮扶提供线索。

获奖理由

该栏目以媒体平台为纽带,通过"技术赋能"打通了网络互助通道,让媒体、政府、机构形成合力,解决群众的"急难愁盼",尤其在疫情防控期间,为各级党政部门协调力量抢险救援、精准帮扶提供大量线索,是走好网上群众路线的成功实践。

新媒体展示

使用手机扫描下方二维码,即可观看本条获奖作品的新媒体展示。

新华社现场云平台

作品信息

作品类型:二等奖·应用创新
刊播单位:新华社客户端
报送单位:中国记协新媒体专业委员会
作　　者:李俊、贺大为、周宁、关明辉、文晶
编　　辑:陈梦婕、张芸梦、杨崧、张钟仁、
　　　　　张艺腾
发布平台:新华社客户端
首发日期:2017 年 2 月 17 日

作品简介

"新华社现场云"是新华社自主研发的智能化移动采编系统平台,是新华社落实中央要求,推进媒体深度融合,创新媒体服务的战略性平台。其旨在适应全媒体传播需要,深化内容生产供给侧结构性改革。

新媒体展示

使用手机扫描下方二维码,即可观看本条获奖作品的新媒体展示。

获奖理由

该平台充分发挥先进技术优势和报道模式,依托现场直播等形式,搭建起"通讯社＋机构用户"全面合作伙伴关系,打造信息化时代新型消息总汇。该平台已经成为全国最大的新闻在线生产平台,真正实现矩阵式的传播效果。

中国新闻奖

三等奖

上海成片二级以下旧里改造收官"水塔人家"要搬迁

作品信息

作品类型：三等奖·电视消息
刊播单位：上海广播电视台
报送单位：上海市新闻工作者协会
作　　者：刘惠明、欧建建
编　　辑：范沁毅
作品时长：3分52秒
刊播单位：上海广播电视台
首发日期：2022年8月14日

作品简介

2022年，上海市提出了彻底完成成片二级以下旧里房屋征收改造的工作任务，这对黄浦区是一个极大的考验。报道中记者完成了多次现场出镜，完整地再现了水塔房的全貌，达到了生动的报道效果。

获奖理由

加快推进成片二级以下旧里房屋改造是上海市委市政府对市民的庄严承诺。该报道以小见大，以朴实生动的电视新闻语言展现了上海积极践行人民城市理念，推进旧区改造，促进城市发展的决心和信心。

新媒体展示

使用手机扫描下方二维码，即可观看本条获奖作品的新媒体展示。

新疆快递小哥紧急驰援北京 这是一次温暖的逆行

作品信息

作品类型:三等奖·电视消息
刊播单位:兵团广播电视台
报送单位:新疆生产建设兵团新闻工作者协会
作　　者:李亚军、陈成、杨雪、赵子轩、杨德超
编　　辑:郭惠婷、陈成、李亚军
作品时长:3分59秒
刊播单位:兵团广播电视台
首发日期:2022年12月31日

作品简介

12月上旬,受疫情影响,北京的快递业务受到冲击,大批包裹无法投递,其中包括药品等市民急需的抗疫类物资。"00后"维吾尔族小伙如孜江·玉山江和同事8人立即报名驰援北京,在北京奋战9天,投递了近万个包裹。

新媒体展示

使用手机扫描下方二维码,即可观看本条获奖作品的新媒体展示。

获奖理由

作品集中体现了中华民族"一方有难,八方支援"的团结友爱互助精神。作品还抓住快递小哥三次利用下班时间去天安门广场"打卡"这一细节,较好地展现出普通中国人朴素而又真诚的拳拳爱国心、家国情。

1块钱 300 万人次观看 舞剧《醒·狮》网上彻底火了

作品信息

作品类型：三等奖·电视消息
刊播单位：四川广播电视台
报送单位：四川省新闻工作者协会
作　　者：陈宇韬、陈锐东
编　　辑：范渝、许琴、李玲芸
作品时长：4分1秒
刊播单位：兵团广播电视台
首发日期：2022年7月22日

作品简介

原定线下演出的舞剧《醒·狮》，因疫情防控，临时改为1元的线上直播，最终吸引逾300万网友收看，远超出线下正常演出的票房。记者敏锐捕捉到这一新闻事件，揭示了新场景新业态为中华优秀传统文化的普及和传播带来的新空间新活力。

获奖理由

作品紧贴热点，直击现场，报道及时，层次清晰，视听元素丰富，不仅为文旅行业如何探索新路、重振信心带来了思考，也为文旅行业今后的创新升级提供了有益借鉴。

新媒体展示

使用手机扫描下方二维码，即可观看本条获奖作品的新媒体展示。

中国建成世界首条环沙漠铁路线

作品信息

作品类型:三等奖·电视消息
刊播单位:新疆广播电视台
报送单位:新疆维吾尔自治区新闻工作者协会
作　　者:格日勒图、丁坤、谭海磊、侯芳、赵渤
编　　辑:张佳妮、王建军、张炜
作品时长:2分44秒
刊播单位:新疆广播电视台
首发日期:2022年6月16日

作品简介

6月16日,随着和田至若羌铁路正式开通运营,中国建成了世界上首条环沙漠铁路线。该作品运用电视镜头和现场采访,见证和记录了这一中国铁路发展历史上的重要里程碑事件,也成为对美西方污蔑新疆各类言论最有力的回击和事实。

新媒体展示

使用手机扫描下方二维码,即可观看本条获奖作品的新媒体展示。

获奖理由

电视消息《中国建成世界首条环沙漠铁路线》时效性强,用丰富的画面语言和清晰的主题层次,向观众展现了一个兼备便民利民、绿色环保、经济发展和大国工程等诸多元素的沙漠奇迹。

港澳律师内地执业第一案今天诞生

作品信息

作品类型：三等奖·广播消息
刊播单位：广东广播电视台
报送单位：广东省新闻工作者协会
作　　者：谢馨
编　　辑：吴杰明
作品时长：1分29秒
刊播单位：广东广播电视台
首发日期：2022年7月18日

作品简介

7月6日，广东省司法厅为四名港澳律师颁发大湾区律师执业证书。何君尧7月18日下午签订一宗涉及内地民事纠纷案的消息，确认该案为港澳律师获准在大湾区内地九市执业后代理的第一宗案件，快速成稿并于当天率先播出。

获奖理由

大湾区建设是国家重大发展战略。这一作品题材重大，体现时代特色，新闻价值高；时效性强，语言精练，对有效信息进行突出优化，作品有张力，是一篇广播消息佳作。

新媒体展示

使用手机扫描下方二维码，即可观看本条获奖作品的新媒体展示。

中国企业首次刷新硅太阳能电池转换效率世界纪录

作品信息

作品类型:三等奖·报纸消息
刊播单位:《陕西日报》
报送单位:陕西省新闻工作者协会
作　　者:苏怡、侯燕妮
编　　辑:王海涛、魏伟、韦超
作品字数:825字
刊播版面:要闻2版
刊播日期:2022年11月20日

作品简介

2022年11月19日,中国新能源国际博览会在西安召开,记者在会议现场发现隆基电池转换效率刷新世界纪录这一新闻点,当即决定刨根问底,用这则消息作为中国企业高质量发展的时代注脚,采写易传播、有深度的消息报道。

新媒体展示

使用手机扫描下方二维码,即可观看本条获奖作品的新媒体展示。

获奖理由

这是一篇硬科技新闻的标志之作。有三个显著特点:一是意义重大;二是采访扎实;三是时效性、专业性强。用群众读得懂的手法开展专业报道,实现了专业性和新闻性统一,传播力和权威性俱佳。

"干净办"邀请市民推选"最不干净"街巷

作品信息

作品类型：三等奖·报纸消息
刊播单位：《工人日报》
报送单位：工人日报社
作　　者：陈华
编　　辑：尹雪梅、陈俊宇
作品字数：857 字
刊播版面：要闻 1 版
刊播日期：2022 年 8 月 21 日

作品简介

《"干净办"邀请市民推选"最不干净"街巷》，刊登于《工人日报》8 月 21 日头版重要位置，报道的是安徽省芜湖市在全面打造"最干净城市"行动中，专门设立的"干净办"却开展"最不干净"系列推选的新闻消息。

获奖理由

稿件站位高，将学习贯彻习近平新时代中国特色社会主义思想融入具体的城市治理案例之中；切口小，将一个城市评选"最不干净"街巷放在文明创建大背景下；故事新，从评选"最干净"到评选"最不干净"，凸显城市治理方式之变。

新媒体展示

使用手机扫描下方二维码，即可观看本条获奖作品的新媒体展示。

为护齐长城，国道拓宽多花 4 个亿

作品信息

作品类型：三等奖·消息
刊播单位：《大众日报》
报送单位：山东省新闻工作者协会
作　　者：刘英、李艳
编　　辑：梁旭日、王彤彤、姚广宽
作品字数：876 字
刊播版面：要闻 2 版
首发日期：2022 年 12 月 31 日

作品简介

齐长城历史久远、占压土地体量大、易受周边群众生产生活影响等现实情况，成为保护传承中的难点痛点。记者长期跟踪关注齐长城遗址保护利用问题，经过扎实采访当地政府、附近村民、文物保护专家等，形成这篇独家报道。

新媒体展示

使用手机扫描下方二维码，即可观看本条获奖作品的新媒体展示。

获奖理由

这篇消息生动展现"保护文物也是政绩"这一科学理念，以小见大、以事说理，案例鲜活、示范性强，是一篇难得的独家新闻。作品紧紧抓住齐长城遗址保护中面临的矛盾冲突，正视问题、分析问题，事理相融、给人启发。

黄河"对赌",赢了!

作品信息

作品类型:三等奖·消息
刊播单位:河南广播电视台
报送单位:河南省新闻工作者协会
作　　者:常敏、周文茹、党爱莉、张洋锋
编　　辑:冉晓晖、张宁宁、罗栋巍
作品时长:3分
刊播版面:《河南新闻联播》
首发日期:2022年4月29日

作品简介

作者巧妙地抓住黄河流域生态保护补偿相关的"对赌"协议满一年的特殊时间节点,在稿件中创新视角,以"赢的是生态""黄河'对赌',多方共赢!"为立足点,阐明了黄河流域生态保护新机制的意义所在。

获奖理由

该作品是典型的小切口大主题报道,从"黄河对赌协议"为切入点,反映"黄河流域生态保护和高质量发展"重大主题。该作品具有评述气质,兼顾消息的时效性和述评的思辨性,增加了消息的深度和厚度。

新媒体展示

使用手机扫描下方二维码,即可观看本条获奖作品的新媒体展示。

世界最长高铁再添世界之最

作品信息

作品类型:三等奖·消息
刊播单位:《人民铁道》
报送单位:中国行业报协会
作　　者:唐克军、郭瀛潇
编　　辑:管夏怡、姜柯宇
作品字数:814字
刊播版面:2版
首发日期:2022年6月21日

作品简介

《人民铁道》深刻把握时代大势和行业特点,提前采访权威专家,组织记者深入北京西站、首发列车,独家挖掘出"世界最长高铁"和"再添世界之最"两大亮点,生动反映了新时代十年铁路发展的历史性成就和标志性成果。

新媒体展示

使用手机扫描下方二维码,即可观看本条获奖作品的新媒体展示。

获奖理由

本文既突出行业特色、时代背景,又彰显国家情怀、全局视野,充分展现了铁路发展对强信心、暖人心、聚民心和维护社会大局稳定的重要作用,是一篇高度、广度、深度、温度兼具的精品力作。

晋宁河泊所遗址考古取得重大发现
印证《史记》有关"滇国"记载

作品信息

作品类型：三等奖·消息
刊播单位：云南广播电视台
报送单位：云南省新闻工作者协会
作　　者：陈璐、金继坚、郭威、苏菲、闭超
编　　辑：陈璐
作品时长：6 分 24 秒
刊播版面：都市频道《都市条形码》
首发日期：2022 年 11 月 19 日

作品简介

古滇国是云南历史中的重要存在，如此厚重的历史选题在表达上有着精心设计。文章由浅到深，呈现上融合了多种方式，力争丰富生动，内容上经由云南省文物考古研究所 7 次修改，文稿兼具准确性、趣味性、生动性、可看性。

获奖理由

记者以层层剥茧的方式挖掘主题，通过多种方式展示了这一重大新发现的来龙去脉和重大意义，反映了文物考古的科学性、真实性、严肃性，达到了让文化遗产为全民所享，让考古理念为公众所知，让文物保护深入人心的效果。

新媒体展示

使用手机扫描下方二维码，即可观看本条获奖作品的新媒体展示。

苏皖三市协同立法 共护长江江豚

作品信息

作品类型：三等奖·消息
刊播单位：含山县融媒体中心
报送单位：自荐他荐
作　　者：郭小军、赵元甲
编　　辑：张昌军、王万生
作品时长：3分51秒
刊播版面：FM96.8《含山新闻》
首发日期：2022年10月24日

作品简介

小切口，大主题。主创人员密切关注、持续跟踪报道，并选在重要节点播发，体现出了主流媒体担当。这则广播消息，有细节、有故事，音响丰富、制作精良，是一篇实实在在践行"四力"的生态环保主题新闻佳作。

新媒体展示

使用手机扫描下方二维码，即可观看本条获奖作品的新媒体展示。

获奖理由

这是一篇采访充分、细节鲜明、制作精良的生态环保主题佳作，是记者践行"四力"的体现。该报道在全国首例对单一物种的流域性区域协同保护立法施行当天推出，体现了新闻工作者的新闻敏感性和社会责任感。

RCEP 生效后中国首趟开往成员国的国际货运班列开出

作品信息

作品类型：三等奖·消息
刊播单位：广西广播电视台
报送单位：广西省新闻工作者协会
作　　者：陈娟、谭锋、苏晖、赖秋羽、傅琦恩
编　　辑：刘红明、赖秋羽、范英
作品时长：1 分 27 秒
刊播版面：广西卫视《广西新闻》
首发日期：2022 年 1 月 1 日

作品简介

该报道准确、及时报道了 RCEP 生效后中国首趟开往成员国的国际货运班列开出的新闻，令人振奋。报道在全国形成了 RCEP"广西热效应"，此后广西多次成为中央媒体报道 RCEP 相关选题的首选点。

获奖理由

该报道融生动性和专业性于一体，题材重大，短小精悍，信息量和画面丰富，文风简洁，解说词、采访同期声和画面有机配合相得益彰，是一篇践行"四力"的短消息佳作。

新媒体展示

使用手机扫描下方二维码，即可观看本条获奖作品的新媒体展示。

全国首部！
山西为煤炭清洁高效利用立法

作品信息

作品类型：三等奖·消息
刊播单位：山西广播电视台
报送单位：山西省新闻工作者协会
作　　者：张建国、刘媛
编　　辑：张建国、刘媛
作品时长：3分33秒
刊播版面：山西综合广播《山西新闻》
首发日期：2022年12月9日

作品简介

作品聚焦立法形势的要求，通过前期扎实的会外采访和丰富的新闻背景支撑稿件，以煤炭企业煤矸石处理为切入，强化了事实与政策之间的关联，引导了以法治力量推动煤炭行业高质量发展的舆论导向。

新媒体展示

使用手机扫描下方二维码，即可观看本条获奖作品的新媒体展示。

获奖理由

报道主题重大，会外调查与会内采访相结合，深入浅出的解读既展示了法规出台的背景、价值和今后的执行要求，极大提升了报道的深度，又将抽象枯燥的法规转化为听得懂、可感受的百姓语言，堪称一篇创新的法治报道。

澳门青年裴承贤：
同心逐梦 服务贵州这十年

作品信息

作品类型：三等奖·消息
刊播单位：贵州广播电视台
报送单位：贵州省新闻工作者协会
作　　者：吴唐、于海洋、居天奕、梁创英、
　　　　　任栎铭
编　　辑：王丹、刘玮、何吟迪
作品时长：3分57秒
刊播版面：贵州卫视《贵州新闻联播》
首发日期：2022年10月7日

作品简介

该作品发表于党的二十大前夕，主题重大、立意深远。通过澳门青年裴承贤的自述，用他以及伙伴们最直接的见闻和感受，充分展示出国家欣欣向荣、港澳内地一家亲的良好社会氛围。

获奖理由

该报道切口小，故事真，立意深，背景大，生动刻画出港澳青年对国家的热爱，对中国共产党的认同，对祖国内地的深情厚谊。报道从最基层出发，全景式展现党和国家事业大踏步前进、人民生活日益幸福的动人图景。

新媒体展示

使用手机扫描下方二维码，即可观看本条获奖作品的新媒体展示。

塞总统报料的"大新闻"
航线首航落地天津

作品信息

作品类型：三等奖·消息
刊播单位：天津海河传媒中心
报送单位：天津市新闻工作者协会
作　　者：万红
编　　辑：刘雅坤、胡晓伟
作品字数：1 000 字
刊播版面：《天津日报》1 版
首发日期：2022 年 12 月 11 日

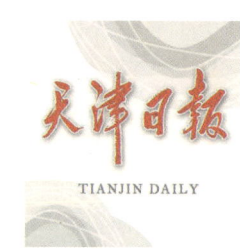

作品简介

塞尔维亚是中东欧地区的重要国家，也是中国名副其实的"铁杆朋友"。作品展现了多角度、全方位的采访，并通过简洁明了的方式进行了重点报道，展现了天津为促进两国经贸合作、加强两国人文交流而进行的不懈努力。

新媒体展示

使用手机扫描下方二维码，即可观看本条获奖作品的新媒体展示。

获奖理由

该作品在重要时期通过典型事例积极正面地反映了天津以开放的胸怀，全力搭建中塞两国"空中走廊"，便利两国乃至中欧两地之间人员友好往来的不懈努力，充分宣传天津持续加深国际化程度的举措成效。

新型陆军首次亮翼中国航展

作品信息

作品类型：三等奖·消息
刊播单位：《人民陆军》
报送单位：军委政治工作部宣传局
作　　者：张永进、杨元庆
编　　辑：汪三汉、杨海鹏
作品字数：844 字
刊播版面：《人民陆军》1 版
首发日期：2022 年 11 月 10 日

作品简介

该消息主题重大、事例鲜活、文笔细腻，生动描绘了首次亮翼中国航展的新型陆军形象。所配图片现场感、冲击力强，短评《让新型陆军飞得更高更远》升华了文章主题，给读者留下了深刻印象。

获奖理由

文章在全国全军率先报道空中突击部队多型战机首次参加并惊艳中国航展，生动彰显了新型陆军的亮丽风采，展现了新时代国防和军队建设的辉煌成就，现场感、可读性强，关注度、认同度高，具有鲜明的时代价值和激励感召作用。

新媒体展示

使用手机扫描下方二维码，即可观看本条获奖作品的新媒体展示。

墨西哥"小老表"Ami：
我想去看明月山瀑布和万载烟花

✉ 作品信息

作品类型：三等奖·消息
刊播单位：宜春市广播电视台
报送单位：江西省新闻工作者协会
作　　者：周妍、邹柯玮、曲洁、王静妍
编　　辑：张敏、张玲、曾福华
作品时长：3分
刊播版面：新闻综合频率101.1《宜春新闻联播》
首发日期：2022年3月28日

💻 作品简介

2022年是中墨建交50周年。五十载时光浸润，当年中墨建交的"见证者""周恩来榆树"早已葱葱郁郁。宜春台另辟蹊径，通过墨西哥男孩Ami和他的中国老师张娜的民间文化交流故事，以小见大，展现了中国的文化自信与文化传播。

📶 新媒体展示

使用手机扫描下方二维码，即可观看本条获奖作品的新媒体展示。

💬 获奖理由

该作品以小见大，通过小切口反映中国特色社会主义文化发展道路、中墨民间文化交流繁荣的大主题。其由头与角度新颖——宜春方言在海外传播，不仅是瑰丽民族文化碰撞出的火花，更是文化自信与传播的具体表现。

少些"群里吼" 多些实地走

作品信息

作品类型:三等奖·评论
刊播单位:《安徽日报》
报送单位:安徽省新闻工作者协会
作　　者:韩小乔
编　　辑:曹显钰、陈昌清
作品字数:1 540 字
刊播版面:思想周刊·时评 5 版
首发日期:2022 年 6 月 28 日

作品简介

文章观点鲜明、论据准确、思路清晰、论证有力。作者紧扣"基层干部'群里吼'"这一热点,评析基层工作要加强与群众交流交心,平衡好治理效率与治理温度的关系,树立起激励干部担当作为的实干导向。

获奖理由

该作品从改进工作作风、整治形式主义出发,挖掘基层干部脱离群众的深层原因,以三个分论点进行评论,观点鲜明、逻辑清楚、论据准确、论证有力,具有思想性、引领性、创新性。

新媒体展示

使用手机扫描下方二维码,即可观看本条获奖作品的新媒体展示。

"半吨"重的工资

作品信息

作品类型:三等奖·评论
刊播单位:贵州省黔南广播电视台
报送单位:贵州省新闻工作者协会
作　　者:刘丽晖、李正东、杨婕、韦新洋、
　　　　　杨正鹏
编　　辑:赵萍、张健、徐增
作品时长:13分16秒
刊播版面:《12在线》栏目
首发日期:2022年1月28日

作品简介

该作品关注农民工工资支付,事关广大农民工切身利益和民生福祉,事关社会公平正义与和谐稳定。记者经过四天的奔波走访,最终为务工人员解决了问题。作品不仅体现了新闻舆论监督的力量,同时也具备了人文关怀的温度。

新媒体展示

使用手机扫描下方二维码,即可观看本条获奖作品的新媒体展示。

获奖理由

作品抓住了社会关注的热点,触及社会管理中的痛点,现实意义重大。记者直面问题并解决问题,帮助务工人员解决困难,增加了群众对新闻工作者的信任。评论依据事实,有理有据,做到了舆论监督与正面宣传的统一。

对矛盾问题不能"击鼓传花"

作品信息

作品类型：三等奖·评论
刊播单位：《湖北日报》
报送单位：湖北省新闻工作者协会
作　　者：《湖北日报》评论员（李琼、艾丹）
编　　辑：张晓峰、付勤
作品字数：1 001字
刊播版面：5版
首发日期：2022年11月24日

作品简介

文章从问题分析、根源探究、解决路径等层面加以论述，一针见血地指出，工作中的"击鼓传花"，体现的是不担当不作为，滋长了一种集体懒政。文章强调要增强机制建设，让"传花"者受鞭策、"庸者下"。

获奖理由

文章标题形象，导向正确，现实针对性很强；语言犀利，抽丝破茧，论述有力，深刻剖析了工作中"击鼓传花"的实质问题。作为党报评论，旗帜鲜明地批评了不担当不作为的现象，展现了"敢于斗争、善于斗争"这一重大主题。

新媒体展示

使用手机扫描下方二维码，即可观看本条获奖作品的新媒体展示。

《我的县长父亲》风波：
遭遇"脑补"式嘲讽岂能一删了之？

作品信息

作品类型：三等奖·评论
刊播单位：荔枝网
报送单位：江苏省新闻工作者协会
作　　者：胡欣红、陈澄、黄书琪、马腾达、
　　　　　黄一舟
编　　辑：王智勇、马驭、刘娟
作品字数：1297字
首发日期：2022年9月20日

作品简介

荔枝新闻用客观立场廓清事实真相，用理性辨析探究争议源头，用公允态度做到以理服人。文章一经发布，在留言区收获了众多网友的支持之声，有力有效地起到了正面引导的作用，使依据事实的理性讨论重新成为舆论主流。

新媒体展示

使用手机扫描下方二维码，即可观看本条获奖作品的新媒体展示。

获奖理由

该评论在舆论狂潮的冲击下，秉承传播社会正能量的宗旨，担起努力构建清朗网络空间的责任，紧跟当下网络热点及时发声，通过温和有力量的文字，传递公允与理性的共识，有效引导舆论，也引发网友的内心认同和强烈共鸣。

"第三卫生间"应该被看见

作品信息

作品类型：特别奖·评论（广播）
刊播单位：成都市双流区融媒体中心、
　　　　　成都市广播电视台
报送单位：四川省新闻工作者协会
作　　者：谢晓铃、鞠怀良
编　　辑：詹伟、许宁
作品时长：10分38秒
刊播版面：FM100.9空港之声《空中资讯站》
首发日期：2022年12月1日

作品简介

本篇评论从记者、法规起草者等多角度、多视点聚焦"第三卫生间"现状、存在的问题以及未来解决之道，假政府管理者之口提出：为老百姓服务不能算成本，肯定相关部门超前的人性化管理考量的同时，也为人性化举措的落实提出了可行思路。

获奖理由

此评论以我国第一部公厕管理地方性法规中的"第三卫生间"的设立要求为切入口，彰显了成都这座城市管理制度规则的人文关怀，在舆论场中充分体现了主流媒体的前瞻视野和深度思考，助推城市治理深度改革。

新媒体展示

使用手机扫描下方二维码，即可观看本条获奖作品的新媒体展示。

否定"九二共识",就是动摇两岸关系和平发展的根基

作品信息

作品类型:特别奖·广播评论
刊播单位:福州广播电视台
报送单位:福建省新闻工作者协会
作　　者:张剑、吴冬梅、江亮、陈顗
编　　辑:陈航、郑继业、陈其真
作品时长:14分28秒
刊播版面:台湾城市广播网《福州好行》栏目、左海之声《今日福州》栏目
首发日期:2022年8月7日

作品简介

作品以佩洛西窜台为切入口,深刻揭露了美国违背一个中国原则、严重侵犯我国主权的行为,以及民进党当局违背"九二共识",倚美谋独、破坏祖国统一的行径,是一篇充分运用广播评论手法、彰显广播特色的对台评论作品。

新媒体展示

使用手机扫描下方二维码,即可观看本条获奖作品的新媒体展示。

获奖理由

作品题材重大、论证有力、广播特色鲜明,揭露、批判了美国侵犯我国主权,"台湾当局"背弃"九二共识"的险恶用心,揭示了否定"九二共识"就是动摇两岸关系和平发展的根基,并采访多位两岸专家,大量使用典型人物、典型音响。

致奋斗的你我!

作品信息

作品类型:特别奖·报纸评论
刊播单位:《光明日报》
报送单位:光明日报社
作　　者:集体
编　　辑:陆先高
作品字数:10 529 字
刊播版面:1版要闻、4版
首发日期:2022年9月26日

作品简介

这篇在关键节点引导舆论的评论主题重大、视野宏阔、论述严谨,雄辩地告诉人们:我们过去取得的一切成就都是靠奋斗得来的,面对今天所处的国际国内形势我们不能躺平、只能奋斗,未来要实现中华民族伟大复兴的目标唯有奋斗!

获奖理由

在二十大即将召开的关键时刻,这篇评论以"奋斗"为主题,阐明过去我们靠奋斗创造了惊世奇迹,今天面对各种困难挑战离不开奋斗,未来要实现第二个百年奋斗目标依然要靠奋斗,有效凝聚了共识、引导了舆论,视野宏阔。

新媒体展示

使用手机扫描下方二维码,即可观看本条获奖作品的新媒体展示。

变"一刀切"为"一刀一刀切"

作品信息

作品类型:特别奖·报纸评论
刊播单位:《南京日报》
报送单位:自荐他荐
作　　者:刘大山
编　　辑:薛巍、宋广玉、陈晓曙
作品字数:1 250字
刊播版面:评论A12版
首发日期:2022年12月14日

作品简介

近年来,南京在城市更新行动中,涌现出以"小西湖街区改造"为代表的一批优秀案例。作者多次走访南京已经或正在开展城市更新的社区街巷,与当地市民座谈交流;同时查阅海量新闻报道资料,分析现象、看清本质。

新媒体展示

使用手机扫描下方二维码,即可观看本条获奖作品的新媒体展示。

获奖理由

文章通过深入分析城市更新中存在的"一刀切"和"一刀一刀切"的两种做法,探究其背后原因,揭示了坚持以人民为中心的发展思想,聚焦近年来全社会高度关注的城市更新话题,是一篇有高度、有深度、有力度、有锐度的作品。

第一会议室里的时空回响

作品信息

作品类型：三等奖·报纸通讯
刊播单位：《广西日报》
报送单位：广西新闻工作者协会
作　　者：魏恒、董文锋、陈贻泽
编　　辑：董文锋、覃文武
作品字数：1 258 字
刊播版面：要闻九版
首发日期：2022 年 10 月 24 日

作品简介

记者以"第一会议室"为切入口，写二十大代表数天前在京西宾馆会议楼三楼第一会议室参加讨论的热烈场景，抒发对总书记再次当选的拥戴之情，发出"奔流不息的历史长河里，总有一些决定性时刻被人们永远铭记"的慨叹。

获奖理由

稿件主题重大、角度独特、内容独家，融历史和现实、环境和情感于一体，是一篇难得的新闻佳作。

新媒体展示

使用手机扫描下方二维码，即可观看本条获奖作品的新媒体展示。

把敦煌故事讲给世界听

作品信息

作品类型：三等奖·报纸通讯
刊播单位：《甘肃日报》
报送单位：甘肃省新闻工作者协会
作　　者：张文博
编　　辑：万吉彦、夏丹丹
作品字数：2 611 字
刊播版面：1 版转 2 版
首发日期：2022 年 12 月 21 日

作品简介

报道记录了敦煌文化保护研究取得的最新成果，展示了敦煌研究院文物保护利用群体"择一事、终一生"的时代楷模形象，以及他们坚持"引进来，走出去"、为中华文明传承、增强文化自信，奋力讲好敦煌故事、传播好中国声音而做出的贡献。

新媒体展示

使用手机扫描下方二维码，即可观看本条获奖作品的新媒体展示。

获奖理由

作品题材重大、立意深远，生动刻画了敦煌研究院牢记习近平总书记嘱托，始终围绕"保护、研究、弘扬"三大方向持续用力，让沉睡千年的文物和文化遗产"活"起来，是传承中华文明、增强文化自信的具体实践。

"让我在这里，有尊严地告别人间"
——安宁疗护的"沧州样本"

作品信息

作品类型：三等奖·期刊通讯
刊播单位：南风窗
报送单位：中国期刊协会
作　　者：赵佳佳
编　　辑：集体
作品字数：11 697 字
刊播版面：2022 年第 23 期调查与记录
首发日期：2022 年 11 月 7 日

作品简介

这篇通讯以河北省沧州市人民医院安宁疗护科为典型，在揭示三线城市安宁疗护现状的同时，让读者对安宁疗护工作有了较为全面的了解和认识。作者采访深入而扎实，写作细腻而温暖，既反映了现实困境又饱含人文关怀。

获奖理由

2022 年 9 月 16 日到 10 月 13 日，南风窗记者进行了为期近一个月的采访，共整理出 25 万字的有效采访录音资料。最终，这 25 万字的采访资料以深度调查报道的形式刊发在《南风窗》杂志上。

新媒体展示

使用手机扫描下方二维码，即可观看本条获奖作品的新媒体展示。

地下 700 米的孤勇者

作品信息

作品类型:三等奖·报纸通讯
刊播单位:《中国科学报》
报送单位:中国科技新闻学会
作　　者:倪思洁
编　　辑:李芸、李惠钰
作品字数:5 874 字
刊播版面:第 4 版
首发日期:2022 年 8 月 25 日

作品简介

报道讲述了大科学装置建设中科学家与社会交往、与同行沟通、与自我较劲的故事,在向公众科普中微子实验的同时,展现出科学家追求科学真理、挑战工程极限时的孤独勇敢、执着浪漫。

新媒体展示

使用手机扫描下方二维码,即可观看本条获奖作品的新媒体展示。

获奖理由

该通讯突破了传统科技报道只关注科学进展的视野局限,也创新了传统科技类新闻报道的文风,以科普与故事融合的方式,生动展现出江门中微子实验里科学家勇攀高峰、敢为人先的创新精神,追求真理、严谨治学的求实精神。

村里牌子章子究竟"瘦"没"瘦"

作品信息

作品类型:三等奖·报纸通讯
刊播单位:《法治日报》
报送单位:法治日报社
作　　者:集体
编　　辑:李立、蒋起东
作品字数:2 885 字
刊播版面:《法治日报·社区版》要闻一版
　　　　　转三版
首发日期:2022 年 9 月 4 日

作品简介

文章重点聚焦江西省大余县新城镇王屋岭村等 5 个有代表性的社区(村)的减负情况,对话 5 名对当地情况有深入了解的基层干部,旨在真实客观地反映出基层减负过程中的优秀做法、减负过程中基层面临的问题、实施新举措后产生的变化和效果等。

获奖理由

该作品从一线视角聚焦基层减负,以基层干部之口畅谈减负成效,语言质朴生动,观点鲜明独到,逻辑清晰分明,内容丰富全面,真实客观、酣畅淋漓地反映出基层减负中的基层心声,让人耳目一新。

新媒体展示

使用手机扫描下方二维码,即可观看本条获奖作品的新媒体展示。

支书带支书 树树连成林

作品信息

作品类型：三等奖·报纸通讯
刊播单位：《河南日报》
报送单位：河南省新闻工作者协会
作　　者：刘雅鸣、刘婵
编　　辑：党文民
作品字数：1 540 字
刊播版面：《河南日报》1 版
首发日期：2022 年 12 月 13 日

作品简介

本文从"村支书带与学"小切口切入，紧扣党的二十大重大主题，烘托出乡村振兴接续奋斗大文章，让老典型写出新意义、新气象。全文用贴近人物身份的语言进行白描式写作，力求质朴、自然。

新媒体展示

使用手机扫描下方二维码，即可观看本条获奖作品的新媒体展示。

获奖理由

该通讯作品围绕党的二十大宏大主题，直击支书带支书、全面推进乡村振兴新闻现场，展示出河南农村党支部带头人群体的新变化、新气象，再现老典型新的时代价值，体现了作者强烈的政治敏锐度和新闻敏感性。

隐形的翅膀
——C919 型飞机适航审查工作纪实

作品信息

作品类型:三等奖·报纸通讯
刊播单位:《中国民航报》
报送单位:中国行业报协会
作　　者:刘韶滨
编　　辑:集体
作品字数:7 853 字
刊播版面:二、三版
首发日期:2022 年 10 月 1 日

作品简介

这篇通讯阐释了适航审查对于国产民机发展的巨大作用,展现了一群肩扛重任、赤子情怀的民航人如何克服重重困难,以奉献精神圆满完成了"国之重器"的适航审查工作,将适航审查这个鲜为人知的工作生动地呈现在广大读者面前。

获奖理由

记者用近一年时间深入适航审查一线,形成了这篇独家通讯报道。该作品写作精良、细节丰富、故事感人,深入浅出、生动形象地讲好专业性很强的适航故事,展现了行业媒体记者扎实的知识储备、采访功力和文字功底。

新媒体展示

使用手机扫描下方二维码,即可观看本条获奖作品的新媒体展示。

告诉你一个真实的新疆

作品信息

作品类型:三等奖·报道通讯
刊播单位:《光明日报》
报送单位:光明日报社
作　　者:集体
编　　辑:张淼、包晗、樊荣
作品字数:10 337字
刊播版面:1版要闻、4版
首发日期:2022年8月29日

作品简介

稿件通过一个个有血有肉的故事、一个个自信的身姿、一张张欢快的笑脸,展现了今日新疆祥和的社会氛围和像石榴籽一样紧抱在一起的民族关系,展现了各民族兄弟姐妹亲如手足、同心筑梦的温暖瞬间。

新媒体展示

使用手机扫描下方二维码,即可观看本条获奖作品的新媒体展示。

获奖理由

报道具有强烈的问题意识和时代价值,视野宏阔,说理有力,文风隽永,整篇报道纵览新疆热点问题,站位高、视野广,用客观冷静的视角展现了真实的新疆全貌。

"双碳"背景下内蒙古现代能源经济如何破题?

作品信息

作品类型:三等奖·报纸通讯
刊播单位:《内蒙古日报》
报送单位:内蒙古自治区新闻工作者协会
作　　者:许晓岚、康丽娜
编　　辑:许晓岚、高慧
作品字数:2 889字
刊播版面:《内蒙古日报》九版
首发日期:2022年2月15日

作品简介

作品从"减排降耗做减法""追风逐日做加法""创新驱动做乘法"三个方面层层递进、深入剖析、系统解读,全方位、立体式、多维度展现了重任在肩的内蒙古面对这一世界和时代之问时所作的坚定选择。

获奖理由

这篇报道紧扣时代脉搏,主题策划精准,内容立意高远,且文笔优美,叙事有骨有肉,是一篇思想性、感染力都很强的新闻佳作。

新媒体展示

使用手机扫描下方二维码,即可观看本条获奖作品的新媒体展示。

跨越2 800余公里的"拥抱"
——湖南清溪村与黑龙江元宝村"走亲"记

作品信息

作品类型：三等奖·报纸通讯
刊播单位：《湖南日报》
报送单位：湖南省新闻工作者协会
作　　者：杨又华、刘瀚潞
编　　辑：邓正可、徐行
作品字数：2 889字
刊播版面：《湖南日报》1版
首发日期：2022年1月15日

作品简介

2022年1月，清溪村一行和报道组跨越2 800余公里前往元宝村，两村代表一见如故，围绕文化力量赋能乡村振兴、建立周立波为纽带的战略合作等问题深入交流。稿件真实书写两个故事原型村，汲取文学力量，携手同行、振兴乡村的感人故事。

新媒体展示

使用手机扫描下方二维码，即可观看本条获奖作品的新媒体展示。

获奖理由

作品以新闻背景代入，文字明亮，情感热烈，让人看到这南北两个疾行的山村，喧嚣与曙光升腾，即将迎来新的春暖花开。作品迸发出超越常规新闻报道的效益，为两地发展、文艺创作和乡村振兴贡献了力量。

一部丰厚珍贵的音乐档案

作品信息

作品类型：三等奖·报纸通讯
刊播单位：《人民政协报》
报送单位：人民政协报社
作　　者：郭海瑾
编　　辑：张丽
作品字数：3 308 字
刊播版面：文化周刊 9 版
首发日期：2022 年 5 月 9 日

作品简介

该作品对相关专家、学者以及政协委员进行了采访，从不同角度深入认识文化和旅游部中国艺术研究院收藏的"世界的记忆——中国传统音乐录音档案"，其中包含了阿炳《二泉映月》在内的大量珍贵音频文献和诸多濒危传统音乐形式的音响资料。

获奖理由

该作品从音乐史料这一珍贵文物角度出发，作为一篇通讯选题，小切口大意义，且具有一定的社会价值，为读者更加深入了解这份珍贵的音乐史料提供了基础，使人们倍加珍视这份人类共同的音乐财富。

新媒体展示

使用手机扫描下方二维码，即可观看本条获奖作品的新媒体展示。

广东经济 24 小时：
昼夜流转 活力不息

作品信息

作品类型：三等奖·通讯
刊播单位：《南方日报》
报送单位：广东省新闻工作者协会
作　　者：集体
编　　辑：集体
作品字数：4 419 字
刊播版面：要闻 A1 版
首发日期：2022 年 8 月 29 日

作品简介

报道紧扣"稳经济"重大主题，以广东经济 24 小时为切入点，深入挖掘经济个体故事，全景式呈现广东经济活力。以调研为基，深入挖掘经济个体故事；以时间为轴，多维呈现广东经济活力；以纪实为脉，让经济报道直抵人心。

新媒体展示

使用手机扫描下方二维码，即可观看本条获奖作品的新媒体展示。

获奖理由

报道主题重大，立意深远，视角多元，以小见大，是一篇有思想、有温度、有深度的经济报道。在 2022 年疫情冲击全球经济的背景下，该报道有利于提振市场信心、凝聚各界力量，为广东推动经济高质量发展营造了良好的舆论氛围。

点亮文明之光 映照大同梦想
——读懂"一墩难求"背后的深意

作品信息

作品类型:三等奖·通讯
刊播单位:新华社
作　　者:周杰、孔祥鑫、张漫子
编　　辑:许基仁、树文
作品字数:3 254 字
刊播版面:新华社通稿、《新华每日电讯》
　　　　　头版
首发日期:2022 年 2 月 10 日

作品简介

在北京冬奥会上,吉祥物"冰墩墩"的"走红"成为热点和亮点。记者以更高的政治站位、更宏大的观察视角、更深刻的思想内涵解读"一墩难求"背后的深意,阐释北京冬奥会向世界、向未来传递的精神和理念。

获奖理由

这是冬奥报道中一篇不同视角的报道,探讨了知识产权保护的成效及保护与创新协同发展的关系。这篇评论具有很好的外宣效果,对在国际舞台展现我国在知识产权保护方面的积极做法,起到了润物细无声的效果。

新媒体展示

使用手机扫描下方二维码,即可观看本条获奖作品的新媒体展示。

"双抢"之变:从"累得脱层皮"到"当甩手掌柜"

作品信息

作品类型:三等奖·通讯
刊播单位:《新华每日电讯》
报送单位:湖南大学新闻与传播学院
作　　者:周楠
编　　辑:方立新、谢锐佳、黄海波
作品字数:7 007字
刊播版面:调查观察(第7版)
首发日期:2022年9月9日

作品简介

"双抢"被称为"最辛苦的农活",是反映南方水稻生产变革乃至我国农业发展成就的典型样本,通过为"双抢"(抢种抢收)"立传",讲述"'双抢'之苦、乐、变"故事,勾起读者回忆、映照时代巨变、连接当下幸福。

新媒体展示

使用手机扫描下方二维码,即可观看本条获奖作品的新媒体展示。

获奖理由

这篇农业通讯不仅有故事和细节,有情感和温度,更有高度和格局。在具有历史纵深感的讲述中,充分有力地展现了我国农业现代化取得的伟大成就,成功实现了农业报道立意出彩、传播"出圈"。

让全球玩家爱上中华文化之美
爆红全网的《原神》是如何做到的?

作品信息

作品类型:三等奖·通讯
刊播单位:《文汇报》
报送单位:上海市新闻工作者协会
作　　者:宣晶
编　　辑:邢晓芳、李婷
作品字数:2 086字
刊播版面:1版
首发日期:2022年2月12日

作品简介

报道以国风游戏角色"云堇"为切口,从多元视角分析中国元素游戏成为全球爆款的缘由,深入游戏制作过程,挖掘科技创新亮点,揭示数字科技与美学创新的融合是激发高质量发展的核心动力。

获奖理由

报道敏锐捕捉文化业态和国际传播领域的最新动向,生动立体地展现了数字文化产品的创新成果,并提炼其成功经验。文中还提出以现象级游戏为载体播撒中华文化种子的观点,亦为探索国际传播新路径提供了参考。

新媒体展示

使用手机扫描下方二维码,即可观看本条获奖作品的新媒体展示。

嘎拉村的幸福生活

作品信息

作品类型：三等奖·通讯
刊播单位：《亮报》
报送单位：中国行业报协会
作　　者：王清可
编　　辑：许天骄
作品字数：3 431字
刊播版面：关注·独家 4—5版
首发日期：2022年8月31日

作品简介

嘎拉村有西藏"桃花第一村"美誉。文章通过对十多年来西藏地区电网建设、农网改造等一系列民生工程、惠民工程的梳理，探寻嘎拉村幸福生活背后的"电力密码"，多角度多侧面展现了当地生活的巨大变化。

新媒体展示

使用手机扫描下方二维码，即可观看本条获奖作品的新媒体展示。

获奖理由

文章结构清晰、故事生动、纵深感强。记者实地走访，内容丰富接地气。本文通过小切口反映大主题，全面反映了党的十八大以来在可靠电力的支撑下，嘎拉村从村民生产生活到乡村产业发展等方面取得的成绩。

深山女人的守护者

作品信息

作品类型:三等奖·通讯
刊播单位:《中国妇女报》
报送单位:中国妇女报社
作　　者:王蓓、肖睿
编　　辑:赵梓涵、侯文雅、谢威
作品字数:6 757 字
刊播版面:视点 4 版
首发日期:2022 年 3 月 29 日

作品简介

记者深入贵州深山,讲述了"十大最美村医"罗海香坚守偏远山区 30 余年,克服无数难关,潜移默化地改变当地的性别观念,带领乡村女性走出生育困境的故事,一个村庄从愚昧走向科学的历程也被真实地记录了下来。

获奖理由

文章采用报告文学的风格,题材新颖、采访深入、文风平实、细节传情,注重融合传播;同时让大众认识了一位坚忍不拔的女性,也展现了脱贫攻坚、乡村振兴的成果和进展,反映了时代和社会的进步。

新媒体展示

使用手机扫描下方二维码,即可观看本条获奖作品的新媒体展示。

一场客流与现金流的"保卫战"

作品信息

作品类型:三等奖·通讯
刊播单位:《金融时报》
报送单位:中国行业报协会
作　　者:赵萌
编　　辑:徐曼萍
作品字数:6 201 字
刊播版面:5 版"本报关注"
首发日期:2022 年 6 月 7 日

作品简介

疫情之下,2022 年 5 月下旬到 6 月初,北京全市餐饮业暂停堂食,记者对数家企业为期半个月的深入交流和走访观察,集中展现了在疫情背景下,餐饮暂停堂食这个新事件之下,金融助力实体经济的新现象、新成就。

新媒体展示

使用手机扫描下方二维码,即可观看本条获奖作品的新媒体展示。

获奖理由

在疫情特殊时期,记者克服困难,深入一线调查采访,聚焦当时社会热点,直面疫情冲击下北京餐饮业面临的客流与资金难题,进行深度分析解读报道。该报道一经刊发,引发社会、市场及金融业等较大反响。

中央一号文件
与一个种粮村庄的命运

📧 作品信息

作品类型：三等奖·新闻专题
刊播单位：新疆广播电视台
报送单位：新疆新闻工作者协会
作　　者：李隆、王乐巧、兰天
编　　辑：陈宏伟、安睿、刘芳
作品时长：40 分 15 秒
刊播版面：汉语新闻广播 FM96.1
　　　　　《金土地》节目
首发日期：2022 年 9 月 23 日

💻 作品简介

新疆奇台县自古以来就有"北部粮仓"的美誉，腰站子村是奇台县重要的粮食基地。作品从腰站子村的历史性蜕变，折射出党中央对粮食安全战略的长期布局，讲述了村民在党组织带领下，种粮致富，建设美丽乡村的故事。

💬 获奖理由

作品角度新颖、视野独到、新闻性强、历史纵深感突出，将中央的大政方针与基层的实际情况紧密结合、巧妙衔接。作品内容恢宏大气、丰满细腻、细节突出、跌宕起伏，对各地粮食种植加工产业、乡村振兴有示范、指导意义。

📶 新媒体展示

使用手机扫描下方二维码，即可观看本条获奖作品的新媒体展示。

"鸟哥"张长龙

作品信息

作品类型：三等奖·新闻专题
刊播单位：内蒙古广播电视台
报送单位：内蒙古新闻工作者协会
作　　者：董云静、陈映颐、王荣
编　　辑：焦洁、樊潇雅、梁爽
作品时长：16分4秒
刊播版面：内蒙古新闻广播《新闻播报》
首发日期：2022年12月28日

作品简介

今年69岁的张长龙以编外管护员的身份守护这些天鹅近20年，记者跟踪记录了张长龙的工作生活，展现了一位生态保护者爱鸟护鸟的感人故事。作品以小切口反映大主题，从普通人的视角展现乌梁素海的保护与发展。

新媒体展示

使用手机扫描下方二维码，即可观看本条获奖作品的新媒体展示。

获奖理由

作品主题突出，意义深刻，叙述手法贴地气。故事化表达，叙述详尽具体，细节描写生动，人物形象丰满，使作品具备感染力、亲和力和回味性。稿件主题突出，立意有深度，通过人物故事的描写反映了乌梁素海生态环境的变化。

勇毅的力量

作品信息

作品类型：三等奖·新闻专题
刊播单位：吉林广播电视台
报送单位：吉林省新闻工作者协会
作　　者：集体
编　　辑：邵光涛、贾飞
作品时长：30分1秒
刊播版面：吉林卫视《好好学习》
首发日期：2022年8月26日

作品简介

本期节目邀请抗联英雄赵明信的后人李玉梅、党史研究专家和记者共同探访红石砬子抗联遗址，以印有"吉林"字样的抗联战士子弹为线索，深入受到抗联精神感召的当地百姓家中，找寻红色遗物背后不为人知的故事。

获奖理由

聚焦理论热点，立意高远、题材重大，为理论节目服务党的二十大宣传提供了范本。选材典型、主题鲜明、情感真挚，实现了历史与现实的融合。形式融合、报道创新，实现了理论宣传和电视节目的有机融合。

新媒体展示

使用手机扫描下方二维码，即可观看本条获奖作品的新媒体展示。

一线调研：信心从何来？

✉ 作品信息

作品类型：三等奖·新闻专题
刊播单位：昆山市融媒体中心第一昆山客户端
报送单位：江苏省新闻工作者协会
作　　者：集体
编　　辑：左宝昌、吴佳希、韩斌
作品时长：21分28秒
发布平台：昆山市融媒体中心第一昆山客户端
首发日期：2022年12月31日

💻 作品简介

2022年，昆山成为全国首个GDP突破5 000亿元的县级市。本专题对昆山外资服务、营商环境、疫情下的挑战与应对、产业链打造等多个方面进行了扎实的样本调查，调研报告有点有面，发出了振聋发聩的"信心"与发展的号角。

新媒体展示

使用手机扫描下方二维码，即可观看本条获奖作品的新媒体展示。

获奖理由

40多年来，外向型经济的发展奇迹，铸就了一条闻名中外的"昆山之路"。站在历史发展新征程上，透过昆山来看中国改革开放发展之蓝图，无疑是非常具有代表性和说服力的。

志愿者是新冠治愈者：
我淋过雨，想为别人撑起一把伞

✉ 作品信息

作品类型：三等奖·新闻专题
刊播单位："天津广播"公众号
报送单位：天津市新闻工作者协会
作　　者：赵征
编　　辑：崔昕昕、周萌、程婷
作品字数：4 521 字
发布平台："天津广播"公众号
首发日期：2022 年 1 月 22 日

💻 作品简介

从"治愈者"到"志愿者"，记者敏锐觉察到杨艳有着很不平凡的故事。稿件通过讲述杨艳的故事，旨在鼓励更多的新冠治愈者能有勇气像她一样回归社会、奉献社会，同时也呼吁社会各界给予新冠治愈者接纳与包容。

💬 获奖理由

这篇报道在新闻广播和微信公号播发、刊发时，正处于天津市迎战奥密克戎的关键阶段，一经发表，即引起了社会各界广泛共鸣。记者通过这样一个小人物的故事，引导人们摒弃偏见，歌颂微光闪烁的人性，是一篇社会意义很强的作品。

📶 新媒体展示

使用手机扫描下方二维码，即可观看本条获奖作品的新媒体展示。

奋斗强军 征途如虹
——庆祝中国人民解放军建军95周年

📧 作品信息

作品类型:三等奖·新闻专题
刊播单位:中国人民解放军新闻传播中心中国军网
报送单位:中国人民解放军新闻传播中心
作　　者:集体
编　　辑:郭妍菲、黄敏
作品字数:7 727 字
作品时长:4 分
发布平台:中国人民解放军新闻传播中心中国军网
首发日期:2022 年 7 月 27 日

💻 作品简介

"奋斗强军 征途如虹——庆祝中国人民解放军建军95周年"专题是中国军网为庆祝中国人民解放军建军95周年推出的大型网络专题,刻画了改革强军过程中涌现出的强军先锋人物,生动呈现了95年来人民军队取得的辉煌成就。

📶 新媒体展示  获奖理由

使用手机扫描下方二维码,即可观看本条获奖作品的新媒体展示。

该专题推出后,产生了良好的舆论效果,入选"强军正能量"十佳网络专题。该专题形式多样、设计大气,生动呈现了95年来人民军队取得的辉煌成就,引起了网友的关注,取得了较好的传播效果。

董秀格的 781 场宣讲

作品信息

作品类型:三等奖·新闻专题
刊播单位:青岛市广播电视台
报送单位:山东省新闻工作者协会
作　　者:刘金波、赵娜、黄和、丁艳
编　　辑:赵娜、丁艳、郝力
作品时长:21 分 12 秒
刊播版面:《幸福之约》
首发日期:2022 年 12 月 31 日

作品简介

活跃在宣讲一线的金牌宣讲员董秀格于 72 岁入党,一年半后就被评为"青岛市优秀共产党员"。作者多次深入董秀格的宣讲现场和生活中进行扎实采访,让一个生动鲜活、充满时代正能量的七旬老人走到了听众面前。

获奖理由

本篇作品以小见大、立意高远,语言生动、富有感染力,让受众在冒热气、接地气的典型故事中,自觉感受到了正能量,共同汇聚起同心共圆中国梦的磅礴力量。

新媒体展示

使用手机扫描下方二维码,即可观看本条获奖作品的新媒体展示。

一路向南
——新成昆铁路全线建成通车

 作品信息

作品类型:三等奖·新闻专题
刊播单位:四川日报报业集团四川在线网站
报送单位:四川省新闻工作者协会
作　　者:集体
编　　辑:集体
作品字数:42 600 字
作品时长:5 小时
发布平台:四川日报报业集团四川在线网站
首发日期:2022 年 12 月 15 日

作品简介

大型融媒体专题报道《一路向南——新成昆铁路全线建成通车》,通过现场直播、历史回顾、人物对话、微纪录片、H5、组图、条漫等多种形式,聚焦新成昆铁路开通为沿线出行、四川南向开放带来的积极影响。

新媒体展示

使用手机扫描下方二维码,即可观看本条获奖作品的新媒体展示。

获奖理由

整个专题报道有高度、有深度、有温度、有热度,内容丰富深刻,报道形式活泼多样,充分体现了新媒体的融合创新能力。以多维视角带领读者了解新成昆铁路,既注重思想性、主题性,又体现出知识性、可看性、互动性。

《创新之路》第四期 《特色集群》

作品信息

作品类型：三等奖·电视专题
刊播单位：河北广播电视台
报送单位：河北省新闻工作者协会
作　　者：集体
编　　辑：集体
作品时长：25分48秒
刊播版面：河北卫视频道《创新之路》
首发日期：2022年3月19日

作品简介

该片围绕高质量发展这一重大命题，紧扣创新这一新发展理念，聚焦科技创新这一关键环节，将河北十多个地市、二十多家企业最具引领示范意义的创新实践，与国家级专家学者的真知灼见相融合，揭示出新发展理念的思想伟力。

获奖理由

该片回答时代之问，彰显主流媒体责任担当；坚持问题导向，案例鲜活、深入浅出；深入融合创新，为全社会创新发展营造良好舆论氛围；是一部大视野、大格局、高站位的现象级电视新闻专题作品。

新媒体展示

使用手机扫描下方二维码，即可观看本条获奖作品的新媒体展示。

"超模"渔夫

作品信息

作品类型:三等奖·电视专题
刊播单位:江西广播电视台
报送单位:江西省新闻工作者协会
作　　者:集体
编　　辑:张涛伟、祝秋华、徐丽英
作品时长:9分
刊播版面:卫视频道《老表们的新生活》(第二季)
首发日期:2022年10月13日

作品简介

节目以普通农民的新潮变化为切入点,讲述了婺源县渔民王利保借助秀美山水创造"超模"渔夫这个新职业的故事,展现了新时代的伟大变革和江西乡村振兴的生动实践。

新媒体展示

使用手机扫描下方二维码,即可观看本条获奖作品的新媒体展示。

获奖理由

节目运用第一人称视角记录江西乡村故事,沉浸式展现了江西的优美生态和美丽乡村建设成果,以独到的角度和新颖的叙述方式展现了江西农民的新职业、新生活、新面貌,真实记录了中国乡村振兴实践的新特征与源源不断的活力。

东京"抢单"记

作品信息

作品类型：三等奖·电视专题
刊播单位：浙江广播电视集团
报送单位：浙江省新闻工作者协会
作　　者：金亮、钱颖超、卢嘉玺、周文、朱贤勇
编　　辑：程波、邵一平、陈婕
作品时长：17分11秒
刊播版面：浙江卫视《新闻深一度》
首发日期：2022年12月29日

作品简介

该组报道独家记录了中国外贸企业大规模"出海"抢单的故事，以浙江"包机团"的小视角，反映了在国际形势风云变幻之际，中国"开放的大门只会越开越大"的大主题，展现了中国推动经济全球化不断向前的战略定力。

获奖理由

该组报道紧扣时代脉搏，导向鲜明，聚焦重大主题，在新闻现场讲故事、说细节，体现了融合传播的新特点，引起了全国各地媒体的持续跟进，形成了现象级的报道热潮，得到了社会各界的广泛关注。

新媒体展示

使用手机扫描下方二维码，即可观看本条获奖作品的新媒体展示。

新疆大叔 圆梦北京

作品信息

作品类型:三等奖·新媒体专题
刊播单位:新京报社
报送单位:北京市新闻工作者协会
作　　者:刘军胜、马骏、李京统、刘鑫、王子诚
编　　辑:集体
发布平台:新京报 App
首发日期:2022 年 8 月 17 日

作品简介

这是一次小切口大主题、立意深传播广的高水准策划类新闻实践,通过跨度大半年的闭环式策划报道,讲述了一个精彩的正能量故事,同时也践行了媒体的社会责任。向善的大流量,承载了一个正向价值的经典传播案例。

新媒体展示

使用手机扫描下方二维码,即可观看本条获奖作品的新媒体展示。

获奖理由

从老党员的初心,到少数民族护边员的爱国心,再到红心向党的赤子之心,报道主题不断深化,展现了优质的内容生产能力,并以"媒体+公益"为抓手,拓展了新闻服务深度和广度,弘扬典型人物事迹和社会主义核心价值观。

跑步上学的少年
逐梦九天的英雄

作品信息

作品类型：三等奖·广播专题
刊播单位：常德市广播电视台
报送单位：湖南省新闻工作者委员会
作　　者：唐樨凯、许倩
编　　辑：唐樨凯、胡诗妮
作品时长：7分36秒
刊播版面：常德交通广播 FM97.1《一路有你》
首发日期：2022年12月8日

作品简介

该作品通过采访航天员张陆的家人和曾经就读学校的老师等，讲述了一个航天员付出艰辛努力后获得成功的典型事迹，具有重大新闻价值，同时也展现了新时代新闻工作者的使命担当。

获奖理由

该作品多视角的现场同期声宝贵而丰富，布局巧妙、起承转合自然、剪辑衔接流畅。从传播效果看，稿件播发后社会影响广泛，航天员的背后故事，营造了坚定理想信念、汲取榜样力量、在奋发有为中践行初心使命的良好氛围。

新媒体展示

使用手机扫描下方二维码，即可观看本条获奖作品的新媒体展示。

福建舰下水,让我们看到深沉的"中国式浪漫"

作品信息

作品类型:三等奖·广播专题
刊播单位:福建省广播影视集团
报送单位:福建省新闻工作者协会
作　　者:孙世庆、阮怡、李栋柠、冯媛媛
编　　辑:赵林、高蓉、王静
作品时长:9分59秒
刊播版面:福建新闻综合广播《声动福建》
首发日期:2022年6月30日

作品简介

作品从中国式浪漫的独特角度,阐明爱国主义的不同意境:有盘点中国近现代海军发展之路的"峥嵘浪漫";有见证中国从百年屈辱到辉煌崛起的"艰辛浪漫";有英雄儿女舍身报国的"血色浪漫"。故事情感浓烈、跌宕激昂。

新媒体展示

使用手机扫描下方二维码,即可观看本条获奖作品的新媒体展示。

获奖理由

该作品角度独特,喻理于情,打动人心。以舰写史,将福建作为中国近代海军摇篮的历史娓娓道来。作品在不同的浪漫意境中,深刻表现了爱国主义的思想内核,是一篇不可多得的广播佳作。

江西红色名村别样红

作品信息

作品类型:三等奖·新媒体专题
刊播单位:江西日报社大江网、大江新闻客户端
报送单位:江西省新闻工作者协会
作　　者:集体
编　　辑:集体
发布平台:大江网、大江新闻客户端
首发日期:2022年6月16日

作品简介

作品以红色村庄的巨变作为小切口,用红色名村串起重大主题,以专题、文图、视频、手绘、Vlog、访谈等全媒体方式,生动全面地记录了红色名村的发展变化,探寻乡村振兴的"红色密码"。

获奖理由

该报道为喜迎二十大的主题策划活动,时机选择得当,站位高、落地实、反响大,报道视角独特、形式新颖、互动性强,既是地方主流媒体探索主题报道"出圈"的有益尝试,也是地方新媒体讲好中国共产党故事的有力示范。

新媒体展示

使用手机扫描下方二维码,即可观看本条获奖作品的新媒体展示。

《长山列岛》第一集：
《沧海灵珠》

作品信息

作品类型：三等奖·电视纪录片
刊播单位：山东广播电视台
报送单位：山东省新闻工作者协会
作　　者：耿军、杨成龙、万海鹏、高彪、陈明泽、
　　　　　王萌、孔凡兵
编　　辑：张瑞祺、郑立猛、孟海洋
作品时长：42分
刊播版面：山东广播电视台电视卫星频道
首发日期：2022年11月17日

作品简介

该片为全国首部全景式聚焦海洋生态文明的海岛纪录片。全片主题鲜明，立意高远，紧紧抓住近年来海岛的转型与变化，以极致画面、生动细节、精彩故事，为观众展开了一幅幅人与自然和谐共生的壮美画卷。

新媒体展示　　 获奖理由

使用手机扫描下方二维码，即可观看本条获奖作品的新媒体展示。

该片是新闻战线增强"四力"教育实践的典型案例，结构严谨，故事生动，具有较强的新闻性、思想性、艺术性。通过挖掘长岛人的故事，真实记录了长岛人民在新时代为建设美丽海岛开拓进取、无私奉献的生动实践。

微纪录｜"宁"聚微光
——寻访约翰·拉贝的"中国朋友们"

作品信息

作品类型：三等奖·新媒体纪录片
刊播单位：新华日报社
报送单位：江苏省新闻工作者协会
作　　者：田梅、朱威、黄欢、吴盈青、
　　　　　邓宇轩、陶蓉、潘青松
编　　辑：潘青松、田梅、王宏伟
作品时长：12分13秒
发布平台：交汇点新闻客户端
首发日期：2022年12月13日

作品简介

该片记录了南京大屠杀期间1 500多位在南京安全区工作的中方人士直面日军刺刀、守护同胞生命的义举。作品明线是青年学者杨雅丽赴宁寻访之路，暗线为《拉贝日记》相关史实，兼具厚重感及穿透力，以点及面地展现了中方人士群像。

获奖理由

该作品率业界之先，首次聚焦南京大屠杀期间在南京安全区工作的中方人士群体。作品结构严谨，文献价值极高。技术赋能，思想性与艺术性俱佳。全片短小精悍、匠心独具，情感虽克制但充沛，引发了强烈的社会反响。

新媒体展示

使用手机扫描下方二维码，即可观看本条获奖作品的新媒体展示。

暖风习习｜为什么这个爱吃"苦"的佤族寨子，名字却叫"幸福的地方"？

作品信息

作品类型：三等奖·电视纪录片
刊播单位：中国日报社
报送单位：中国日报社
作　　者：王浩、柯荣谊、张霄、彭译萱
编　　辑：何娜、张若琼、李畅翔
作品时长：15 分 26 秒
发布平台：哔哩哔哩中国日报官方账号
首发日期：2022 年 11 月 3 日

作品简介

该片选取习总书记曾到访过的家庭，用群众视角讲述普通人与总书记的故事，通过细碎平淡的日常生活展现总书记的关怀、个人的奋斗与家庭的温暖，用平实的镜头语言深入普通人的内心世界，情感真挚，叙事自然，风格清新。

新媒体展示

使用手机扫描下方二维码，即可观看本条获奖作品的新媒体展示。

获奖理由

该纪录片通过平实自然的讲述，从普通群众的视角记录个人与成长、家庭与时代、人民与领袖的故事，是个人、家庭、社会三个层面过去十年难能可贵的时代缩影，是新时代彰显习总书记领袖魅力有力有效的创新方式。

《看见纪南城》第六集：《一脉千年》

📧 作品信息

作品类型：三等奖·电视纪录片
刊播单位：中央广播电视总台
报送单位：湖北省新闻工作者协会
作　　者：集体
编　　辑：集体
作品时长：30分
刊播版面：探索发现
首发日期：2022年11月23日

💻 作品简介

该片采用人类学视角、聚焦微观历史的主题化表达，将遗落在各地的纪南城"神秘碎片"缀合拼接，展现出一个伟大都城迁徙演变的文明拼图，史实准确、语言严谨、细节生动、画面精致，梳理出纪南城历史长河涌动的方向。

💬 获奖理由

该片在形式上以情境式呈现，赋予纪南城新的时代内涵和解读视角；在语态上设置悬念，营造强烈的沉浸感，寻求年轻化的语态表达；在故事上从新史料中深入研究历史隐秘细节，让世界清晰看见纪南城的历史经纬和价值承载。

📶 新媒体展示

使用手机扫描下方二维码，即可观看本条获奖作品的新媒体展示。

龟去来兮

作品信息

作品类型：三等奖·电视纪录片
刊播单位：广东广播电视台
报送单位：暨南大学新闻与传播学院
作　　者：卢杰、陈乾章、练楚茹、杨涛、肖凯、
　　　　　赖子璇、李琳
编　　辑：董琳
作品时长：32分
刊播版面：广东国际频道《南派纪录片》
首发日期：2022年9月29日

作品简介

该片以史上最大规模的一次增殖放流活动为题材,讲述了"海龟保姆"李满文以及海龟保护区所有工作人员悉心喂养和顺利繁盛濒危物种海龟,并为海龟安全顺利放生,开辟出一条安全绿色的洄游通道的动人故事。

新媒体展示

该片在形式上以情境式呈现,赋予纪南城新的时代内涵和解读视角;在语态上设置悬念,营造强烈的沉浸感,寻求年轻化的语态表达;在故事上从新史料中深入研究历史隐秘细节,让世界清晰看见纪南城的历史经纬和价值承载。

获奖理由

使用手机扫描下方二维码,即可观看本条获奖作品的新媒体展示。

作别顺昌路：上海最后一片二级旧里改造进行时

作品信息

作品类型：三等奖·广播系列
刊播单位：上海广播电视台
报送单位：上海市新闻工作者协会
作　　者：胡旻珏、赵颖文、汤丽薇
编　　辑：集体
作品时长：21分1秒
刊播版面：上海新闻广播《990早新闻》
首发日期：2022年7月23日

作品简介

报道聚焦上海市民关注的一件大事，上海旧改收官。系列报道极具代表性和典型性，分别聚焦美专旧址老楼、江西饭店以及日夜奋战的旧改人，用一个个典型案例展现老城区更新改造前的故事，勾起了许多听众的回忆。

获奖理由

这组报道特色浓厚、故事生动、内容厚实，以"录音报道＋手记＋新媒体＋短视频"的方式联合呈现，形成了全媒体报道矩阵，在城市记忆中留下鲜活文字、音频、视频形象，展现了上海30年来为改善居民居住条件做出的不懈努力。

新媒体展示

使用手机扫描下方二维码，即可观看本条获奖作品的新媒体展示。

电动汽车充电基础设施现状调查

作品信息

作品类型：三等奖·文字系列
刊播单位：中国电力报
报送单位：中国行业报协会
作　　者：集体
编　　辑：赵冉、杨苗苗、张栋钧
作品字数：9 171 字
刊播版面：2 版
首发日期：2022 年 1 月 24 日

作品简介

报道聚焦解决当前充电基础设施存在的突出问题，以市场竞争相对充分的典型省份为落点，以消费者身份赴五省多地进行体验式报道，紧紧围绕核心问题，采访调研电动汽车用户、行业专家、地方政府，形成系列融媒调研报道。

新媒体展示

使用手机扫描下方二维码，即可观看本条获奖作品的新媒体展示。

获奖理由

系列报道采取了体验式深度调研的方式，全面立体地呈现了我国电动汽车充电基础设施服务保障能力的实际情况，通过挖掘各地实践亮点提出助力充电桩产业高质量发展的建议，是一组有深度、有价值的调查类新闻作品。

《湿地公约》，中国行动

作品信息

作品类型：三等奖·广播系列
刊播单位：湖北广播电视台、重庆广播电视集团（总台）、浙江广播电视集团、广东广播电视台、吉林广播电视台、盐城广播电视总台、青海广播电视台、安徽广播电视台、湖南广播电视台
报送单位：湖北省新闻工作者协会
作　者：集体
编　辑：集体
作品时长：11分17秒
刊播版面：湖北之声《湖北新闻》
首发日期：2022年11月5日

作品简介

系列报道全景式、立体式地呈现了中国加入《湿地公约》三十年特别是新时代十年来湿地保护的非凡成就以及对全球的示范引领，浓墨重彩地讲述了中国履约及生态文明建设故事，展现了全球环境治理的中国智慧、中国方案、中国力量。

获奖理由

系列报道立足中国、襟怀世界，撷取典型音响，讲述人物故事，描绘湿地风情，大手笔大写意、大格局大情怀，是我国生态环境保护历史性、转折性、全局性变化的铿锵写照。

新媒体展示

使用手机扫描下方二维码，即可观看本条获奖作品的新媒体展示。

听见急诊室

作品信息

作品类型:三等奖·系列报道
刊播单位:江苏省广播电视总台我苏网
报送单位:清华大学新闻与传播学院
作　　者:马骊雪豪、赵娜、姜晓东、陈颖、
　　　　　杨欢、丁俊、高晨、张羽佳
编　　辑:王卫刚
作品时长:19分7秒
刊播平台:江苏省广播电视总台我苏网
首发日期:2022年8月19日

作品简介

江苏新闻广播于第五个中国医师节之际推出了五集系列报道《听见急诊室》。项目历时一个多月,深入多家医院蹲点记录,将5 000多分钟的现场声浓缩成5集音频产品,将"生、老、病、死"的人生必经之路在声音中尽数呈现。

新媒体展示

使用手机扫描下方二维码,即可观看本条获奖作品的新媒体展示。

获奖理由

该作品围绕"声音"这个主元素再拓展多媒介融合产品,是广播媒体在媒体融合背景下如何发挥独有优势的积极探索,同时也为大主题下的群像报道提供了一个新角度。正能量产品引发强烈反响,在全社会营造了尊医重卫的良好风尚。

且看美国

作品信息

作品类型:三等奖·系列报道
刊播单位:参考消息微信公众号、微博、喜马拉雅账号
报送单位:中国行业报协会
作　　者:集体
编　　辑:集体
作品字数:5261字
刊播平台:参考消息微信公众号、微博、喜马拉雅账号
首发日期:2022年4月12日

作品简介

"且看美国"系列报道一组七篇,以综述、漫画、音频等形式,对美国贴标签、为美国画脸谱,深刻揭示了美国在俄乌冲突中煽风点火、火上浇油、添柴拱火、隔岸观火、趁火打劫的丑陋角色。

获奖理由

"且看美国"系列报道是在俄乌冲突爆发后、美西方企图借乌克兰问题嫁祸中国的敏感时间点创作的。它充分运用综述、漫画、音频等形式,主题鲜明、内涵丰富、形式新颖,传播效果好,是一组立意高远、写作精良的精品力作。

新媒体展示

使用手机扫描下方二维码,即可观看本条获奖作品的新媒体展示。

一个农民的春夏秋冬

作品信息

作品类型:三等奖·系列报道
刊播单位:《陕西日报》
报送单位:陕西省新闻工作者协会
作　　者:王海涛、艾永华
编　　辑:张连业、韩富斌
作品字数:9 680字
刊播平台:要闻6版、要闻1版转4版、要闻1版转8版
首发日期:2022年5月29日

作品简介

种地要靠技术、天气、化肥、种子、装备等,还要靠人缘、人品和智慧。薛拓托管流转6 000多户农民3万亩地,遇到的困难五花八门。面对困难,薛拓没有被捆住手脚,大胆闯、大胆试,巧妙地解决了一个又一个难题。

新媒体展示

使用手机扫描下方二维码,即可观看本条获奖作品的新媒体展示。

获奖理由

报道反映了薛拓通过土地托管流转解决"小农户"与现代农业规模化生产的矛盾,"小农户"如何与"大市场"对接问题的探索与实践。系列报道构思精巧、文笔生动,折射出了现代农业发展的历程。

Landscape Legacies
("大美中国"世界遗产系列报道)

作品信息

作品类型：三等奖·系列报道
刊播单位：《中国日报》
报送单位：中国日报社
作　　者：集体
编　　辑：陈婕、欧淑仪、田驰
作品字数：4 252 字
刊播版面：15—18 版
首发日期：2022 年 3 月 31 日

作品简介

"大美中国"世界遗产系列报道紧扣习近平总书记关于保护传承中华优秀传统文化系列重要指示批示精神，通过多个角度将历史长河中华夏文明的天地观、宇宙观与审美观向海外读者娓娓道来。

获奖理由

"大美中国"世界遗产系列报道立意高远、采访扎实、题材丰富、文笔生动，突破了传统文化遗产与自然生态类报道的边界与局限，探索了新时代以文化为抓手进行有效国际传播的更多可能性。

新媒体展示

使用手机扫描下方二维码，即可观看本条获奖作品的新媒体展示。

生命至上 众心如城 "3·21" 东航飞行器事故搜救系列报道

✉ 作品信息

作品类型：三等奖·系列报道
刊播单位：广西广播电视台
报送单位：广西省新闻工作者协会
作　　者：集体
编　　辑：集体
作品时长：18 分 36 秒
刊播版面：广西广播电视台新闻频道《新闻在线》《正午播报》《广西新闻》《准点直播间 18：00》《资讯大直播》
首发日期：2022 年 3 月 21 日

💬 作品简介

该系列报道完整记录了"3·21"东航飞行事故现场搜救人员坚持"生命至上"所展开的艰苦、细致、专业的搜救搜寻过程，生动全面地展现了部队官兵和广西干部群众不惜一切代价、全力以赴做好事故应急处置的决心。

🔊 新媒体展示

使用手机扫描下方二维码，即可观看本条获奖作品的新媒体展示。

💬 获奖理由

该作品快速反应挺进核心现场，准确发出主流声音。报道全面客观、内容丰富，既记录进展也直面舆论焦点，坚守舆论高地；捕捉新闻细节，传递温暖力量；遵循新闻伦理，坚守人文关怀。报道专业克制有度、极具共情力。

归来·久别重逢的生态之美

作品信息

作品类型：三等奖·系列报道
刊播单位：长城新媒体集团冀云客户端
报送单位：河北省新闻工作者协会
作　　者：集体
编　　辑：邓光韬、贺宏伟、郑佳洵
作品时长：27分21秒
刊播平台：冀云客户端
首发日期：2022年7月1日

作品简介

作品视角独特，以珍稀动物、植物和生态场景的回归为切入点，从绝迹多年的野生鹿群重回塞罕坝、栎树穿越千年再次扎根雄安新区、滹沱河干涸半个世纪重焕光彩等故事和场景，生动反映了生态治理对环境改善带来的真实可感变化。

获奖理由

这组作品关注"大主题"中的"小故事"，真正抓住了宣传生态文明建设故事的"魂"，让山水林田湖草沙系统治理受益的生命浪花汇聚成引领绿色发展的潮流，并把丰富新形式、突出新表达、拓展新人群有机结合。

新媒体展示

使用手机扫描下方二维码，即可观看本条获奖作品的新媒体展示。

跟着总书记看中国

作品信息

作品类型:三等奖·系列报道
刊播单位:人民网
报送单位:广西大学新闻与传播学院
作　　者:集体
编　　辑:集体
作品时长:25分34秒
刊播平台:人民网
首发日期:2022年3月24日

作品简介

编辑记者沿着总书记10年来的考察调研足迹,深入31个省市自治区的田间地头、工厂车间、科研现场、社区家庭,原生态、沉浸式、蹲点式采访拍摄,制作系列微纪录片视频31期,推出图文报道100多篇。

新媒体展示

使用手机扫描下方二维码,即可观看本条获奖作品的新媒体展示。

获奖理由

作品沿着总书记的考察足迹调研回访,通过千家万户的事反映中国巨变。在重现总书记与人民群众亲切交流的生动场景时,强调话语表达的亲近性和人情味,积极调动网民的情感体验,将不同地区、不同行业主人公的故事刻画得真挚感人。

"赶考路"上再寻焦裕禄

作品信息

作品类型：三等奖·系列报道
刊播单位：河南日报报业集团大河网、河南日报客户端
报送单位：河南省新闻工作者协会
作　　者：集体
编　　辑：集体
作品时长：11分20秒
刊播平台：大河网、河南日报客户端
首发日期：2022年4月4日

作品简介

记者聚焦"学习弘扬焦裕禄精神"主线，推出系列报道，通过专题、新闻、视频、海报、评论、互动话题等全媒体形式，展现了焦裕禄精神的时代价值，反映了焦裕禄精神力量感召下中原大地发生的巨变。

获奖理由

岁月流逝，精神永恒。焦裕禄，这个永不褪色的名字，在新时代依然直抵人心、催人奋进。该系列报道聚焦焦裕禄精神在新时代的传承和发扬，内容丰富，形式新颖，传播效果好。

新媒体展示

使用手机扫描下方二维码，即可观看本条获奖作品的新媒体展示。

"野生大豆原生境"系列报道

作品信息

作品类型：三等奖·系列报道
刊播单位：《黑龙江日报》
报送单位：黑龙江省新闻工作者协会
作　　者：周静、李天池
编　　辑：郭涛、史向阳、李房浔
作品字数：2 000字
刊播版面：一版、二版
首发日期：2022年5月15日

作品简介

记者跟随专家多次深入黑龙江省境内珍贵野生大豆原生境保护点踏查，通过扎实的采访，围绕野生大豆现状、如何保护、利用好这些资源等角度，形成了三篇有深度的系列报道。

新媒体展示

使用手机扫描下方二维码，即可观看本条获奖作品的新媒体展示。

获奖理由

该系列报道聚焦黑龙江省种业科学家如何破解种源"卡脖子"问题，以最直观的视角带领读者，探秘黑龙江省野生大豆保护和利用现状。选题重大而富有原创性，故事生动而富有情感，是新闻工作者践行"四力"的佳作。

1.1%看奇迹

 作品信息

作品类型：三等奖·系列报道
刊播单位：中国江苏网
报送单位：中国社会科学院新闻与传播研究所
作　　者：集体
编　　辑：耿联、戴军农
作品时长：22分37秒
刊播平台：中国江苏网
首发日期：2022年10月14日

作品简介

作为迎接党的二十大的重大主题报道，《1.1%看奇迹》系列抓住"奇迹"二字，通过"占全国1.1%的国土面积"的一个省的奋斗故事，以"江苏叙事"讲好"中国故事"。

获奖理由

该作品以一个个奋斗者故事为主线，从经济、开放、创新等8个方面切入，以江苏一域之发展来讲述新时代十年中国发展奇迹，串珠成链、聚链成势，小切口小故事展示了宏大主题，在众多迎接二十大主题报道中令人眼前一亮。

 新媒体展示

使用手机扫描下方二维码，即可观看本条获奖作品的新媒体展示。

"中华文明探源·何以中国"

📧 作品信息

作品类型：三等奖·系列报道
刊播单位：《人民政协报》
报送单位：人民政协报社
作　　者：杜军玲、王慧峰、司晋丽
编　　辑：杜军玲、王慧峰、司晋丽
作品字数：11 111字
刊播版面：《何以中国 何以不朽》3版、
　　　　　《三星堆：独具个性的文明》9版、
　　　　　《听文物讲述"何以中国"》3版
首发日期：2022年8月30日

💻 作品简介

近年来，全国政协和政协委员们持续关注中华文明溯源。我们将新闻视角聚焦中华文明探源工程和"考古中国"重大项目，希望通过对近20年尤其是党的十八大以来的重要考古发现和研究成果的探访解读，梳理描绘了中华文明的脉络。

📶 新媒体展示

使用手机扫描下方二维码，即可观看本条获奖作品的新媒体展示。

💬 获奖理由

整个系列报道应时而生，定位准确、操作精当，对象权威、访谈深入，充分体现了人民政协报的品位水平和特色优势，对传承中华文明、建立文化自信具有重要意义。

"川西虫草产地调查"
系列报道

作品信息

作品类型：三等奖·系列报道
刊播单位：成都商报社红星新闻客户端
报送单位：四川省新闻工作者协会
作　　者：蒋麟、杨灵、马天帅、邵洲波
编　　辑：于曼歌、张莉
作品字数：15 363 字
刊播平台：红星新闻客户端
首发日期：2022 年 6 月 20 日

作品简介

记者走进四川甘孜多个区县，历时半月走访虫草原生产地、交易市场以及相关部门，深入地全链条展现了海拔 4 500 米的虫草产地采挖环境和市场秩序，展现出过去几十年虫草采挖和交易历史，以及虫草产区的变化及发展。

获奖理由

这组调查报道，写虫草产地而不局限产地，写产业发展更写基层治理，写发展方式更探寻未来，生动呈现了民族地区践行新发展理念的高质量发展之路。

新媒体展示

使用手机扫描下方二维码，即可观看本条获奖作品的新媒体展示。

"天路"越武陵

作品信息

作品类型：三等奖·新闻摄影
刊播单位：湖北省恩施州鹤峰县融媒体中心鹤峰网
报送单位：中国新闻摄影学会
作　　者：杨顺丕
编　　辑：肖琴、向丽莉
刊播平台：鹤峰网
首发日期：2022年12月19日

作品简介

多角度跟踪拍摄，较好地传达出建筑施工的险峻、工程的宏伟和工人们的艰辛，并展示了中国工人开天辟地的精神和大工程建设的能力。这项重大工程为少数民族地区带来了希望和交通便利。

新媒体展示

使用手机扫描下方二维码，即可观看本条获奖作品的新媒体展示。

获奖理由

作者在距谷底数百米的大桥顶部，冒着被大风刮下去的危险拍摄而成。整组图片构思巧妙、拍摄精准，从不同角度展现了"天路"建设之难，画面极具视觉冲击力。

小年夜，−18℃的暖心救援

✉ 作品信息

作品类型：三等奖·新闻摄影
刊播单位：《人民公安报》
报送单位：中国新闻摄影学会
作　　者：王举南
编　　辑：张建鑫、杨形涛
刊播版面：《人民公安报》要闻1版
首发日期：2022年1月27日

💻 作品简介

2022年1月25日晚，温度已经下降至零下18摄氏度，作者在派出所采访时得知，有群众被困在戈壁上的一处河流中，立即跟随民警前去救援。作者与救援民警一起跳入冰凉刺骨的河水中，用随身携带的手机拍摄了这张图片。

💬 获奖理由

画面背景简洁，主体突出，现场感强烈。读者看后便能迅速与作者产生共鸣，诠释了人民至上、生命至上，以人民为中心的发展理念。同时，作品也很好地体现了新时代的人民警察队伍"人民警察为人民"的庄严承诺。

📶 新媒体展示

使用手机扫描下方二维码，即可观看本条获奖作品的新媒体展示。

拉索·新发现 全球首次打开十万亿电子伏波段的伽马射线暴观测窗口

作品信息

作品类型:三等奖·新闻摄影
刊播单位:《四川日报》
报送单位:中国新闻摄影学会
作　　者:何海洋
编　　辑:谭曦
刊播版面:视觉　5版
首发日期:2022年10月31日

作品简介

记者在经过观测站的特殊允许后,深入拉索工程的内部——水切伦科夫探测器阵列,探寻发现伽马射线暴的重器,并第一次向外界发布。记者用镜头记录下科学工作者的工作场景,向读者展示了拉索不为人知的一面。

新媒体展示

使用手机扫描下方二维码,即可观看本条获奖作品的新媒体展示。

获奖理由

摄影记者克服了高海拔恶劣天气以及低照度等困难,采用了低速慢门、星空拍摄等技法,用浩瀚的星辰、漫天的飞雪为影像记录营造出令人充满想象的现场氛围,既有科技感,又延展了想象空间,兼顾了故事性、科普性和艺术性。

常泰长江大桥：
世界最大跨度斜拉桥

作品信息

作品类型：三等奖·新闻摄影
刊播单位：淮安日报社、淮安新闻网
报送单位：中国新闻摄影学会
作　　者：曹政
编　　辑：宋莹莹、白留伟、袁玥
作品幅数：1幅
首发日期：2022年7月29日

作品简介

2022年7月27日上午，记者参加"新时代颂"采风团聚焦江苏重大交通工程活动，用无人机拍摄建设中的常泰长江大桥。淮安新闻网刊发后，点击量达到63 820。

获奖理由

图片光影别致独特、构图简洁巧妙，长焦镜头的使用压缩了画面，虚实结合，视觉冲击力很强，烘托和渲染了斜拉桥和大吊车的雄伟、壮丽，展现了这座"世界之最"的建设场景和风采，是一幅反映中国制造好风范的好作品。

新媒体展示

使用手机扫描下方二维码，即可观看本条获奖作品的新媒体展示。

中国国家版本馆:让文化典籍"藏之名山、传之后世"

作品信息

作品类型:三等奖·新闻摄影
刊播单位:人民网
报送单位:中国新闻摄影学会
作　　者:陈斌
编　　辑:单芳、刘军涛
作品幅数:8幅
首发日期:2022年12月20日

作品简介

《人民日报》记者陈斌利用被借调工地工作的便利,独家完整拍摄了国家版本馆中央总馆从场馆建设、内容建设、开馆开展,到调整优化展陈、保藏文化典籍、赓续文脉的全过程。

新媒体展示

使用手机扫描下方二维码,即可观看本条获奖作品的新媒体展示。

获奖理由

在首都建设"国家版本馆"是以习近平同志为核心的党中央的一项重大决定,它对于集中保存、维护、展示中华民族的文化典籍和悠久的人文成就,提升文化自信具有不可替代的重要作用。该作品为历史留下了一批十分珍贵且不可复制的瞬间影像。

三等奖

戈壁滩上长出了光伏牧场

作品信息

作品类型：三等奖·新闻摄影
刊播单位：《中国日报》
报送单位：中国新闻摄影学会
作　　者：匡林华
编　　辑：匡林华
作品幅数：7幅
刊播版面：LIFE（生活），12版
首发日期：2022年7月9日

作品简介

记者选择从塔拉滩光电园区"光伏羊"的故事切入，生动形象地展示了西部地区能源清洁创收、牧民回归惠民和生态环境改善"一举三得"的创新之举，视觉化地表现了"光伏＋畜牧业＋生态"的新发展模式。

获奖理由　　　　　　　 新媒体展示

近年来，西部地区坚持生态保护与绿色发展相统一，加快推进清洁能源建设。但如何寻找故事抓手进行视觉表现是个新挑战，《中国日报》记者匡林华这组摄影报道给出了既生动又亮眼的答案，即："种草固沙＋牧民放羊"。

使用手机扫描下方二维码，即可观看本条获奖作品的新媒体展示。

落实到人

作品信息

作品类型：三等奖·新闻漫画
刊播单位：讽刺与幽默
报送单位：中国新闻漫画研究会
作　　者：于昌伟、章艳芬
编　　辑：岳增敏、肖承森、韩晓艳
作品幅数：1幅
刊播版面：漫画生活，8版
首发日期：2022年12月2日

作品简介

被砍伐的树桩旁又栽上了小树，为了确保小树成活，每棵小树配备一名养护人，看似用心，实则是极大的浪费。由此读者可联想到现实生活和工作中，搞形式，造声势。做事情细致入微无可厚非，但是不可层层加码。

新媒体展示

使用手机扫描下方二维码，即可观看本条获奖作品的新媒体展示。

获奖理由

这件作品形象而深刻地反映了现实生活中存在的问题，对形式主义的不良作风进行了看似委婉实则严肃的批评。作品立意深刻，构图简洁，人物生动，给人留下深刻印象，具有极佳的警示效果。

北约军刀

作品信息

作品类型:三等奖·新闻漫画
刊播单位:《中国日报》
报送单位:中国新闻漫画研究会
作　　者:罗杰
编　　辑:李洋、徐小丹
作品幅数:1 幅
刊播版面:8 版
首发日期:2022 年 7 月 21 日

作品简介

该漫画以沾满鲜血的军刀为隐喻,揭露了以美国为首的北约假借捍卫自由之名,在世界范围内行战争暴行之实的伪善本质。漫画整体画风粗犷,构图紧凑,色彩对比强烈,具有较强的视觉冲击力。

获奖理由

作品紧扣国际时事,主题鲜明,观点深刻,一针见血,并在国内纸媒、新媒体平台以及国际社交媒体平台上进行传播,产生了一定的社会影响力;同时,作者还借助多媒介手段立体传播,是一幅优秀的新闻漫画作品。

新媒体展示

使用手机扫描下方二维码,即可观看本条获奖作品的新媒体展示。

莫让"云养"成为"云骗局"

作品信息

作品类型:三等奖·新闻漫画
刊播单位:新华报业传媒集团交汇点新闻客户端
报送单位:中国新闻漫画研究会
作　　者:曹一
编　　辑:杨丽
作品幅数:1幅
首发日期:2022年3月27日

作品简介

"云养"是一种新消费模式,然而近期发生的"云养牛""云养猫"等诈骗案件,引发了人们对"云养"经济模式的质疑。作品紧扣社会热点问题,漫画语言丰富,有较强的现实指导意义。

新媒体展示

使用手机扫描下方二维码,即可观看本条获奖作品的新媒体展示。

获奖理由

该作品紧扣时事热点、画面简洁、新闻要素交代完整、主题清晰,可起到一定的警示和指导作用,具有较强的新闻敏锐性和现实针对性。

九旬院士"一站到底"令谁脸红

作品信息

作品类型：三等奖・副刊作品
刊播单位：《中国科学报》
报送单位：中国报纸副刊研究会
作　　者：李思辉
编　　辑：计红梅、赵路、陈彬
作品字数：1 297 字
刊播版面：大学观察，三版
首发日期：2022 年 9 月 27 日

作品简介

《中国科学报》采编团队认为，老院士从教 70 年，年至九旬依然一站到底给本科生讲课，这种精神与当下高等教育界部分教授"热衷搞课题，不愿意给本科生上课"的现象形成鲜明对比，具有很强的现实针对性和警醒意义。

获奖理由

此文从三个关键词"九旬""院士""一站到底"入笔，通过鲜明的反差，既赞誉了老一代知识分子的师者风范，更反衬了时下一些教授学者的功利色彩。作品导向正确，文风朴实，富有启迪，不失为一篇好杂文。

新媒体展示

使用手机扫描下方二维码，即可观看本条获奖作品的新媒体展示。

让世界聆听中国声音

作品信息

作品类型：三等奖·副刊作品
刊播单位：《中国石油报》
报送单位：中国报纸副刊研究会
作　　者：陈青
编　　辑：邵美玲
作品字数：3 776 字
刊播版面：北方周末，第五版
首发日期：2022 年 9 月 30 日

作品简介

本文作者通过深入采访和充分挖掘，以该院标准化信息与战略研究所正高级工程师徐婷 10 多年的亲身经历，通过 3 个部分生动讲述了我国石油管材产品国际标准化从跟随走向主导的艰辛历程。

新媒体展示

使用手机扫描下方二维码，即可观看本条获奖作品的新媒体展示。

获奖理由

作品新闻性强，接地气，文笔流畅，是记者脚力、眼力、脑力、笔力的综合体现，反映了中国日益走近世界舞台中央的大主题，传播了中国声音、中国智慧，是一篇新闻性、思想性、艺术性、创新性和传播力俱佳的好作品。

我们的天才儿子

 ## 作品信息

作品类型：三等奖·副刊作品
刊播单位：《杭州日报》
报送单位：中国报纸副刊研究会
作　　者：叶全新
编　　辑：戴维、韩斌、骆东华
作品字数：6 161 字
刊播版面：倾听·人生 12 版
首发日期：2022 年 1 月 17 日

 ## 作品简介

金晓宇的翻译作品走进大众视野并被翻译界认可，双向障碍群体引发社会关注。残联、社区、派出所长期的默默守护被披露，体现了城市的文明和温暖，最终金晓宇本人也勇敢走出家门，成为社区志愿者。

 ## 获奖理由

此文从一位普通老人的寻常电话中，敏锐地捕捉到了线索，揭开了一段感人至深的真实故事。稿件践行了"小人物故事折射大时代变化"宗旨，体现了创作团队极高的新闻敏感性，也是传统党报坚持走新时期群众路线的成功实践。

新媒体展示

使用手机扫描下方二维码，即可观看本条获奖作品的新媒体展示。

对话新疆救人青年：来自"石榴籽"的深情

作品信息

作品类型：三等奖·新闻访谈
刊播单位：广西广播电视台
报送单位：中国广播电视社会组织联合会
作　　者：韦嘉欣、方亮、肖辉、蓝桂强、
　　　　　马铁护、陶灵
编　　辑：赵凌凌、陈辰、罗雪伶
作品时长：12分50秒
刊播版面：新闻频道《新闻在线》
首发日期：2022年8月20日

作品简介

主创团队精心策划，通过事故现场回顾、沉浸式对话、纪实性跟拍，带观众一步步接近受访者的内心世界。访谈深挖出新疆青年系列善举"偶然性"背后的"必然性"，展现了中国新时代青年代表的勇敢、赤诚、善良。

新媒体展示

使用手机扫描下方二维码，即可观看本条获奖作品的新媒体展示。

获奖理由

该作品将中华民族大家庭特别是广西这个多民族聚居的自治区的民族团结、互帮互助的感人故事娓娓道来，弘扬了社会主义核心价值观，同时也生动诠释了中华民族共同体意识的时代内涵。

共同战"疫",有外国人,但没有外人!

作品信息

作品类型:三等奖·新闻访谈
刊播单位:人民政协报微信公众号
报送单位:中国广播电视社会组织联合会
作　　者:集体
编　　辑:李木元、周佳佳、黄喆
作品时长:9 分 57 秒
首发日期:2022 年 4 月 3 日

作品简介

记者以远程连线的形式,对从丹麦来华已经 30 年的"上海女婿"李曦萌、来自意大利的小伙宋文龙、来自亚美尼亚的小提琴手马星星、来自丹麦的安小菲等多位"洋大白"进行了采访,听他们讲述自己经历和参与的战疫故事。

获奖理由

本作品角度非常新颖,意义很有深度,立场极为鲜明,透过一群"洋大白"的视角,向全世界生动展示了上海人民团结抗疫的真实场景,同时也显现了"洋大白"们与中国人民的深情厚谊。故事性强,画面感更强。

新媒体展示

使用手机扫描下方二维码,即可观看本条获奖作品的新媒体展示。

我们的现代化

作品信息

作品类型:三等奖·新闻访谈
刊播单位:河北广播电视台
报送单位:中国广播电视社会组织联合会
作　　者:戈希庭、孙青欣、曹力、王欢、孙伟、
　　　　　刘欣、刘仲雄
编　　辑:孙伟、戈希庭
作品时长:49 分 14 秒
首发日期:2022 年 12 月 31 日

作品简介

广播访谈《我们的现代化》邀请来自华北平原、西部欠发达地区和东部沿海发达地区三位农村基层干部,畅谈中国式现代化的乡村图景。

新媒体展示　　获奖理由

使用手机扫描下方二维码,即可观看本条获奖作品的新媒体展示。

作品主题鲜明,选材典型,采取"先分进后碰撞"的访谈形式,结构精巧,访谈内容生动丰富,主持人情绪饱满,引导得当,制作精良的音频片花及插件片段,有效地丰富了听觉效果,是一篇优秀的广播访谈作品。

对话金晓明:17年"中国历代绘画大系"把天方夜谭变为中国现实

📧 作品信息

作品类型:三等奖·新闻访谈
刊播单位:浙江广播电视集团
报送单位:中国广播电视社会组织联合会
作　　者:姜晓丹、杨文馨、赵倬、龚奇、王文炳、
　　　　　刘险峰、何敏
编　　辑:周新科、赵奕、钱挺
作品时长:10分1秒
刊播版面:浙江卫视《今日评说》
首发日期:2022年12月29日

💻 作品简介

节目最终通过对"中国历代绘画大系"团队核心成员金晓明的独家专访,透过盛世修典展,回顾了大系团队17年来走遍全球,让散落在世界各地的中国古代绘画数字化"回家"的壮举。

获奖理由

该作品以中外比较视野和历史维度,对"中国式现代化"进行深入解读,剖析"中国式现代化"与西方式现代化的异同,说明现代化不等于西方化,中国式现代化将为人类文明带来新样态。

📶 新媒体展示

使用手机扫描下方二维码,即可观看本条获奖作品的新媒体展示。

访谈｜上海就是上海，别人越想"脱钩"，我们越要努力"反脱钩"

📧 作品信息

作品类型：三等奖·新闻访谈
刊播单位：解放日报社上观新闻网站
报送单位：上海市新闻工作者协会
作　　者：杜晨薇、朱珉迕
编　　辑：缪毅容、朱泳武
作品字数：3 379 字
首发日期：2022 年 6 月 28 日

💻 作品简介

本文紧扣开放、动力、人才三个关键词，通过对高校专家、政府官员的访谈，针对性回应关切，鲜明提出"别人越想'脱钩'，我们越要努力'反脱钩'"的观点，有力回应了社会上的一些误解偏见和谬论。

📶 新媒体展示

使用手机扫描下方二维码，即可观看本条获奖作品的新媒体展示。

💬 获奖理由

作品直击重大敏感话题，思想深刻、论证有力、文风清新，在关键时刻回应重大关切，体现了党报的政治判断力和专业性、引领力、影响力。

冬奥冠军：
我们都是追梦人

作品信息

作品类型：三等奖·新闻访谈
刊播单位：黑龙江广播电视台
报送单位：中国广播电视社会组织联合会
作　　者：柳春迪、吴福强、张浩、于硕、陈强、
　　　　　安菲
编　　辑：柳春迪
作品时长：13分16秒
刊播版面：新闻法治频道《龙视直播间》
首发日期：2022年5月17日

作品简介

为什么黑龙江运动员在冬奥会上表现如此突出？节目围绕这一问题，对这一新闻事件的核心人物——来自黑龙江的冬奥冠军高亭宇、曲春雨、任子威进行了面对面采访，对武大靖、范可新进行了视频采访。

获奖理由

该作品以现场和连线的形式，对五位黑龙江籍北京冬奥冠军展开访谈，通过愉悦流畅的交流，展示了五位冬奥冠军青春阳光、乐观向上的风采，作品题材新鲜典型，访谈氛围积极向上又不失温情。

新媒体展示

使用手机扫描下方二维码，即可观看本条获奖作品的新媒体展示。

全国百家媒体同步直播/新疆棉花朵朵开

作品信息

作品类型：三等奖·新闻直播
刊播单位：新疆日报社石榴云客户端
报送单位：中国广播电视社会组织联合会
作　　者：董少华、刘凤静、加依那尔·奴尔兰别克、张梦雨、陈峰、沈滨、陆秋雯、邓莉、毛铭东、薛静
编　　辑：集体
作品时长：2小时3分40秒
首发日期：2022年10月12日

作品简介

在党的二十大胜利召开前夕，新疆棉花迎来大丰收。该直播通过记者接力连线，走进南北疆棉田、棉花加工车间及纺织企业等地，以多样态直播报道手段带领海内外网友直观感受新疆棉花采收壮观场景和棉农丰产丰收富足的喜悦。

新媒体展示

使用手机扫描下方二维码，即可观看本条获奖作品的新媒体展示。

获奖理由

该报道全景式介绍了新疆特色农业产业现代化、智慧化及全产业链高质量发展等情况，为迎接党的二十大胜利召开营造了积极的舆论氛围，有力地回击了美西方反华势力借新疆棉花等话题炮制所谓"强迫劳动""种族灭绝"等污蔑。

十年中国梦
菌草丰收季

作品信息

作品类型：三等奖·新闻直播
刊播单位：福建省广播影视集团
报送单位：中国广播电视社会组织联合会
作　　者：郑建武、游宁剑、艾迪、肖鲁怀、刘钧、
　　　　　何海、陈兴中、廖尚玺、江强、李申
编　　辑：方凯、郑少炜、张楠楠
作品时长：33分30秒
首发日期：2022年9月15日

作品简介

该新闻直播抓取了菌草在不同领域的丰收，安排多路记者在福建、内蒙古、宁夏、河南四省实地采访，并实施了海外连线采访，同时开通直播、慢直播、网友互动评论等全媒体矩阵，多点即时展示了福建菌草人的新贡献和不懈努力。

获奖理由

该直播节目围绕观众关心的问题设置多个悬念，通过点面结合、层层推进的方式完成了"小草大贡献"的主题表达，在直播过程中实时回答网友提问、与网友互动，创新了主题报道的呈现、表达形式，实现了较好的传播效果。

新媒体展示

使用手机扫描下方二维码，即可观看本条获奖作品的新媒体展示。

神奇宝贝在江苏

作品信息

作品类型：三等奖·新闻直播
刊播单位：江苏省广播电视总台荔枝新闻 App
报送单位：中国广播电视社会组织联合会
作　　者：集体
编　　辑：李折、陆树鑫
作品时长：1 小时 45 分
首发日期：2022 年 5 月 22 日

作品简介

该新闻直播中记者探访了江苏多个自然保护区，以实地探访、调查分析、数据解读等方式，生动呈现了生物多样性保护的喜人成绩，以及其背后的先进理念；结合虚拟图像等技术手段进行展示，兼顾新闻性与知识性，重视与观众互动。

新媒体展示

使用手机扫描下方二维码，即可观看本条获奖作品的新媒体展示。

获奖理由

该新闻直播生动呈现了自然之美、生命之美，全面展示了生态文明建设的江苏实践。精良的制作，大小屏互促，线上线下互动，注重思想性、时代性，兼具美感和网感，既新鲜又有趣，讲故事也讲道理，堪称广电机构融合传播佳作。

2022年3月27日《准点直播间》

作品信息

作品类型:三等奖·新闻编排
刊播单位:广西广播电视台
报送单位:中国广播电视社会组织联合会
作　　者:集体
编　　辑:集体
作品时长:1小时45分
刊播版面:新闻频道《准点直播间》
首发日期:2022年3月27日

作品简介

该新闻对东航MU5735航班在事故现场举行哀悼活动进行了特别报道,既有搜救进展的重要动态消息,也有事故发生以来党和国家领导人高度重视、全力搜救的短片回顾,更充分发挥了电视媒体优势,第一时间直播连线现场。

获奖理由

该节目庄严肃穆,张弛有度,哀悼现场及记者的直播报道催人泪下,充分表达了对罹难者的哀悼,体现了主流媒体与罹难者家属的共情,展现了播出团队对重大新闻事件的快速反应能力及深刻把握能力,体现了主流媒体的责任担当。

新媒体展示

使用手机扫描下方二维码,即可观看本条获奖作品的新媒体展示。

2022年11月1日 《浙江日报》6-7版

作品信息

作品类型：三等奖·新闻编排
刊播单位：《浙江日报》
报送单位：中国新闻漫画研究会
作　　者：集体
编　　辑：钱锋、滕昶、吴雄伟
刊播版面：6、7版
首发日期：2022年11月1日

作品简介

《浙江日报》于长征五号B遥四运载火箭成功发射之际推出主题版面，通过手绘让苏轼戴上VR眼镜，与中国航天员一同遥望今时的"天上宫阙"，航天员头盔面罩上映着中国空间站完成体示意图，古今结合、充满幻想又极具现实科技感。

新媒体展示

使用手机扫描下方二维码，即可观看本条获奖作品的新媒体展示。

获奖理由

该主题版面色调清新、古典又不失科技感，创意精巧，充满想象力，巧妙地把苏轼"天上宫阙"的词句意象与中国空间站的现实相连接，古今结合，梦想与现实结合，展现了中国航天梦实现的艰辛历程和伟大创举，叙事独特，富有诗意。

2022年12月26日《全媒直播间》特别节目《千里成昆云和月》

作品信息

作品类型：三等奖·新闻编排
刊播单位：四川广播电视台
报送单位：中国广播电视社会组织联合会
作　　者：集体
编　　辑：集体
作品时长：1小时8分32秒
刊播版面：新闻频道《全媒直播间》
首发日期：2022年12月26日

作品简介

该节目于新成昆铁路全线通车之际推出特别节目报道，通过与川滇两省20余家融媒联合互动，全景展现了新成昆铁路全线贯通的难忘瞬间和精彩故事，从最新动态新闻、沿线采风观察、建设者故事、国家战略发展等方面、多层次解读主题。

获奖理由

节目围绕新成昆铁路全线贯通运营开展编排，多方面、多层次立体式解读烘托主题，编排设计巧妙、编辑思想突出。既有历史纵深感，更有现实宽广度，同时视频特色突出、可视性强。

新媒体展示

使用手机扫描下方二维码，即可观看本条获奖作品的新媒体展示。

2022 年 7 月 15 日
《声动福建》

作品信息

作品类型:三等奖·新闻编排
刊播单位:福建省广播影视集团
报送单位:中国广播电视社会组织联合会
作　　者:阮怡、李薇、刘学
编　　辑:孙世庆、阮娜、李泰曦
作品时长:29 分 47 秒
刊播版面:福建新闻综合广播《声动福建》
首发日期:2022 年 7 月 15 日

作品简介

该作品以习近平总书记给台湾青年回信为切入点展开编排,通过消息、专题、访谈、评论等不同体裁的报道来讲述台青故事,生动展现了两岸同胞血脉相连的历史和情感,体裁多样,层次清晰,兼具时代感和历史纵深感。

新媒体展示

使用手机扫描下方二维码,即可观看本条获奖作品的新媒体展示。

获奖理由

本期编排立意高远,主题深刻,策划精巧,聚焦海峡论坛,以习近平总书记给台湾青年回信为切入点,通过体裁多样、信息丰富、层层递进的报道,展现了台湾同胞特别是台湾青年的所思所想所感,体现了"两岸一家亲,共圆中国梦"的节目主题和深远意义。

云网一体,向原创视音频内容生产发布的全媒体迈进

作品信息

作品类型:三等奖·新闻业务研究
刊播单位:《电视研究》
报送单位:中央广播电视总台
作　　者:徐进
编　　辑:林玉明
作品字数:5 743字
刊播版面:2022年第7期
首发日期:2022年7月15日

作品简介

文章从构建新型技术体系、建立云网一体的技术架构和搭建CMG媒体云移动化生产平台等三方面加以分析论述,认为媒体技术的迭代升级为总台全媒体高质量持续性发展,建设国际一流新型主流媒体、构建新型原创视音频内容生产发布平台打下坚实基础。

获奖理由

文章立足中央广播电视总台的技术创新实践,详尽阐述了新型技术体系、云网一体技术架构和CMG媒体云建设。文章集总台新技术体系理论、实践创新思维与可读性于一体,语言规范,逻辑严密,内容新颖且具有创新性。

新媒体展示

使用手机扫描下方二维码,即可观看本条获奖作品的新媒体展示。

地方党报新闻生产方式的融合与创新
——以湄州日报社"白鸽木兰"重大主题报道为例

✉ 作品信息

作品类型:三等奖·新闻业务研究
刊播单位:《中国报业》
报送单位:中国报业协会
作 者:卓晋萍、许晨聪
编 辑:张晓燕
作品字数:5 045字
刊播版面:2022年第23期
首发日期:2022年12月15日

💻 作品简介

作品通过深入剖析一组题材独特的重大典型报道的策划、运作、呈现,阐释地方党报新闻生产方式的融合与创新,论述重大主题报道需把媒体宣传的"虚"与活动组织、场景创设的"实"有机衔接,用创意做活传播、盘活经营、激活业态。

新媒体展示

使用手机扫描下方二维码,即可观看本条获奖作品的新媒体展示。

获奖理由

作品以地方党报鲜活的实践,提炼上升到理论高度,创新提出重大主题报道精品化制作、项目化运作思路。作品切口小、立意高、论据实,契合当下全国地市级媒体加快深度融合发展的热点,具有较强示范性、针对性、时效性。

都市类媒体做好重大主题报道的"守、变、合"

作品信息

作品类型：三等奖·新闻业务研究
刊播单位：《中国记者》
报送单位：广东省新闻工作者协会
作　　者：戎明昌、刘岸然、林洁
编　　辑：梁益畅
作品字数：5 045 字
刊播版面：2022 年第 12 期
首发日期：2022 年 12 月 15 日

作品简介

论文基于对南方都市报有效实践的深度思考与总结，全面解析了都市类媒体在创新重大主题报道方面的可行路径，提供了可供都市类媒体参考的理论思考和操作方法，为推动形成更大媒体合力唱响主旋律、巩固壮大主流舆论阵地作出了积极贡献。

获奖理由

文章为国内众多都市类媒体操作重大主题报道提供了一种突破性思路，创造了更多的想象空间，是广东媒体在重大主题报道领域走在全国前列的经验总结，以及对重大主题报道的年轻化表达、国际传播等时代命题的深刻思考。

新媒体展示

使用手机扫描下方二维码，即可观看本条获奖作品的新媒体展示。

以可视化为重点推动媒体融合发展

作品信息

作品类型:三等奖·新闻业务研究
刊播单位:《中国报业》
报送单位:河北省新闻工作者协会
作　　者:丁伟
编　　辑:张晓燕、曹巍
作品字数:4 640 字
刊播版面:2022 年第 17 期总第 546 期
首发日期:2022 年 9 月 15 日

作品简介

本文立足于可视化的现状和趋势,深入挖掘可视化新闻产品优势,分析可视化新闻报道面临的挑战,探索主流媒体在丰富新形式、突出新表达、拓展新人群等方面实现可视化的创新路径,将可视化战略作为提升内容生产力的抓手和推进媒体深度融合的重要载体。

新媒体展示

使用手机扫描下方二维码,即可观看本条获奖作品的新媒体展示。

获奖理由

该论文抓住了"以可视化为重点推动媒体融合发展"这一关键问题,展示了主流媒体在推动媒体融合发展实践中如何注重可视化新闻产品的生产和传播,呈现出媒体可视化发展道路的新模式,具有现实指导意义。

以"新基建"赋能传播模式创新

作品信息

作品类型:三等奖·新闻业务研究
刊播单位:《新闻战线》
报送单位:江苏省新闻工作者协会
作　　者:高顺青
编　　辑:陈利云
作品字数:5 339 字
刊播版面:2022 年 12 月(上)
首发日期:2022 年 12 月 15 日

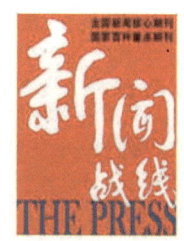

作品简介

该论文紧扣二十大报告中提出的"加强全媒体传播体系建设"要求,以南京广电的众多实践项目为典型案例,从全新视角切入,深入分析了在媒体融合向纵深推进的大背景下如何挖掘传媒"新基建"的创新潜力和应用价值,从而全面提升传播能力。

获奖理由

该论文是学习宣传贯彻党的二十大精神的阶段性成果,其所提出的观点兼具理论价值和现实意义,对广电媒体融媒发展具有创新探路意义,所建构的路径是基于实践探索的可行性方案。

新媒体展示

使用手机扫描下方二维码,即可观看本条获奖作品的新媒体展示。

试论寻找主流传播中的"流量密码"
——兼论新闻传播评价体系过度量化的防范

 作品信息

作品类型：三等奖·新闻业务研究
刊播单位：《传媒评论》
报送单位：浙江省新闻工作者协会
作 者：陈建飞
编 辑：杨忆华、甘恬
作品字数：6 198 字
刊播版面：2022 年 12 月
首发日期：2022 年 12 月 25 日

作品简介

该文章作者提出主流媒体既要树立流量思维，寻找主流传播中的"流量密码"，又要辩证看待"流量民意"，正视不真实、不全面、不美好、不深刻的"数据缺陷"，及时规避风险，更好地发挥量化对于新闻传播的正向作用。

新媒体展示

使用手机扫描下方二维码，即可观看本条获奖作品的新媒体展示。

获奖理由

该文章以问题为导向，对当前新闻传播评价体系量化问题进行深入思考剖析，并结合实践经验提出应对之策，导向正确，观点鲜明，论据充分，论述严谨，有突出的理论前瞻性和现实针对性，对党媒正确运用量化评价有较强的指导意义。

数字中国战略下全媒体大数据平台的构建

作品信息

作品类型：三等奖·新闻业务研究
刊播单位：《中国记者》
报送单位：湖南省新闻工作者协会
作　　者：李鹏飞、刘先根、彭培成
编　　辑：梁益畅
作品字数：5 316 字
刊播版面：《中国记者》"融媒体"专栏
首发日期：2022 年 12 月 10 日

作品简介

作者结合媒体经营中遇到的难题，了解国内外各媒体在重塑算法应用、建设内容聚合平台、共享智慧媒资库、打造全媒体数据智库、探索"媒体＋政务"运作模式等方面的做法，分析媒体数据面临的问题并提出了推进全媒体大数据平台建设的具体举措。

获奖理由

该文章具有理论创新与前瞻性，以及很强的问题意识，视野开阔、观点鲜明，论证由点及面、分析到位，兼具理论性和实践性，提出有针对性的务实举措，对主流媒体在数字时代强化引领引导、履行责任担当具有重要借鉴意义。

新媒体展示

使用手机扫描下方二维码，即可观看本条获奖作品的新媒体展示。

文明的语言:Z世代国际传播的符号之旅
——以三星堆国际传播平台为例

📧 作品信息

作品类型:三等奖·新闻业务研究
刊播单位:《新闻界》
报送单位:四川省新闻工作者协会
作　　者:钟莉、张嘉伟
编　　辑:段吉平、邓树明、孙尚如
作品字数:7 154字
刊播版面:"业务论坛"专栏;2022,No.357
　　　　　(12)91-96
首发日期:2022年12月10日

💻 作品简介

本文以三星堆国际传播平台的实践为基础,以面向Z世代的国际传播为业务研究对象,从符号学隐喻、空框结构、社群行为等角度,研究以Z世代为主要对象的三星堆国际传播的底层逻辑、角色转换和可持续路径,为提升国际传播效能提供新的解决思路。

📶 新媒体展示

使用手机扫描下方二维码,即可观看本条获奖作品的新媒体展示。

💬 获奖理由

该文章作者基于两年一线工作的积累,梳理符号学理论创新运用于国际传播的经验,资料翔实,例证充分,前瞻性和操作性强,为中华优秀传统文化国际传播提供了独特的决策参考和实践路径,是一篇借鉴意义较强的新闻业务研究论文。

这十年

作品信息

作品类型：三等奖·重大主题报道
刊播单位：湖南广播电视台芒果 TV 客户端
报送单位：湖南省新闻工作者协会
作　　者：蔡怀军、梁德平、郑华平、王绍曦、
　　　　　孙璐、庄楠、王彬人、许庆
编　　辑：王倩雯、刘卫琛、朱宵涵
作品时长：27 分 59 秒
发布平台：芒果 TV 客户端
首发日期：2022 年 8 月 1 日

作品简介

作品是湖南广电"这十年"主题节目矩阵的"首部曲"，通过讲述 50 位各行各业人物的奋斗故事，展现了党的十八大以来国家在国防、教育、医疗、乡村振兴等领域的非凡成就，以个人命运折射时代发展，凸显人民幸福感与获得感。

获奖理由

《这十年》系列报道以真实质朴的人物、饱含深情的笔触、昂扬自信的语态，把新时代的伟大斗争、伟大工程、伟大事业和伟大梦想融入人民群众的生活当中，为这一段振奋人心的峥嵘岁月留下了动人的影像。

新媒体展示

使用手机扫描下方二维码，即可观看本条获奖作品的新媒体展示。

川渝融媒体新闻行动·一江清水向东流

作品信息

作品类型：三等奖·重大主题报道
刊播单位：四川广播电视台
报送单位：四川省新闻工作者协会
作　　者：集体
编　　辑：集体
作品时长：23 分 59 秒
刊播版面：四川卫视《四川新闻联播》
首发日期：2022 年 9 月 27 日

作品简介

作品是由四川广播电视台和重庆广播电视集团（总台）共同发起，联合长江上游沿线三十多家市州台和区县融媒，以专题形式推出的十集系列报道，展现了川渝两省市扎实践行习近平生态文明思想的新成效。

新媒体展示

使用手机扫描下方二维码，即可观看本条获奖作品的新媒体展示。

获奖理由

作品具有三个鲜明特点：一是主题突出，紧扣贯彻落实习近平总书记重要指示精神和迎接党的二十大重大主题；二是表达创新，以崭新视角升级视觉体验；三是传播有力，以小故事承载大主题，让正能量获得了大流量。

先进制造业企业究竟先进在哪里

作品信息

作品类型：三等奖·重大主题报道
刊播单位：《工人日报》
报送单位：工人日报社
作　　者：集体
编　　辑：王群、丁军杰
作品字数：6 750 字
刊播版面：企业新闻 6 版
首发日期：2022 年 11 月 29 日

作品简介

作品从企业生产车间、研发实验室等新闻现场撷取了鲜活的细节，生动展示了先进制造业企业利用前沿数字技术和制造装备，提升现有产业发展水平与生产效率的过程，为传统制造业焕发新活力、加快产业转型升级步伐、助推高质量发展提供借鉴。

获奖理由

作品的报道内容涵盖了安徽、北京、辽宁等地先进制造业企业，发掘出一批做法优、有成效、可推广的经验做法，以人串联故事，以故事折射企业变革，着重突出企业创新点，让报道更接地气、更具可读性。

新媒体展示

使用手机扫描下方二维码，即可观看本条获奖作品的新媒体展示。

十年·巨变
——人民情怀(第一集)

作品信息

作品类型:三等奖·重大主题报道
刊播单位:新疆广播电视台
报送单位:新疆新闻工作者协会
作　　者:集体
编　　辑:李玲、张家笠、王刚
作品时长:4小时20分钟
刊播版面:新疆卫视
首发日期:2022年10月11日

作品简介

作品由新疆维吾尔自治区党委宣传部指导,牢牢抓住新疆工作总目标,聚焦党的十八大以来新疆大地发生的一系列变化,从依法治疆、团结稳疆、文化润疆、富民兴疆、长期建疆等五个方面讲述中国故事的新疆篇章。

新媒体展示

使用手机扫描下方二维码,即可观看本条获奖作品的新媒体展示。

获奖理由

作品全面展现了习近平总书记对新疆166万多平方公里辽阔土地的似海深情,对2 500多万各族干部群众的如山厚爱,展现了自治区党委完整准确贯彻落实新时代党的治疆方略的生动实践,是重大主题宣传报道中的一部精品力作。

着力推进"四个创建"
努力做到"四个走在前列"

作品信息

作品类型:三等奖·重大主题报道
刊播单位:《西藏日报》
报送单位:西藏自治区新闻工作者协会
作　　者:廖嘉兴、周辉、李梅英、刘倩茹、
　　　　　章正、扎西白玛
编　　辑:罗梦瑶、王艺霏、刘文涛
作品字数:6 108字
刊播版面:《西藏日报》汉文报要闻1版
首发日期:2022年2月11日

作品简介

文章深入贯彻落实习近平总书记关于西藏工作重要指示和新时代党的治藏方略,既有高远立意,又有感人细节,生动展现了全区上下各族干部群众踔厉奋发、砥砺前行,奋力开创社会主义现代化新西藏建设新局面的铿锵步伐。

获奖理由

文章充分展现了西藏各族干部群众深入贯彻落实习近平总书记关于西藏工作重要指示和新时代党的治藏方略的生动实践,反映了各行业坚定不移抓好稳定发展生态强边事业的火热进程,全面展现了雪域高原各项事业取得的历史性成就。

新媒体展示

使用手机扫描下方二维码,即可观看本条获奖作品的新媒体展示。

锦绣山河看变化

作品信息

作品类型:三等奖·重大主题报道
刊播单位:循化县广播电视台融媒体中心
报送单位:青海省新闻工作者协会
作　　者:集体
编　　辑:马忠明
作品时长:35分13秒
刊播版面:循化县广播电视台新闻综合频道
　　　　《看循化》
首发日期:2022年10月17日

作品简介

作品从母亲河黄河、草原、森林、山脉以及城市发展、惠民利民等多个方面,展示循化县近几年的变化和发展,最大的亮点就是在实景演播室呈现3D建模和二维特技,把青山绿水、城市建设和牛羊湖泊搬到演播室,颇具现场感。

新媒体展示

使用手机扫描下方二维码,即可观看本条获奖作品的新媒体展示。

获奖理由

青海省海东市循化撒拉族自治县融媒体中心作为县级媒体,能够解放思想、拓宽思路,应用3D建模和二维特技进行创作,可谓创意十足、新风扑面、画面壮观、撼动人心,作品质量较高。

一条刀鱼背后的长江大保护

作品信息

作品类型:三等奖·重大主题报道
刊播单位:《解放日报》
报送单位:上海市新闻工作者协会
作　者:宰飞
编　辑:张奕
作品字数:2 020 字
刊播版面:1 版
首发日期:2022 年 1 月 7 日

作品简介

文章采用场景、故事、数据等多种表达手段,全方位梳理了 6 年来长江刀鱼的保护历程与成效,通过长江刀鱼的消失与重现这一细微角度反映整个长江生态的改变,从而反映了近 6 年来长江大保护的显著成果。

获奖理由

文章立意深而切口小,接地气、不生硬,以生动的文字阐释了一个重大主题。这篇报道在形式和内容上均有创新之处,对如何做好政治性极强的重大主题报道做了有益探索,受到普通读者和新闻界同行的好评。

新媒体展示

使用手机扫描下方二维码,即可观看本条获奖作品的新媒体展示。

盛世迎盛会
"舰"证这十年

作品信息

作品类型:三等奖·重大主题报道
刊播单位:《人民海军》
报送单位:军委政治工作部宣传局
作　　者:集体
编　　辑:王庆厚、马宁、许林博
作品字数:15 585字
刊播版面:一版、二版、四版
首发日期:2022年9月20日

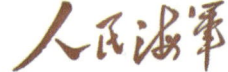

作品简介

作品以"首"字为主题进行报道,全方位反映了海军航母部队10年来的实践、开拓、创新、发展之路,展现了以辽宁舰为"首舰"的航母部队白手起家、破浪前行,创造了令世人瞩目的"中国速度"的生动实践。

新媒体展示

使用手机扫描下方二维码,即可观看本条获奖作品的新媒体展示。

获奖理由

作品政治站位高、主题鲜明,以"首"字为主题,不仅全方位反映了海军航母部队10年来的实践、开拓、创新、发展之路,更反映了人民海军在习主席掌舵领航下,向着全面建成世界一流海军勇毅前行的奋斗历程。

学报告 悟思想 开新局
深入学习贯彻党的二十大精神

作品信息

作品类型:三等奖·重大主题报道
刊播单位:《中国纪检监察报》
报送单位:中央纪委国家监委新闻传播中心
作　　者:集体
编　　辑:集体
作品字数:11 162字
刊播版面:要闻 一版
首发日期:2022年10月31日

作品简介

文章在表达上下足功夫,文字夹叙夹议、述论结合,增添细节支撑和背景解读,意涵深刻、思想性强,全面准确、客观辩证地解读我们党在新征程上举什么旗、走什么路、以什么样的精神状态、朝着什么的目标继续前进等重大问题。

获奖理由

文章主题鲜明、理论水平高,以高度的政治敏锐性把握精髓、揭示要义,紧密联系广大党员干部群众思想和工作实际,并充分结合纪检监察具体工作,教育引导广大纪检监察干部做到学思用贯通、知信行统一,呈现出独到的风格特点。

新媒体展示

使用手机扫描下方二维码,即可观看本条获奖作品的新媒体展示。

温暖的牵挂 殷切的嘱托

作品信息

作品类型:三等奖·重大主题报道
刊播单位:山西广播电视台
报送单位:山西省新闻工作者协会
作　　者:陈青源、张建国、李夫丁、郝建军、
　　　　　康熙如、王晋、张锐
编　　辑:陈青源、张建国、李夫丁
作品时长:18分45秒
刊播版面:山西综合广播《山西新闻》
首发日期:2022年2月1日

作品简介

作品以现场回顾的形式呈现,多侧面展示了全省上下贯彻落实习近平总书记考察调研山西重要指示精神的生动实践,集中反映了山西广大干部群众与全国亿万人民一道,为实现中华民族伟大复兴的中国梦而不懈奋斗的坚定信心和决心。

新媒体展示

使用手机扫描下方二维码,即可观看本条获奖作品的新媒体展示。

获奖理由

作品题材重大,精心策划,精心打磨,精心制作,注重思想性与故事性相结合,强化故事性叙述与细节展示,突出现场还原,有效地提升了报道的生动性和感染力,彰显了主流媒体的公信力、传播力、影响力。

贯彻党的二十大精神大型融媒直播
——放歌钱塘江

作品信息

作品类型:三等奖·重大主题报道
刊播单位:浙江广播电视集团中国蓝新闻客户端
作　　者:集体
编　　辑:集体
发布平台:中国蓝新闻客户端
作品字数:60 094字
作品时长:3小时20分钟
首发日期:2022年11月4日

作品简介

作品紧扣"思想如水,水润大地"的策划主线,通过多场景互动宣讲、多视角影像呈现、多点位记者蹲点,用"一条大江串起各地新气象",以浙江上下放歌新时代,奋进新征程的生动故事,展现总书记思想的时代光芒和实践伟力。

获奖理由

作品通过多场景互动宣讲、多视角影视呈现、多机位蹲点守候,以钱塘江为主线,串联起浙江各地的新气象。作品用强大的融媒体矩阵,以水陆空的全视角、年轻态的活力表达,呈现出一部具有鲜明融媒体特色的二十大精神宣传的精品力作。

新媒体展示

使用手机扫描下方二维码,即可观看本条获奖作品的新媒体展示。

秦岭最长输水隧洞今天贯通 施工综合难度世界罕见

作品信息

作品类型：三等奖·重大主题报道
刊播单位：陕西广播电视台
报送单位：陕西省新闻工作者协会
作　　者：许革武、李阳、董少波、刘权锋、
　　　　　况元媛
编　　辑：李彤、蔡英
作品时长：3分31秒
刊播版面：陕西卫视《陕西新闻联播》
首发日期：2022年2月22日

作品简介

作品以秦岭输水隧洞贯通这一新闻事件为切入点，通过记者现场出镜、三维动画演示、权威专家采访等多种方式，全面展示了此项水利工程的重要性、艰难性和创造性，现场感强、演示生动、采访到位。

新媒体展示

使用手机扫描下方二维码，即可观看本条获奖作品的新媒体展示。

获奖理由

作品展示了在秦岭埋深1800米处隧洞贯通的历史时刻，在丰富的电视画面中加入形象的三维动画，在采访中权威专家生动介绍了工程的重大意义，是一组兼具形象性、科学性、权威性的优秀报道。

祖国需要我 我更需要祖国

作品信息

作品类型：三等奖·重大主题报道
刊播单位：江苏省广播电视总台
报送单位：江苏省新闻工作者协会
作　　者：周洋、陈凌云
编　　辑：严园园、王卫刚
作品时长：16分13秒
刊播版面：江苏新闻广播《新闻故事》栏目
首发日期：2022年5月31日

作品简介

作品着重写南京大学留学归国青年学者，但又跳出了这群青年。记者通过运用"两弹一星"功勋程开甲的声音素材、档案馆的相关采访等刻画了老一辈科学家科技报国的初心；通过年轻学生的声声"宣言"，更是凝聚了奉献青春的强大力量。

获奖理由

作品主题重大，新闻性强，以总书记回信为由头对南京大学留学归国人员故事进行挖掘，充分展现"国"和"人"的紧密关联，传递献身祖国、奉献青春的强大力量，对于中国的当下和未来都具有极其重大的意义。

新媒体展示

使用手机扫描下方二维码，即可观看本条获奖作品的新媒体展示。

时间向前，中国向上！
"十画十说"中国经济 历史性跃升！

作品信息

作品类型：三等奖·重大主题报道
刊播单位：经济日报微信公众号
报送单位：经济日报社
作　　者：王智、姜范、乔申颖、王玥、万政、
　　　　　陶天添、勾明扬
编　　辑：集体
作品字数：1305字
发布平台：经济日报微信公众号
首发日期：2022年11月10日

作品简介

作品是《经济日报》突出经济特色，加快融合发展，利用新技术深入学习宣传贯彻党的二十大精神的重点作品，视觉元素丰富，兼具互动性与可读性，以艺术的可视手段和凝练的文字叙述多维度呈现了我国经济的强大韧性和潜力。

新媒体展示

使用手机扫描下方二维码，即可观看本条获奖作品的新媒体展示。

获奖理由

作品紧扣党的二十大精神，站位高、分量重、内容实、设计巧、呈现美，在丰富的素材基础上精益求精，对重大主题的报道进行了轻量化表达探索，是一款适合网络传播的融合创新产品，刊发后受到网民的高度认可。

向梦想靠近·南通好通

作品信息

作品类型:三等奖·重大主题报道
刊播单位:新华社客户端、南通日报社南通发布客户端
报送单位:江苏省新闻工作者协会
作　　者:集体
编　　辑:王洪流
发布平台:新华社客户端、南通发布客户端
作品时长:6分38秒
首发日期:2022年11月11日

作品简介

作品采用"读城"方式,以总书记嘱托为指引,以南通作为"样本",对高质量发展进行选题、破题、解题,央地联合聚焦纪录一座城市和这座城市的人民对美好生活的向往,以及向梦想不断靠近的奋斗历程。

获奖理由

作品紧扣时代要求,记录基层实践,展现奋斗追求。主题聚焦,调查深入,视角独特,制作精美,反响强烈,形成全国东中西部梯次传播,为学习宣传贯彻二十大精神、全面开启中国式现代化新征程提供了有力有效的舆论支持。

新媒体展示

使用手机扫描下方二维码,即可观看本条获奖作品的新媒体展示。

福地种"福米"

作品信息

作品类型：三等奖·重大主题报道
刊播单位：《闽西日报》
报送单位：福建省新闻工作者协会
作　　者：高营光、丘启龙
编　　辑：莫志强、赖维炎
作品字数：1 168 字
刊播版面：《闽西日报》第一版
首发日期：2022 年 11 月 1 日

作品简介

福建长汀曾是南方红壤区水土流失最严重地区之一，习总书记曾五次调研。记者跟踪报道，以农业专家测产"福香占"水稻品种为切入点，采访院士、种粮大户等群体，报道"福米"高产秘诀和当地藏粮于地、藏粮于技的实践。

新媒体展示

使用手机扫描下方二维码，即可观看本条获奖作品的新媒体展示。

获奖理由

文章主旨鲜明、立意高远、气势雄浑，充分展现成就的同时也深刻阐释经验。既有严密精当的逻辑结构，又有感性生动的创新表达，文章展现出任仲平这一大型政论品牌的眼界、格局和历久弥新的生命力。

《答卷：阜平这十年》第四集《乡村振兴》

作品信息

作品类型：三等奖·重大主题报道
刊播单位：河北广播电视台
报送单位：河北省新闻工作者协会
作　　者：集体
编　　辑：杨之行、张晓雯、刘亚楠
作品时长：28分35秒
刊播平台：河北广播电视台农民频道
首发日期：2022年9月15日

作品简介

该片以习近平总书记视察阜平贫困山区为引子，展示阜平践行嘱托、努力实现脱贫攻坚奔小康的过程。该集着眼当下，阜平脱贫攻坚成果与乡村振兴衔接工作有条不紊，体现出阜平作为中国反贫困斗争的样本意义。

获奖理由

该作品紧紧围绕新闻舆论工作重点——脱贫攻坚与乡村振兴，选题宏大，落笔细微；关注国家大政方针，聚焦平凡人物，用事实说话，用变化打动人，寻求情感共鸣点，小故事体现大情怀。

新媒体展示

使用手机扫描下方二维码，即可观看本条获奖作品的新媒体展示。

北京这十年

作品信息

作品类型：三等奖·重大主题报道
刊播单位：北京广播电视台
报送单位：北京市新闻工作者协会
作　　者：集体
编　　辑：集体
作品时长：22分53秒
刊播平台：北京新闻广播《北京新闻》
首发日期：2022年7月1日

作品简介

《北京这十年》是北京广播电视台为迎接党的二十大召开策划的融媒体报道。"足迹""声音""变迁""答卷"4个篇章共40集报道，展示了以习近平同志为核心的党中央治国理政新理念、新思想、新战略在京华大地的生动实践。

新媒体展示

使用手机扫描下方二维码，即可观看本条获奖作品的新媒体展示。

获奖理由

该报道在迎接二十大报道的同题作文中做出了特色，较好地实现了宏大主题和受众利益的统一。内容和形式都有比较讲究的策划设计，每篇报道都以习总书记的指示、活动和声音切入，风格统一，为报道确定基调。

三等奖

"蹲点记·中国式现代化的海南实践"

作品信息

作品类型：三等奖·重大主题报道
刊播单位：海南日报客户端
报送单位：海南省新闻工作者协会
作　　者：集体
编　　辑：集体
作品时长：26 分 28 秒
发布平台：海南日报客户端
首发日期：2022 年 12 月 23 日

作品简介

该系列视频结合海南全省开展的学习宣传贯彻党的二十大精神系列宣讲活动，分为四期，分别沿着"高质量发展""共同富裕""生态环保""精神文明"四条线路，通过纪实手法蹲点跟拍记录，探寻中国式现代化的海南实践。

获奖理由

该作品策划先行，采访扎实，结构清晰，有深度有广度，内容丰富；"引线"设计巧，主流叙事"新"；语态"活"，有趣有料；切口小，站位高，系列报道有声、有色、有气势；视频制作精良，传播力广。

新媒体展示

使用手机扫描下方二维码，即可观看本条获奖作品的新媒体展示。

我和我的村庄

作品信息

作品类型：三等奖·重大主题报道
刊播单位：《农民日报》
作　　者：集体
编　　辑：集体
作品字数：19 161 字
刊播版面：脉动 八版
首发日期：2022 年 9 月 14 日

作品简介

迎接党的二十大胜利召开之际，推出七期深度报道，聚焦党的十八大以来"三农"领域政治、经济、文化、社会、生态文明等方面的改革变迁，通过村庄和与村庄关系紧密的人物，还原大时代的小人物以及小人物经历的大时代。

新媒体展示

使用手机扫描下方二维码，即可观看本条获奖作品的新媒体展示。

获奖理由

作品采用以小观大的写法，选取微观角度折射中国的宏观发展，对党的十八大以来乡村社会生产生活的变迁进行了生动、细腻、真实的描述。摸着时代的脉搏写作，形式新颖，内容丰富，思考深刻，社会影响力、传播力较大。

领航中国·我们的新时代

作品信息

作品类型：三等奖·重大主题报道
刊播单位：内蒙古广播电视台
报送单位：内蒙古自治区新闻工作者协会
作　　者：集体
编　　辑：王丽霞、谢莹泊、苏畅
作品时长：20分29秒
刊播版面：《内蒙古新闻联播》
首发日期：2022年10月2日

作品简介

四集系列报道中，记者深入福建、浙江、湖南等习近平新时代中国特色社会主义思想发源地、首倡地，用镜头展现习近平新时代中国特色社会主义思想在全国各地的生动实践，在全国发展大局中展现内蒙古的非凡十年。

获奖理由

此系列报道一是站位高、落地实；二是调研深、模式新；三是形式新、价值高。报道善于使用电视传播语言，大量记者出镜进行现场报道，采访细节和新闻故事，让整个报道鲜活、生动，感染力和传播力都非常强，不失为一篇佳作。

新媒体展示

使用手机扫描下方二维码，即可观看本条获奖作品的新媒体展示。

京　味

作品信息

作品类型:三等奖·国际传播
刊播单位:北京广播电视台客户端"北京时间"
报送单位:北京市新闻工作者协会
作　　者:集体
编　　辑:颜匀
作品时长:11分2秒
发布平台:北京广播电视台客户端"北京时间"
首发日期:2022年9月24日

作品简介

30集《京味》系列微纪录片,是历时两年精心打造的国际传播融媒作品,生动讲述了十年来北京贯彻落实习近平新时代中国特色社会主义思想取得的巨大成就,呈现北京"首都风范、古都风韵、时代风貌"的大国首都气象。

新媒体展示

使用手机扫描下方二维码,即可观看本条获奖作品的新媒体展示。

获奖理由

《京味》是为党的二十大营造良好舆论氛围的国际传播精品力作,是首都媒体贯彻落实习近平总书记加强国际传播能力建设重要讲话精神,发挥首都主流媒体职能,把握报道契机,深挖区域特色资源,做好国际传播的成功范例。

被人类养大的东方白鹳
如何回归野外

作品信息

作品类型：三等奖·国际传播
刊播单位：天津海河传媒中心
报送单位：天津市新闻工作者协会
作　　者：吴昱滨、陶微微、刘晓梅
编　　辑：李思媛、王栋、刘承军
作品时长：10 分 45 秒
刊播版面：全景中国
首发日期：2022 年 12 月 30 日

作品简介

2022 年，三只被救助的东方白鹳在天津市七里海湿地自然保护区被集中放飞。野化训练后，成功回归自然，这样的情况极为罕见！记者进行了追踪报道，在东方白鹳幼鸟被发现的第一时间报道东方白鹳的近况，回应社会关切。

获奖理由

记者历时几个月跟踪东方白鹳一波三折回归野生大家庭的故事，生动讲述了东方白鹳跨境迁徙要道——天津在湿地生态和动物保护方面的努力和成果。报道视角独特、鲜活生动、广播特点突出、制作精良，充满人文关怀，意义重大，影响广泛。

新媒体展示

使用手机扫描下方二维码，即可观看本条获奖作品的新媒体展示。

The Three Gorges High Speed Rail
(三峡高铁)

作品信息

作品类型:三等奖·国际传播
刊播单位:重庆国际传播中心 iChongqing 官网
报送单位:重庆市新闻工作者协会
作　　者:集体
编　　辑:陈玉玲、晏语、李馨怡
作品字数:2 415 字
作品时长:2 时 38 分 14 秒
发布平台:iChongqing 官网
首发日期:2022 年 6 月 5 日

作品简介

该作品以英文海外直播、深度报道、专题视频、Vlog、短视频、新媒体海报等融媒体报道形式,从"三峡高铁"修建通车的过程、建设难点、技术创新、设计亮点、工匠精神等多角度讲述这一新时代的中国故事。

新媒体展示

使用手机扫描下方二维码,即可观看本条获奖作品的新媒体展示。

获奖理由

该组报道主题鲜明、采访深入,充分运用融媒体报道手法,全景式深度呈现"三峡高铁"的中国发展故事,是这项大国工程最完整、最深入的英文融媒体报道,是面向世界讲好重庆故事、传播好中国声音的代表作品。

Xinhua Commentary: Meltdown of "Shining City on a Hill"
(新华评论:"山巅之城"的沦陷)

 ## 作品信息

作品类型:三等奖·国际传播
刊播单位:新华社
作　　者:王宾、孙楠、温馨
编　　辑:集体
作品字数:774字
刊播版面:通稿
首发日期:2022年4月15日

 ## 作品简介

美国无视自身在人权、民主、国际道义等方面劣迹斑斑,长期以来打着人权、民主、道义的幌子打压遏制抹黑他国,严重损害各国人民利益。记者设置议题,揭开美方虚伪面纱,直指其霸凌霸权霸道本质,戳破"美国神话"的肥皂泡。

 ## 获奖理由

此篇作品以英文写作,对于美国霸凌霸权霸道的行径展开系统揭批,立意深刻、论据充分、逻辑严密、行文流畅,学理性与可读性兼顾,体现出一定的理论功底和扎实的写作功力,获得众多国际主流媒体的采用,可谓佳作。

 ## 新媒体展示

使用手机扫描下方二维码,即可观看本条获奖作品的新媒体展示。

在栉风沐雨中顽强 于风雨交加中担当
——中国华冶巴基斯坦杜达铅锌矿中巴员工携手抗洪记

作品信息

作品类型:三等奖·国际传播
刊播单位:《中国冶金报》
报送单位:中国报纸副刊研究会
作　　者:刘凯
编　　辑:郑洁
作品字数:5 442字
刊播版面:副刊4版
首发日期:2022年12月9日

作品简介

该作品讲述了2022年6月底巴基斯坦遭遇百年不遇严重洪涝灾害,造成重大人员伤亡和财产损失,"一带一路"中巴经济走廊沿线项目的中资企业——中国五矿中冶集团的中国华冶杜达矿业有限公司迅速行动,尽己所能救灾,中巴员工携手抗洪的故事。

新媒体展示

使用手机扫描下方二维码,即可观看本条获奖作品的新媒体展示。

获奖理由

作者既是事件的记述者,又是事件的亲历者。作为国际传播的一篇特写,作者将珍贵的一手资料立体呈现,鲜活地诠释了中国与巴基斯坦两国人民的深情厚谊。其英文版在巴基斯坦主流媒体刊发后,也引发巴基斯坦各界的广泛赞扬。

三宝村的"农民艺术家"

📧 作品信息

作品类型:三等奖·国际传播
刊播单位:凤凰卫视美洲台
报送单位:江西省新闻工作者协会
作　　者:巫宜凇、朱林、乐金金、金飞、平思、张国辉、王弢
编　　辑:樊辉璐、贾珍珍、王佳
作品时长:8 分
刊播版面:PSTV 凤凰卫视
首发日期:2022 年 12 月 29 日

💻 作品简介

该片讲述了一个从未学过绘画的景德镇三宝村村民齐冬根,因为时代和村庄的发展变迁,在 40 岁时成为瓷板画家,和他所在的三宝村一起"走向世界"的传奇经历,以他跟外国艺术家们的交往为线索构建故事,引发海内外受众共鸣。

获奖理由

该作品具有国际视野,瓷文化主题体现中华文化鲜明特色。将鲜活的个人故事与乡村振兴发展以及江西地域文化特色相结合,是中国文化国际表达的生动实践。该片画面精美、制作精良。

📶 新媒体展示

使用手机扫描下方二维码,即可观看本条获奖作品的新媒体展示。

Who sows seeds of confrontation and reaps profits from turmoil? Standing on the right side of history the only way to resolve Ukraine crisis [俄乌冲突的历史经纬与时代警示(上、下)]

作品信息

作品类型：三等奖·国际传播
刊播单位：《环球时报》英文版
报送单位：光明日报社
作　　者：余晓葵、曹元龙、李曾骙
编　　辑：集体
作品字数：9 676 字
发布平台：环球时报英文版
首发日期：2022 年 4 月 8 日

作品简介

本文立论有力，论述充分，破立结合，鞭辟入里。在溯源乌克兰危局的基础上，详论化解危机之道，从劝和促谈、防止危机外溢到构建全球普遍安全，以浩然正气、光明理性激浊扬清，体现了中国客观公正的立场与世界人民呼吁和平发展的心声。

新媒体展示

使用手机扫描下方二维码，即可观看本条获奖作品的新媒体展示。

获奖理由

文章前后呼应，鞭辟入里，清晰阐明了我国客观公正的立场。

Who am I ?
(我是谁？——《CPC》)

作品信息

作品类型：三等奖·国际传播
刊播单位：人民日报英文客户端
报送单位：中国记协新媒体专业委员会
作　　者：余荣华、张世悬、王嵘、刘杰、赵丹彤、
　　　　　谷琛、陆东
编　　辑：集体
作品时长：2分
发布平台：人民日报英文客户端
首发日期：2022年10月19日

作品简介

本片以习近平总书记在党的二十大报告中提出的"我们党立志于中华民族千秋伟业，致力于人类和平与发展崇高事业"重要论述为主线展开，以英文旁白、朴素话语、生动影像讲述中国共产党奋斗历程，向全世界回答了"我是谁""为了谁"的重要问题。

获奖理由

本片用国际化的表达方式、人格化的视角、大开大合的视觉语言，将宏大主题与微观叙事结合，还原中国共产党奋斗历程，向全世界生动展现了大党大国的光辉形象，是党的二十大对外报道中具有鲜明特色、传播效果显著的力作。

新媒体展示

使用手机扫描下方二维码，即可观看本条获奖作品的新媒体展示。

《大河之洲》第一集 《生灵》

作品信息

作品类型:三等奖·国际传播
刊播单位:山东广播电视台、澳大利亚天和电视台
报送单位:山东省新闻工作者协会
作　　者:集体
编　　辑:刘卫斌、林闯、徐华鋆
作品时长:2时48分30秒
刊播版面:澳洲天和视野综合频道特别节目
首发日期:2022年11月7日

作品简介

该自然纪录片创新式地展现了习近平总书记关于黄河流域生态保护和高质量发展重要论述在黄河三角洲的生动实践。全片共三集:《生灵》《家园》《和合》,从生物多样性、生态保护和高质量发展三个维度展现了黄河三角洲的自然之美、人文之美。

新媒体展示

使用手机扫描下方二维码,即可观看本条获奖作品的新媒体展示。

获奖理由

该片高站位、宽视野、重细节,不仅生动展示了我国在生态文明建设、可持续发展等方面的贡献,还向国际社会展现了"人与自然和谐共生"的中国成果、"共建地球生命共同体"的中国理念和中国智慧。

一位武汉农民的人与自然
——让"国宝鸭"爱上小龙虾

作品信息

作品类型:三等奖·国际传播
刊播单位:湖北日报客户端
报送单位:湖北省新闻工作者协会
作　　者:成熔兴、马文俊、杨然、彭艺博、李冲
编　　辑:集体
作品字数:2 216 字
作品时长:4 分 2 秒
首发日期:2022 年 11 月 7 日

作品简介

党的十八大以来,"千湖之省"湖北扎实推进生态文明建设,湿地保护及修复工作成绩斐然。随着中国生态文明建设深入,人与自然和谐共处的生态观深入人心。报道组按"图文+视频"的形式制作作品,用小人物展现宏大主题。

获奖理由

报道抓住了《湿地公约》第十四届缔约方大会在湖北武汉召开的海外传播窗口期,通过富有地域特色的小切口、小人物、小故事开展海外传播,展现中国生态文明建设的卓越成就。该作品具有角度巧,提炼准,形式全等特点。

新媒体展示

使用手机扫描下方二维码,即可观看本条获奖作品的新媒体展示。

寻漆中国的法国漆匠·在乡村

作品信息

作品类型：三等奖·国际传播
刊播单位：成都市广播电视台
报送单位：四川省新闻工作者协会
作　　者：卢敏、段体帅、蔡易明、廖玮佳
编　　辑：李艳、杨少萍
作品时长：23分56秒
刊播版面：成都市广播电视台五频道《西望成都》栏目、香港卫视、澳门有线电视、台湾中天亚洲台、凤凰卫视欧洲台、英国普罗派乐卫视、Chengdu Plus 海外社交媒体账号（油管、脸书等）
首发日期：2022年8月20日

作品简介

本片运用纪录拍摄、航拍和微距手法，讲述在中国十多年的法国艺术家文森·漆，立足"中国生漆之乡"重庆市城口县，用艺术创作参与"传统文化＋产业"的乡村振兴新路径。该作品突出乡村建设成效，也表达了不同文明的交相辉映。

新媒体展示

使用手机扫描下方二维码，即可观看本条获奖作品的新媒体展示。

获奖理由

作品先后获得第31届中国电视金鹰奖四川地区电视纪录片一等奖，中国外文局第四届"第三只眼看中国"国际短视频大赛一等奖和最佳摄影奖，以及"第十四届四川省巴蜀文艺奖"，是反映中国乡村振兴和建设和美乡村题材的国际传播佳作。

对手的祝福

作品信息

作品类型：三等奖·国际传播
刊播单位：《中国日报》
报送单位：中国新闻摄影学会
作　　者：魏晓昊
编　　辑：朱锋、耿菲菲、武晓慧
作品字数：220字
刊播版面：国际版头版
首发日期：2022年2月15日

作品简介

2022年2月14日，中国选手徐梦桃夺得北京2022年冬奥会自由式滑雪女子空中技巧赛冠军。记者在零下30多度的极寒天气中坚守两个多小时，抓拍到获得亚军的美国选手阿什莉·考德威尔为徐梦桃送上祝福、二人相互拥抱的感动瞬间。

获奖理由

超越国界的奥运之美，体育交流的人文之美，动态摄影的瞬间之美，喜极而泣的收获之美，中国日报记者魏晓昊这幅新闻摄影作品可谓"多美"俱佳之作。

新媒体展示

使用手机扫描下方二维码，即可观看本条获奖作品的新媒体展示。

中国海拔最高县
西藏双湖县生态搬迁记

作品信息

作品类型:三等奖·国际传播
刊播单位:新华社
报送单位:新华通讯社
作　　者:集体
编　　辑:集体
作品字数:3357字
刊播版面:英文对外专线、海外社交媒体
首发日期:2022年7月19日

作品简介

在寒冷缺氧的环境下,记者通过英文图片故事详尽记录了双湖县牧民的历史性迁徙,展现了牧民搬迁的不易,表现了群众对新生活的向往。同时摄影部和西藏分社紧密协作,实现了当日采、当日编、当日发的采编一体化流程。

新媒体展示

使用手机扫描下方二维码,即可观看本条获奖作品的新媒体展示。

获奖理由

中国海拔最高县域内发生的人与环境之间的故事,本身就具有独特的新闻价值和传播价值。摄影报道团队选取不同的场景、对象、视野、瞬间,立体化全过程呈现真实场景,画面见人见物见情感,组照有点、有面、有逻辑。

High-Speed Rail: A Prime Example of China's Independent Innovation
(高铁：中国自主创新的成功范例)

作品信息

作品类型：三等奖·国际传播
刊播单位：求是英文网
报送单位：中国记协新媒体专业委员会
作　　者：于波、王翠芳、聂悄语、衣小伟、
　　　　　连元、周茉丹、周彪
编　　辑：衣小伟、聂悄语
作品字数：551字
作品时长：4分10秒
首发日期：2022年6月28日

作品简介

高铁的高质量发展是"奋进新征程 建功新时代"最具代表性的成就之一。主创以此为选题，将文字和短视频相结合，生动介绍了中国高铁高质量发展的最新成就，从而彰显中国高铁自主创新伟大实践背后的政治优势、制度优势。

获奖理由

选题精当，视角独特，从中国现代化高速铁路网切入，较为全面地介绍我国具有自主知识产权的世界先进高铁技术体系，该作品生动直观地展现了中国高铁建设的历史性变化，寓思想性、理论性、知识性、观赏性于一体，取得较好国际传播效果。

新媒体展示

使用手机扫描下方二维码，即可观看本条获奖作品的新媒体展示。

千城胜景｜天山腹地迎丰收 风吹麦浪雁纷飞

 作品信息

作品类型：三等奖·国际传播
刊播单位：新华社客户端
报送单位：新疆生产建设兵团新闻工作者
　　　　　协会
作　　者：王文川、邢天伦
编　　辑：王侯
作品时长：58 秒
首发日期：2022 年 9 月 1 日

作品简介

位于东天山腹地的新疆生产建设兵团第十三师红山农场的 7.4 万亩春小麦喜迎丰收季，金黄的麦穗连成一片，就像一片金色的海洋。2022 年的秋天，最吸引人的不只是金秋丰收景象，还有万亩麦浪与大雁齐飞的奇观。

新媒体展示

使用手机扫描下方二维码，即可观看本条获奖作品的新媒体展示。

获奖理由

微视频《千城胜景｜天山腹地迎丰收 风吹麦浪雁纷飞》在新华社客户端《千城胜景》栏目刊发。作品立足生态文明，用大量生动鲜活的画面展示了东天山人与自然的和谐发展，向世界展示了新疆兵团生态文明建设成果。

时空大折叠
——云南的生物多样性

作品信息

作品类型:三等奖·国际传播
刊播单位:云南广播电视台
报送单位:云南省新闻工作者协会
作　　者:集体
编　　辑:杨维涵、卢钢
作品时长:8分43秒
刊播版面:云南卫视《云南新闻联播》
首发日期:2022年12月13日

作品简介

云南作为中国生物多样性最丰富的地区之一,在习近平生态文明思想指引下,为保护生物多样性做了众多努力与探索。本片由云南省生态环境厅与云南广播电视台联合出品,生动展示了云南生物多样性保护的成就。

获奖理由

云南生物多样性宣传片《时空大折叠——云南的生物多样性》系统展示了云南作为"植物王国""动物王国"和"世界花园"的成因、物种多样性现状和民族多样性现状、物种资源的可持续利用等,生动展示了云南生物多样性保护的成就。

新媒体展示

使用手机扫描下方二维码,即可观看本条获奖作品的新媒体展示。

乘着包机来义乌

作品信息

作品类型：三等奖·国际传播
刊播单位：《工人日报》
报送单位：工人日报社
作　　者：邹倜然、卢发扬
编　　辑：王群、丁军杰
作品字数：2 141字
刊播版面：企业新闻6版
首发日期：2022年11月22日

作品简介

报道以跨境包机为切入点，通过多方采访、深入调研，细致采访了多位亲身经历者，详细展示了在疫情防控政策调整之际，义乌如何"把停滞的快递订单补回来"的闯劲和创新力，也反映了此举对外商的实际影响和受欢迎程度。

新媒体展示

使用手机扫描下方二维码，即可观看本条获奖作品的新媒体展示。

获奖理由

报道的亮点在于实现了"信息模式"和"故事模式"的平衡，围绕重要新闻事件主动发声，以符合国际传播的特点生动鲜活地还原事件原貌，让更多的人物和细节真实呈现，实现了共情传播，保证了国际传播的质量和效果。

The Dragon Boat Festival
（一叶粽子香，日子到端阳）

作品信息

作品类型：三等奖·国际传播
刊播单位：郑州报业集团郑州+客户端
报送单位：河南省新闻工作者协会
作　　者：熊维维、徐宗福、崔迎、薛军、孟子扬
编　　辑：安学军、董亚飞、刘书芝
作品时长：3分58秒
首发日期：2022年6月3日

作品简介

"一叶粽子香，日子到端阳"民俗体验活动，在端午节来临之际登场。在郑州工作和生活的摩洛哥姑娘Rim和中外小朋友一起，包粽子、做香囊、划龙舟，领略城市风貌，感受端午习俗，展示了端午文化的文明传承主题。

获奖理由

从国际视角主动策划，邀请外国朋友近距离体验、讲述中国传统文化故事。传播渠道从传统媒体转向网络平台，讲述形式从单一主题转向多样体裁，展示了日益深入人心的传统文化自信，具有较好的国际传播价值。

新媒体展示

使用手机扫描下方二维码，即可观看本条获奖作品的新媒体展示。

义乌有个"阿依乐"

作品信息

作品类型：三等奖·国际传播
刊播单位：中国黄河电视台、吉尔吉斯斯坦德隆电视台
报送单位：浙江省新闻工作者协会
作　　者：集体
编　　辑：方青云、陈建飞、丁丰罡
作品时长：8分10秒
刊播版面：中国黄河电视台美国SCOLA卫星电视网、吉尔吉斯斯坦德隆电视台
首发日期：2022年12月15日

作品简介

"阿依乐"在维吾尔语里是"一家人"的意思。该节目通过莎莎这位来自新疆、能说八种语言的派出所辅警的日常所为，反映了在义乌这个"联合国社区"，尽管居民们肤色不同、语言各异，但相聚在一起，大家就是"阿依乐"。

新媒体展示

使用手机扫描下方二维码，即可观看本条获奖作品的新媒体展示。

获奖理由

节目策划精心、制作精良，以小见大、立意深远，画面精美、剪辑流畅，逻辑清晰，细节呈现感人到位，生动展示了中国开放包容的良好形象和新时代的伟大变革，是一部面向世界讲好中国故事、传播好中国声音的优秀力作。

2022年4月28日
《中国日报》要闻16-17版

📧 作品信息

作品类型:三等奖·国际传播
刊播单位:《中国日报》
报送单位:中国新闻漫画研究会
作　者:田驰、申薇、王恺昊
编　辑:欧淑仪、陈婕、林琦
刊播版面:要闻16—17版
首发日期:2022年4月28日

💻 作品简介

该版面紧扣习近平总书记关于保护历史文化遗产、传承弘扬中华优秀传统文化的一系列重要指示批示精神,从人物入手,以龙门石窟重点佛像为主要图片,通过对数据、佛像寓意等信息进行可视化展示,展现我国文保事业的长足进步。

💬 获奖理由

版面内容紧扣中央精神,展现我国文保事业的进步,反映古丝绸之路上的文明交流。有全局展示也有细节讲述,注重将数据、图表和图像等进行可视化表现,具有现场感和艺术性。版面注重国际传播视角,有知识性和可读性。

📶 新媒体展示

使用手机扫描下方二维码,即可观看本条获奖作品的新媒体展示。

"东西问·中外对话"之中国经济世界观系列报道

作品信息

作品类型：三等奖·国际传播
刊播单位：中国新闻网
作　　者：俞岚、吴庆才、彭大伟、庞无忌、周锐、冯爽、吴辛茹、陈天浩
编　　辑：刘羡、李雨昕、任帅
作品时长：29分21秒
首发日期：2022年3月16日

WWW.CHINANEWS.COM.CN

作品简介

该系列作品输出涵盖图、文、视频，以多语种传播的新媒体产品，在全球地缘政治形势复杂、保护主义抬头之际，借国际高端人士之口有效回应了外部关切，释放了强有力的看好中国、选择中国、携手中国的正面信号。

新媒体展示

使用手机扫描下方二维码，即可观看本条获奖作品的新媒体展示。

获奖理由

作品聚焦"中国经济发展""中外经贸合作"等话题，以中外权威专家观点的碰撞解码政治经济发展的脉络，多语种呈现并传播客观、独家、权威的观点。多篇稿件被受访嘉宾在社交媒体转发推荐，精准覆盖中外政商界高端人士。

从你的世界路过

作品信息

作品类型：三等奖·国际传播
刊播单位：宁夏卫视、迪拜中阿卫视
报送单位：宁夏新闻工作者协会
作　　者：张仁汉、张染、杨绍艺、闫兵、杜迎春、马莉、韩帅
编　　辑：张泉慧、王东、顾建
作品时长：8分43秒
首发日期：2022年12月22日

作品简介

本片以葡萄酒国际旅游目的地推介为主线，将葡萄酒的故事融入美食美景美好生活的祥和画面，在轻松愉悦的氛围中，刻画每一组人物的立体形象，用来宁旅者与葡萄酒的不解之缘，欢迎全世界的朋友们来到宁夏，品味中国。

获奖理由

从独特的人物、小动物切入，快节奏的剪辑勾勒出五个故事，内容丰富，信息量饱满又不失乐趣。同时以点带面，逐渐铺展出宁夏乃至中国葡萄酒产业发展的特色与独具魅力。国内海外媒体同步投放，取得了良好的国际传播效果。

新媒体展示

使用手机扫描下方二维码，即可观看本条获奖作品的新媒体展示。

云南女儿杨洪琼：
我在哪里摔倒，我就要把哪儿碾平

作品信息

作品类型：三等奖·典型报道
刊播单位：云南广播电视台
报送单位：云南省新闻工作者协会
作　　者：李青芸、陈蓉
编　　辑：李青芸、陈蓉
作品时长：11分3秒
刊播版面：新闻频率《追梦之声》
首发日期：2022年4月22日

作品简介

国家残奥越野滑雪队运动员杨洪琼在2022冬残奥会上勇夺3金，记者通过深入采访，用文字和声音饱含深情地讲述了她抗争人生逆境的感人励志故事，引导和鼓励更多的残疾人自强不息，勇于挑战自己，实现自我的人生价值。

新媒体展示

使用手机扫描下方二维码，即可观看本条获奖作品的新媒体展示。

获奖理由

通过杨洪琼这一人物榜样鲜活的语言和情感，作者清新自然地弘扬主旋律，释放正能量，这考验记者的笔力、脑力，更考验一名记者对典型人物背后时代精神的把握。本文具有时代性、典型性、代表性，受众面广，影响力大。

三等奖

微视频 | 月亮舞台

作品信息

作品类型:三等奖・典型报道
刊播单位:长城新媒体集团冀云客户端、长城网
报送单位:河北省新闻工作者协会
作　　者:张梦琳、刘志成、李全、筵怡
编　　辑:曹朝阳
作品时长:13分5秒
刊播版面:新闻频率《追梦之声》
首发日期:2022年12月27日

作品简介

邓小岚是44个阜平孩子登上北京冬奥会开幕式的筑梦人。她义务耕耘山村音乐教育18年,为山区孩子们建造"月亮舞台",实现音乐梦想,把马兰花儿童声合唱团带出了大山,带上了北京冬奥会的舞台,让世界听到了中国山区孩子的声音。

获奖理由

作品将典型人物报道用讲故事的微纪录片形式呈现,叙事平实,生动感人,特别是其中的大量长期跟踪采访的独家素材,为作品增添了感染力。镜头细腻感人,人物形象亲切丰满,语言朴实真切,是增强"四力"的生动实践。

新媒体展示

使用手机扫描下方二维码,即可观看本条获奖作品的新媒体展示。

来自大凉山的彝族小伙，大学毕业论文致谢写了 6 000 余字

作品信息

作品类型：三等奖·典型报道
刊播单位：长江日报报业集团大武汉客户端
报送单位：湖北省新闻工作者协会
作　　者：张维纳
编　　辑：朱建华
作品字数：2 573 字
作品时长：1 分 11 秒
刊播平台：大武汉客户端
首发日期：2022 年 6 月 16 日

作品简介

报道以四川凉山的彝族小伙苏正民的论文致谢为切入点，在他参加毕业典礼当天以全媒体的方式推出报道，同时后续对苏正民返回凉山支教、2023 年五一期间带学生到武汉研学等持续进行全媒体报道，不断引领舆论。

新媒体展示

使用手机扫描下方二维码，即可观看本条获奖作品的新媒体展示。

获奖理由

整个报道不仅新闻性强，时度效把握得当，还引起多家主流媒体跟进，在全网形成热搜刷屏效应，感染和激励众多网友，并获上级宣传部门阅评肯定，实现了新闻、宣传、融合、传播的有机统一。

"时代楷模"钱海军
老式手机里的50条短信

作品信息

作品类型：三等奖·典型报道
刊播单位：《宁波晚报》
报送单位：浙江省新闻工作者协会
作　　者：杨静雅、林微微
编　　辑：叶飞、董富勇
作品字数：4 857字
刊播版面：A08、A09、A10、A11
首发日期：2022年12月27日

作品简介

自党的十八大提出要积极培育社会主义核心价值观以来，钱海军的志愿服务事业得到了各方大力支持，越做越大。因老人们看到老式手机会感到亲切，他就一直用老式手机。于是，记者精选了他手机里50条短信中的3条串起了他的故事。

获奖理由

作品被多个知名媒体、商业网站和平台转载，产生了巨大的社会影响力和精神感召力。作品时代性强，映射出十八大以来我国志愿服务事业快速发展的过程。作品启迪性强，对我国培育社会主义核心价值观和推进精神文明建设具有借鉴作用。

新媒体展示

使用手机扫描下方二维码，即可观看本条获奖作品的新媒体展示。

记"铁心向党担使命的忠诚卫士"北京总队机动第一支队

作品信息

作品类型：三等奖·典型报道
刊播单位：《人民武警报》
报送单位：中国共产党中央军事委员会政治工作部宣传局
作　　者：张雯、连方宁晨、鲁茉
编　　辑：连方宁晨
作品字数：7 960 字
刊播版面：一版
首发日期：2022 年 7 月 13 日

作品简介

支队的发展历程，正是全军和武警部队在习近平强军思想指引下阔步强军征程的代表和缩影。采编队伍把他们的成长进步放在时代大背景下观察，挖掘生动感人的强军细节，采用故事式的叙述方式，将宏大的主题娓娓道来，引人入胜。

新媒体展示

使用手机扫描下方二维码，即可观看本条获奖作品的新媒体展示。

获奖理由

报道深刻把握迎接党的二十大召开的历史节点，推出这一典型所蕴含的政治考量和价值承载，在历史纵深中刻画了这支部队矢志铁心向党、践行初心使命、勇当强军先锋的特点，展现新时代武警部队忠诚之师、威武之师、文明之师的良好形象。

中国种子里的厦门芯

作品信息

作品类型：三等奖·典型报道
刊播单位：《厦门日报》
报送单位：福建省新闻工作者协会
作　　者：詹文、吴晓菁
编　　辑：赖毅、钟莉、蓝曦
作品字数：4 374 字
刊播版面：A12 版·深读
首发日期：2022 年 5 月 23 日

作品简介

文章立足厦门放眼全国，直面问题、剥丝抽茧，既探寻中国种子背后的硬核厦门芯，讲述种质资源战略高地的创新博弈，又记录下几代育种工作者为实现"中国田里中国种"而攻坚克难的执着，更为中国种业振兴提供了"厦门方案"。

获奖理由

从小处细处着眼折射"国之大者"，及时回应时代课题，是新闻工作者牢记习近平总书记关于"下决心把民族种业搞上去"重要指示精神，以实际行动捍卫"两个确立"、做到"两个维护"、践行增强"四力"要求的精品力作。

新媒体展示

使用手机扫描下方二维码，即可观看本条获奖作品的新媒体展示。

法润大地满眼春
——新时代"寻乌经验"启示录

 ## 作品信息

作品类型:三等奖·典型报道
刊播单位:《江西日报》
报送单位:暨南大学新闻与传播学院
作　　者:梁健、毛江凡
编　　辑:李滇敏、杨学文、舒艳秋
作品字数:7 248 字
刊播版面:视线　5 版
首发日期:2022 年 4 月 7 日

 ## 作品简介

作品从红色传承里诞生的"寻乌经验"这一立足点出发,深度聚焦赣州市、县两级法院,以当年苏区"唯实求真"的寻乌调查精神为指引,持续探索司法参与社会治理和服务乡村振兴,形成新时代"寻乌经验"的典型做法和生动实践。

新媒体展示

使用手机扫描下方二维码,即可观看本条获奖作品的新媒体展示。

 ## 获奖理由

报道聚焦重大主题,立意好,角度新,接地气,有深度,可读性与感染力强,社会反响效果好。其作品主题与当下中央大力倡导的大兴调查研究之风不谋而合,是一篇时效性强、具有典型意义的发时代之先声的作品。

党的女儿：与时代同行

作品信息

作品类型：三等奖·典型报道
刊播单位：湖南广播电视台芒果 TV 客户端
报送单位：湖南省新闻工作者协会
作　　者：梁德平、郑华平、王绍曦、王彬人、
　　　　　许庆、孙璐、庄楠
编　　辑：朱宵涵、王倩雯
作品时长：17 分 51 秒
刊播平台：芒果 TV 客户端
首发日期：2022 年 6 月 28 日

作品简介

主创团队通过实地调研甄选了 10 位曾获得"全国三八红旗手（集体）"荣誉称号的女性共产党员代表，以 10 期报道、每期 15 到 18 分钟的篇幅，真实记录了她们无私奉献、坚守奋斗的先进事迹，是国内为数不多的全景式展现女性党员群像的新闻作品。

获奖理由

作品全方位展现了"全国三八红旗手（集体）"荣誉称号获得者们勇敢、坚毅、钻研、乐观的优秀品质，激励观众尤其是青年观众由人物故事观照现实，去对标为国家、民族、人民而奉献的时代先锋，具有鲜明的价值引领性。

新媒体展示

使用手机扫描下方二维码，即可观看本条获奖作品的新媒体展示。

多年拆违岿然不动 数千栋"坚挺别墅"野蛮侵蚀济南泉域保护区

作品信息

作品类型：三等奖·舆论监督报道
刊播单位：《经济参考报》
报送单位：中国行业报协会
作　　者：王文志
编　　辑：集体
作品字数：4 073 字
刊播版面：经参调查·锐度(8版)
首发日期：2022 年 1 月 13 日

作品简介

记者前后两个月时间多次深入济南南部山区采访，实地勘察违建现状、走访周边居民，对比历次中央环保督查整改实效。该文披露了长期以来，"城里人"蜂拥进入济南南部山区兴建别墅，数量惊人的"私家花园"形成全面侵蚀之势。

新媒体展示

使用手机扫描下方二维码，即可观看本条获奖作品的新媒体展示。

获奖理由

该报道逻辑严密、论证充分、调查翔实，报社记者编辑四易其稿，最终采写出了一篇影响力巨大的精品力作。同时报道对问题解决起到有力推动作用。济南市委、市政府立即召开专题会议，对涉及违法违规的建筑坚决拆除。

110平方米的房子"到手"仅61平方米

作品信息

作品类型:三等奖·舆论监督报道
刊播单位:《法治日报》
报送单位:法治日报社
作　　者:孙天骄、赵丽
编　　辑:文丽娟
作品字数:5 346字
刊播版面:法治经纬版·4版
首发日期:2022年8月16日

作品简介

稿件针对目前的现实难题"在公摊面积制度取消难与百姓对取消公摊呼声大的矛盾之下,未来政策究竟该何去何从?"提出能够落地的相关建议,以此来缓解民众对于这个问题的焦虑情绪。

获奖理由

记者和编辑根据自身知识结构、采访积累等形成了对某一地域、某一行业、某一人群长期的观察和思考,由此在"公摊面积"这样的老话题下形成了"独家"新闻,引发了巨大的社会影响以及良好反馈。

新媒体展示

使用手机扫描下方二维码,即可观看本条获奖作品的新媒体展示。

农民缘何毁菜？
勿让"加码"伤农

作品信息

作品类型：三等奖·舆论监督报道
刊播单位：《农民日报》
报送单位：农民日报社
作　　者：郭少雅
编　　辑：施维、刘远、赵洁
作品字数：1 849 字
刊播版面：要闻，一版
首发日期：2022 年 11 月 23 日

作品简介

文章指出蔬菜滞销与一些地方疫情防控简单粗暴"一刀切""一封了之"有直接关系，剖析"民生"和"防疫"之间不是"二选一"的单选题，客观理性地分析防疫新形势要有新做法的同时，也充满情感地呼吁各方在特殊阶段守望相助、穿越寒冬。

新媒体展示

使用手机扫描下方二维码，即可观看本条获奖作品的新媒体展示。

获奖理由

这篇文章刊发在中央部署优化疫情防控二十条措施之后，符合中央对疫情防控的要求和导向，体现了中央统筹疫情防控和经济发展、民生保障的精神和要求，推动了地方政府对中央疫情防控精神的精准落地。

明晰作者、期刊、平台三方责权利
——公共知识数据库建设要跳出"知网怪圈"

📧 作品信息

作品类型：三等奖·舆论监督报道
刊播单位：光明网
报送单位：光明日报社
作　　者：陈鹏
编　　辑：集体
作品字数：4 184 字
刊播平台：光明网
首发日期：2022 年 1 月 20 日

💻 作品简介

2021 年年底，中南财经政法大学教授赵德馨起诉中国知网并胜诉，引发极大舆论关注。本文从构建知识资源共同体的视角，呼吁解决由知网引起的知识分享困境，着力推动实际问题解决。

💬 获奖理由

本作品是舆论监督作品中的佳作，真实反映了社会舆论特别是广大知识分子的诉求，从不同角度分析知网事件深层次问题，提出了建设性意见，还及时跟踪报道事件进展，有力推动了实际问题的解决，彰显了主流媒体的责任担当。

📶 新媒体展示

使用手机扫描下方二维码，即可观看本条获奖作品的新媒体展示。

一个红码如何引出400亿元惊天大案

作品信息

作品类型：三等奖·舆论监督报道
刊播单位：第一财经App
报送单位：上海市新闻工作者协会
作　　者：马纪曹、林春挺、吴绵强、安卓
编　　辑：刘泽南、林洁琛
作品字数：7 106字
刊播平台：第一财经App
首发日期：2022年4月26日

作品简介

2022年6月14日，第一财经在主流媒体中率先独家报道了"河南部分村镇银行储户被赋'红码'"的消息，并进行了追踪报道，对这一事件背后的实控者的情况进行了深度调查，形成了一组在时效和深度上都领先的系列报道。

新媒体展示

使用手机扫描下方二维码，即可观看本条获奖作品的新媒体展示。

获奖理由

系列深度调查均做到了步步领先，多篇报道的内容和方向均具有绝对的独家性和引领性，引发了不少中央、地方媒体纷纷跟进。这一系列报道体现了《第一财经》一贯秉承的"专业""责任""良知"这一价值观，受到了读者和同行的盛赞。

内蒙古乌拉特前旗：
近3万亩草原遭违法开矿和侵占

作品信息

作品类型：三等奖·舆论监督报道
刊播单位：新华社客户端
报送单位：新华社
作　　者：恩浩、王靖
编　　辑：集体
作品时长：6分36秒
刊播平台：新华社客户端
首发日期：2022年4月8日

作品简介

这是记者跟随第二轮第六批中央生态环境保护督察组采访期间，践行"四力"发掘的线索，揭露乌拉特前旗近3万亩草原遭违法开矿和侵占的问题，立意深刻、内容独家、直击要害。

获奖理由

记者通过调查和暗访，揭开了矿企"小散乱"、监管薄弱、绿色矿山不达标等现象，剖析破坏草原背后走资源依赖、低质量发展"老路子"的原因，最终推动相关部门整改，既直击要害揭露问题，又有力推动问题解决，得到受众好评。

新媒体展示

使用手机扫描下方二维码，即可观看本条获奖作品的新媒体展示。

"垃圾围村"亟须"解围"

作品信息

作品类型：三等奖·舆论监督报道
刊播单位：《青岛日报》
报送单位：山东省新闻工作者协会
作　　者：赵健鹏、马芳、徐瑞蔓
编　　辑：王倩松、张华、林兢
作品字数：2 292 字
刊播版面：曝光台 7 版
首发日期：2022 年 5 月 18 日

作品简介

记者实地查访 12 处村庄现场，获得建筑垃圾违法倾倒的第一手资料，并采访市、街道、村各级相关单位、部门和法律界人士，深入探究"垃圾围村"难以"解围"的主要原因，提出治理之策。

新媒体展示

使用手机扫描下方二维码，即可观看本条获奖作品的新媒体展示。

获奖理由

报道采访扎实、文字凝练、监督精准，同时富有建设性，推动政府部门和区市政府快速解决问题，并建立了长效机制，为青岛市推动新农村建设，改善农村人居环境，建设美丽宜居乡村贡献了力量，是监督报道掌控"时、度、效"的代表作。

废弃线杆矗立街头
谁来"拔刺"?

作品信息

作品类型:三等奖·舆论监督报道
刊播单位:湖州市新闻传媒中心
报送单位:中国政法大学光明新闻传播学院
作　　者:黄珺、陈美娜、臧晶晶、李黄祺、
　　　　　蔡丽芳
编　　辑:费兴海、路平、郑晓玲
作品时长:7分
刊播版面:《看见》
首发日期:2022年8月24日

作品简介

报道从人人熟视又忽视的一根废弃线杆着手,深入城市街头巷尾查找,顺藤摸瓜调查线杆使用单位,查找各种资料证实并非"无能为力",而是"止步不为",最终以真实客观的监督报道反映问题处理的难点、堵点和深层次的干部作风弊端。

获奖理由

作品选题反映了"小民生"中的"大民生"问题,体现了媒体整合自身资源、政务资源、公共服务资源的社会责任价值,体现了媒体报道紧密勾连国家治理能力现代化的时代要求。报道切实促进实际问题的解决,是一篇舆论监督报道的佳作。

新媒体展示

使用手机扫描下方二维码,即可观看本条获奖作品的新媒体展示。

干着"老东家"的活儿，却不再是"老东家"的人？

作品信息

作品类型：三等奖·舆论监督报道
刊播单位：《工人日报》
报送单位：工人日报社
作　　者：卢越
编　　辑：甘皙、程莉莉
作品字数：2 271字
刊播版面：动态·纵深5版
首发日期：2022年12月2日

作品简介

《干着"老东家"的活儿，却不再是"老东家"的人？》聚焦"被个体户"的主角——快递公司货车司机，呈现这一庞大群体面临的现实困境。报道从一起交通事故出发，深挖事故背后暗藏的玄机。

新媒体展示 获奖理由

使用手机扫描下方二维码，即可观看本条获奖作品的新媒体展示。

文章由个案出发，抽丝剥茧，由点及面，揭示了物流运输行业存在的用工不规范问题，以及"家在车上、活儿在路上"的从业者面临的维权困境，回应了社会和劳动者的关切，对有关部门积极探索完善相关社会保障制度富有建设性意义。

H5｜上海手拎马桶消亡史
——家家户户的必备用品如何走向终结？

📧 作品信息

作品类型：三等奖·融合报道
刊播单位：解放日报社上观新闻
报送单位：中华全国新闻工作者协会新媒体
　　　　　专业委员会
作　　者：孟群舒、狄斐、曹俊
编　　辑：尤莼洁
作品字数：3 774 字
发布平台：上观新闻
首发日期：2022 年 12 月 31 日

💻 作品简介

作品生动还原了中华人民共和国成立后，不同年代上海人与马桶的故事，并集中展现了党的十八大以来上海加速旧改的探索和进展，让读者在穿越历史中，深感手拎马桶的消亡并非偶然，而是人民城市建设的可贵成果。

💬 获奖理由

作品主题鲜明、内涵丰富、形式创新，以小切口反应大主题，体现以人民为中心的发展思想。作品制作精良，内容翔实、准确、生动，H5 动画精细绘制生活场景、设计互动方式，做到了技术为作品呈现和受众使用服务。

📶 新媒体展示

使用手机扫描下方二维码，即可观看本条获奖作品的新媒体展示。

大国工程我来建

作品信息

作品类型:三等奖·融合报道
刊播单位:华西都市报封面新闻客户端
报送单位:中华全国新闻工作者协会新媒体
　　　　　专业委员会
作　　者:集体
编　　辑:集体
作品时长:5分
发布平台:封面新闻客户端
首发日期:2022年10月13日

作品简介

作品以大国工程为主题、以3D互动新闻游戏为创新形态、以用户互动为亮点。选取七个有代表性的大国工程,构建起可720°全方位感知的数字空间报道,兼顾趣味性、交互性、沉浸感,生动传播新时代的伟大成就。

新媒体展示

使用手机扫描下方二维码,即可观看本条获奖作品的新媒体展示。

获奖理由

作品采用"新闻+游戏"的创新融合设计,实现信息和价值传递的沉浸式体验,使用户对大国工程、大国重器有更直观、更全面、更深切的感知,极大地激发了爱党爱国热情,为党的二十大的胜利召开营造了良好舆论氛围。

全世界仅此一枚的"戒指",我拥有了!

作品信息

作品类型:三等奖·融合报道
刊播单位:长江日报报业集团大武汉客户端
报送单位:中华全国新闻工作者协会新媒体专业委员会
作　　者:谭芳、高文举、张莉
编　　辑:郑汝可
作品时长:3分
发布平台:大武汉客户端
首发日期:2022年8月7日

作品简介

该作品以95后青年记者视角介绍了我国飞秒激光技术在全息显示技术实现应用突破的喜人进展,通过丰富的视觉表达和现场科技互动打造沉浸式体验,呈现了该成果在关键核心技术上全部国产化、实现完全独立自主的深远意义。

获奖理由

该作品聚焦激光技术,以"写字作画"形式生成戒指,化硬为软,化无形为有形,有一定的观赏性、亲和力,网感较强。以vlog形式,配以画面制图,融入电影镜头,丰富作品形态,融合生态较好,生动体现了科技创新的积极态势。

新媒体展示

使用手机扫描下方二维码,即可观看本条获奖作品的新媒体展示。

看一粒种子"上天入海",太奇妙了!

作品信息

作品类型:三等奖·融合报道
刊播单位:海南日报客户端
报送单位:中华全国新闻工作者协会新媒体
　　　　　专业委员会
作　　者:集体
编　　辑:王诗童
作品时长:3分35秒
发布平台:海南日报客户端
首发日期:2022年10月17日

作品简介

作品围绕党的二十大重大主题报道,立足海南本土地域特征。选取农业"芯片"种子作为故事主人公,运用第一人称视角将"陆海空"三个内容串联起来,讲述一粒种子"上天入海"的故事,为党的二十大召开营造浓厚氛围。

新媒体展示

使用手机扫描下方二维码,即可观看本条获奖作品的新媒体展示。

获奖理由

作品通过生动活泼的话语讲述中国载人航天事业发展中的"海南作为",真实立体地呈现海南加快打造种业、深海、航天三大科创高地的生动场景和创新实践,构思巧妙、视角新颖,在全国性报道中体现出地域性特征。

视频＋VR全景|独家专访！门源6.9级地震22公里地表破裂带如何形成？

作品信息

作品类型：三等奖·融合报道
刊播单位：西海都市报微信公众号
报送单位：中华全国新闻工作者协会新媒体
　　　　　专业委员会
作　　者：史永寿、马智尧、赵俊杰、邓建青、
　　　　　张卫平
编　　辑：何文帮、沙成艳
作品字数：1 424字
作品时长：8分
发布平台：西海都市报微信公众号
首发日期：2022年1月10日

作品简介

作品聚焦青海省海北州门源县"1·8"6.9级地震,记者第一时间实地采访调研,作品运用"文图＋短视频＋航拍＋VR场景"等多种形式,记录地震所造成的壕沟、冰缝、山裂、破裂带延伸条等现场全景,内容翔实,现场感强。

获奖理由

作品将"文图＋短视频＋航拍＋VR场景"等多种形式用于现场新闻的采写中,既有现场采访,也有专家解读,内容翔实,新闻性极强,极具现场感,产生了良好的社会效果,充分体现了全媒体融合发展成果及记者践行"四力"成效。

新媒体展示

使用手机扫描下方二维码,即可观看本条获奖作品的新媒体展示。

西藏7户人家!
跨越十年的记录

作品信息

作品类型:三等奖·融合报道
刊播单位:西藏日报微信公众号
报送单位:中华全国新闻工作者协会新媒体
　　　　　专业委员会
作　　者:集体
编　　辑:索朗群培、陶玥
作品字数:2 190字
发布平台:西藏日报微信公众号
首发日期:2022年10月15日

作品简介

作品实地回访《幸福高原合家欢——迎接党的十八大特别报道》中的采访对象,通过回望7户家庭十年间的变化,呈现了十年间西藏农牧民家庭的发展变化,展现了西藏各族人民坚定不移听党话、感党恩、跟党走的信心和决心。

新媒体展示

使用手机扫描下方二维码,即可观看本条获奖作品的新媒体展示。

获奖理由

作品围绕报道好新时代10年伟大变化这一宏大主题,巧妙构思、用心策划。融合多种呈现形式,用多维度的对比,以小切口反映大主题,充分展现了藏区人民新时代10年来的幸福生活,在重大主题创新表达上进行了有益探索。

江淮"牵手"
——沉浸式感受引江济淮千年梦圆

作品信息

作品类型:三等奖·融合报道
刊播单位:安徽新媒体集团中安在线
报送单位:中华全国新闻工作者协会新媒体
　　　　　专业委员会
作　　者:集体
编　　辑:史睿雯
作品字数:2 517 字
作品时长:5 分
发布平台:中安在线
首发日期:2022 年 12 月 30 日

作品简介

作品创作团队历时八个月,踏访引江济淮工程 700 公里沿线,采访了 50 多位当事人。作品于引江济淮主体工程试通水试通航的标志性节点推出,新颖的融媒传播形式让网友在宏大格局和历史视野中,感受到引江济淮带来的巨大变化。

获奖理由

作品以引江济淮河道为线索,以纪实长图为载体,以具有代表意义的场景为依托,将文字、手绘、音乐、音频、视频融合到 H5 之中,展现出一幅流动的运河风情画,角度新颖,格局宏大,为重大工程报道融媒创新表达提供启示。

新媒体展示

使用手机扫描下方二维码,即可观看本条获奖作品的新媒体展示。

脑瘫外卖小哥的小年夜

作品信息

作品类型:三等奖·融合报道
刊播单位:江西省南昌市南昌县融媒体中心
　　　　　掌上昌南客户端
报送单位:中华全国新闻工作者协会新媒体
　　　　　专业委员会
作　　者:高燕、孙凯
编　　辑:郭旭晖、陈龙、黄凤兰
作品时长:3分
发布平台:掌上昌南客户端
首发日期:2022年1月27日

作品简介

作品聚焦脑瘫外卖小哥阿强小年夜冒雨送外卖的全过程,面对生活的种种不易,他始终自尊自爱自强。他身上彰显出一种感人至深的精神力量,鼓舞每一位奋斗者,生动诠释了习近平总书记强调的"幸福都是奋斗出来"的真谛。

新媒体展示

使用手机扫描下方二维码,即可观看本条获奖作品的新媒体展示。

获奖理由

作品以风雨交加的小年夜为时间线,真实记录脑瘫外卖小哥阿龙送外卖的艰辛过程,平实的叙述,简单的结构,精心的剪辑,深深吸引了每个读者。既显温情又不滥情,既让人感动又让人感悟,是一件"有温度"的新闻作品。

职业总动员② 石化工人 24 小时

📧 作品信息

作品类型：三等奖·融合报道
刊播单位：工人日报客户端
报送单位：中华全国新闻工作者协会新媒体
　　　　　专业委员会
作　　者：乔然、史宏宇、雷宇翔
编　　辑：王金海、史宏宇、乔然
作品时长：12 分
发布平台：工人日报客户端
首发日期：2022 年 7 月 6 日

💻 作品简介

记者在北京市燕山石化与石化工人一起同吃、同住 3 天，亲身体验石化工人这种职业，践行"四力"，再通过后期具有"网感"的剪辑方式进行创新性表达，让观众在轻松的氛围中了解不同行业的真实工作内容和生活侧面。

💬 获奖理由

作品在真实的基础上融入个性化表达，通过真实可信的体验感受，让观众在轻松的氛围中了解石化行业的工作内容和生活侧面，感受现代化产业工人的劳模精神、劳动精神、工匠精神，具有较高的新闻价值和传播价值。

📶 新媒体展示

使用手机扫描下方二维码，即可观看本条获奖作品的新媒体展示。

昆明向南 磨憨向上 | 手绘长图
带你走中老铁路 见证一场"双向奔赴"

✉ 作品信息

作品类型:三等奖·融合报道
刊播单位:昆明报业传媒集团都市时报微信
公众号
报送单位:中华全国新闻工作者协会新媒体
专业委员会
作　　者:集体
编　　辑:段心义、王飞、杨林波
作品时长:2分
发布平台:都市时报微信公众号
首发日期:2022年12月3日

💻 作品简介

作品从一张中老铁路火车票开始,采用了手绘及动画示意的交互方式,带领读者身临其境地领略昆明到磨憨的沿路风景,搭配大事记和数字记录,直观表示了中老铁路昆磨段对旅行、货运等发展的关键性作用与取得的成绩。

📶 新媒体展示

使用手机扫描下方二维码,即可观看本条获奖作品的新媒体展示。

💬 获奖理由

作品充分运用手绘长图与动画相融合的新媒体交互技术,高度还原昆明到磨憨的沿路地貌特色、人文景观,手绘长图在同类题材中设计画面出众、交互方式新颖,丰富了新闻内容、提升了文化品位,获得广大网友的好评。

连心 | 百炼钢做成了绕指柔!
总书记嘱托"手撕钢"技术要勇攀高峰

作品信息

作品类型:三等奖·融合报道
刊播单位:央视新闻客户端
报送单位:中华全国新闻工作者协会新媒体
　　　　　专业委员会
作　　者:集体
编　　辑:李浙、张志达
作品时长:2分
发布平台:央视新闻客户端
首发日期:2022年9月27日

作品简介

作品聚焦国产"手撕钢"从追赶到超越的拼搏历程,展现了太钢人牢记总书记嘱托,不断勇攀科技创新高峰的精神。"百秒"时长中,"总书记与人民心连心"的浓浓情怀被生动展现,非凡十年奋进中国的动人缩影被巧妙勾勒。

获奖理由

作品通过基层工程师的视角,生动地展现了总书记对科技创新的"核心关注",语态形式更活泼,画面更简洁,延伸了时政报道的话语空间;首次系统性、系列化地根据手机观看习惯打造时政产品,在"百秒"时长中追求时政新表达。

新媒体展示

使用手机扫描下方二维码,即可观看本条获奖作品的新媒体展示。

高级！广西云推出 100 秒平陆运河卫星实景 3D 动画 全景式感受世纪工程

作品信息

作品类型：三等奖·融合报道
刊播单位：广西日报传媒集团广西云客户端
报送单位：中华全国新闻工作者协会新媒体
　　　　　专业委员会
作　　者：集体
编　　辑：集体
作品时长：2 分
发布平台：广西云客户端
首发日期：2022 年 8 月 31 日

作品简介

作品画面一镜到底，气势如虹，给人强烈的视觉震撼力。平陆运河建设动员大会特别报道专题中的作品通过 720°VR 全景等高科技手段，使用多视角维度生产的融媒产品呈现出繁荣运河、智慧运河、绿色运河的盛大图景。

新媒体展示

使用手机扫描下方二维码，即可观看本条获奖作品的新媒体展示。

获奖理由

作品运用虚拟实境、大数据定位、实景建模等实景虚拟立体交互手段，采集卫星图、高程图、航运枢纽工程效果图等多种资源图，采用全息视角，以更加丰富的元素客观、全面地呈现新闻事实，为用户带来更好的沉浸式体验。

"看见"全媒体监督应用平台

作品信息

作品类型：三等奖·应用创新
刊播单位：湖州市新闻传媒中心南太湖号客户端
报送单位：中华全国新闻工作者协会新媒体专业委员会
作　　者：黄珺、路平、臧晶晶
编　　辑：费兴海、杨晓斌、汪书杰
发布平台：南太湖号客户端
首发日期：2022年6月24日

作品简介

作品通过新闻栏目与"互联网＋"有效结合，较好地融合了公众、媒体与政府对应的圈层和数据，从接诉到解答，从宣传到引导，在提供优质媒体服务、化解社会矛盾、提升治理能力方面提供了新的解决方案。

获奖理由

作品以舆论监督为抓手，利用"新媒体＋电视、报纸、广播"的全媒体传播优势，构建群众反映、媒体转交、部门办理、全媒体监督报道、结果反馈的应用平台，是"新闻＋政务＋服务"应用案例的创新实践。

新媒体展示

使用手机扫描下方二维码，即可观看本条获奖作品的新媒体展示。

河北1+20惠企政策"一点通"

作品信息

作品类型：三等奖·应用创新
刊播单位：长城新媒体集团冀云客户端
报送单位：中华全国新闻工作者协会新媒体
　　　　　专业委员会
作　　者：集体
编　　辑：曹朝阳、周杨、冯少玲
发布平台：冀云客户端
首发日期：2022年8月3日

作品简介

为落实党中央"疫情要防住、经济要稳住、发展要安全"要求，河北省制定稳定全省经济运行的措施及政策。作品采用移动互联＋语音识别＋大数据技术，创意研发"新闻＋服务"的"河北1+20惠企政策'一点通'"应用云平台。

新媒体展示

使用手机扫描下方二维码，即可观看本条获奖作品的新媒体展示。

获奖理由

作品采用"移动互联＋语音识别＋大数据技术"形成一个政策类数据库，将海量内容信息的政策措施条理化，是"新闻＋服务"类型的应用案例，语音识别搜索的功能是同类程序中的创新举措，实现了快捷、高效的搜索查询。

消费维权

作品信息

作品类型:三等奖·应用创新
刊播单位:湖南红网新媒体集团红网
报送单位:中华全国新闻工作者协会新媒体
　　　　　专业委员会
作　　者:贺弘联、肖雄、肖肖、曹佳琪
编　　辑:肖雄、肖肖、曹佳琪
作品时长:1分
发布平台:红网
首发日期:2010年3月1日

作品简介

作品为红网落实党的群众路线的具体实践,是落实习近平总书记"要营造便利安全放心的消费环境"重要指示精神的平台。创办以来,坚定为消费者鼓与呼。近年来,该栏目从内容到形式再到技术不断升级,实现了完美融合。

获奖理由

作品以消费者为中心,在旅游、食品安全、金融服务等方面充分发挥互联网优势和媒体的桥梁纽带作用,有效引导舆论,疏导公众情绪,切实维护消费者合法权益,也为实现消费市场稳定有序、健康发展发挥积极作用。

新媒体展示

使用手机扫描下方二维码,即可观看本条获奖作品的新媒体展示。

图书在版编目(CIP)数据

第33届中国新闻奖获奖作品新媒体展示手册/殷陆君,曾祥敏主编.--北京:中国传媒大学出版社,2024.6
ISBN 978-7-5657-3653-7

Ⅰ.①第… Ⅱ.①殷…②曾… Ⅲ.新闻－作品集－中国－当代 Ⅳ.①I253

中国国家版本馆CIP数据核字(2024)第108255号

第33届中国新闻奖获奖作品新媒体展示手册

DI-33JIE ZHONGGUO XINWENJIANG HUOJIANG ZUOPIN XINMEITI ZHANSHI SHOUCE

主　　编	殷陆君　曾祥敏		
策划编辑	曾婧娴		
责任编辑	曾婧娴		
封面设计	拓美设计		
责任印制	李志鹏		
出版发行	中国传媒大學 出版社		
社　　址	北京市朝阳区定福庄东街1号	邮　　编	100024
电　　话	86-10-65450528　65450532	传　　真	65779405
网　　址	http://cucp.cuc.edu.cn		
经　　销	全国新华书店		
印　　刷	三河市东方印刷有限公司		
开　　本	889mm×1194mm　1/32		
印　　张	12.75		
字　　数	610千字		
版　　次	2024年6月第1版		
印　　次	2024年6月第1次印刷		
书　　号	ISBN 978-7-5657-3653-7/I・3653	定　　价	88.00元

本社法律顾问:北京嘉润律师事务所　郭建平